私があなたを殺すとき

S・J・ショート
片桐恵理子 訳

THE YOUNG WIDOWS
BY S. J. SHORT
TRANSLATION BY ERIKO KATAGIRI

ハーパー
BOOKS

Published by K.K. HarperCollins Japan, 2025

夫へ、この物語を思いついたきっかけが
あなたでなくてよかった

私があなたを殺すとき

おもな登場人物

カイリー・ロビンズ――〈ヤング・ウィドウズ・クラブ〉のメンバー。元バレエダンサー
アドリアナ・ガロ――〈ヤング・ウィドウズ・クラブ〉のメンバー。横領犯の娘
イザベル（イジー）・パーク――〈ヤング・ウィドウズ・クラブ〉のメンバー。運送会社の受付勤務
ハンナ・アダムソン――〈ヤング・ウィドウズ・クラブ〉の新メンバー。フリーランスの市場調査員
マーカス――カイリーの夫。故人
トビー――アドリアナの夫。故人
ジョナサン――イザベルの夫。故人
デイル――ハンナの夫。故人
ベス――カイリーの姉
フランシス――カイリーのデート相手
グラント――アドリアナの婚約者
ミスター・フレンチマン――イザベルの会社の社長
ギャビー――イザベルの同僚
スタンフォード・フォックスワース――故人の男性

プロローグ

現在

どんなことでもいい、何かを感じなければ、と男は思う。

この瞬間、男には感覚がなかった。目の前には、稲妻を瞳に宿し、怒りに満ちた笑みを浮かべた女神のような女が立っている。歯をむきだし、いまにも襲いかかってきそうだ。黒い空から雨が容赦なく降り注ぎ、女の体のラインに張りついた布地がみるみる透けていく。そのほとんど裸のような姿を、女は隠そうともしない。

この女は、俺を殺すつもりだ。

冷たい雨粒が、首の後ろからシャツの襟首へと流れこむ。風がものすごく冷たい。ネクタイが苦しい。男は女を信頼していた。感謝していた。ほかの誰にも打ち明けないようなことを話していた。

もちろん、自分は完璧ではなかった。

だが、まさか彼女が反撃してくるとは思いもしなかった。しかも、こんなふうに。昨日まで彫塑《ちょうそ》用の粘土のように従順で扱いやすかった女がいったいどうして？　なぜこんなことに？　どうやって俺をだしぬいた？

男はバルコニーの端をのぞきこんだ。下にはプールがある。風でさざなみ立つ水が、波のようにプールの両端でしぶきを上げている。空気がうなる。男をあざ笑い、非難し、手招きする。足元の床が傾いていく。胃の奥が激しくかきまわされ、数時間前に食べたものを戻してしまいそうだ。のどに酸っぱい胃液がせりあがってくる。

それでも、体が動かない。

ショックのあまり、化石と化していた。男はもはや、形勢がすっかり逆転したことにようやく気づいた人間の彫像、愚か者、ルーザー、蜘蛛《くも》の糸にかかった一匹のハエだった。

「薬を……盛ったのか」ろれつがまわらない。舌が腫れ、まるで分厚い木の板のようだ。

それでも、頭はフル回転している。

「そう」女が言う。恐怖と後悔がスライドショーのように脳裏にちらつく。女はそんな心を見透かしているようだった。「薬を盛ったの」

「どうして？」弱々しい声。

目の前にいる女はゆらゆらと揺れている。しかし一歩も動かない。男はまばたきをする。思い描いた状況とまったく違う。こんなはずじゃなかった。世界が骨組みから崩れ去り、液状化してしまったようだ。すべてが指のあいだをすり抜けていく。
「あなたはそうされて当然だから」女が一歩踏みだす。雨のなか、長いドレスが脚にまとわりついている。雨が小川となって、肩、腕、そして頬を流れていく。最初、男は女が泣いているのかと思った。だが、その瞳にあるのは勝利だけだった。「これは、あなたが傷つけたすべての人のため。わたしたちみんなのため」

女が、男を押す。

男が体勢を崩し、勢いよくバルコニーから地面へと落ちていく。一瞬の出来事だった。さっきまで立っていたのに、気づくと空を飛んでいた。テラコッタのタイル、青い水、緑の芝生、黒い雲——世界が鮮やかに閃《ひらめ》く。心と体はすでに切り離され、叫ぶこともできない。薬のせいで混乱していた。

大きな音を立ててプールの縁に落下し、頭をぶつけた衝撃で視界が真っ白になる。すぐに体が軽くなり、水中に落ちたのだと気づく。そのまま、プールの底まで沈んでいく。顔に鋭い痛みが走る。どこかが折れている。

泳げ！

だが、体が言うことをきかない。漂うに任せて浮上しようとするが、間に合わない。口にも鼻にも水が入りこみ、塩素の味がのどの奥を刺激し、目が焼けるように痛む。全身の力が抜けていく。ここは静かで、穏やかだ。このまま眠ってしまうのもいいかもしれない。

男はもう、くたくただった。それでも、心の奥底に残っていた生きることへの根源的な欲求に突き動かされ、足を蹴る。まるで蜜をかき分けているようだ。赤い血の筋が、水中で煙のように渦を巻く。だが、男にそんなことを考える余裕はない。何も考えられない。

とにかく泳げ！

水面が見えてきた。あと少し。水をかき分けるたび、肺が焼けつくように痛む。男に見えるのは、頭上で変わりゆく水面の形だけ。ようやく水面に手が出たが、その手がむなしく空《くう》を切る。束の間目を閉じ、最後の力を絞りだす。しかし、鉛《なまり》のように重い脚をいくら蹴りだしても進まない。何かが邪魔をしている。あまりに遠く、つらすぎる。もう無理だ。頼む。死にたくない。

まぶたが重くなっていく。ゆっくりと霧が出るように、暗闇が視界を覆っていく。もうだめだ。終わりだ。

敗北に打ちひしがれた男は、ふいに頭に圧迫感を覚えた。何かが自分を押さえつけている。体がふたたび沈んでいく。両目をゆっくり開閉すると、世界は長く、気だるいまばたきのなかに消えていく。肺が悲鳴を上げている。水に歪《ゆが》められた世界が、グロテスクに膨張する。男もまもなくそうなるだろう。これが、最後の記憶となるだろう。

赤い閃き。誰かの顔。

女は、溺《おぼ》れゆく男を微動だにせず見つめている。待っている。願っている。もう、空気は残っていない。薬の力と、水の心地よい空虚さに屈服するしかない。そろそろ眠る時間だ。休息の時間だ。

男に抗《あらが》う力は残っていない。

ついに、過去に捕まったのだ。

第一部

第一章

過去　カイリー

口を開け、閉じる。口いっぱいに綿が詰めこまれ、生気が吸い取られていく感じがする。子どものころ、日曜日の朝に父親に引きずられていった教会でもらった、聖体拝領のウェハースを口に入れたみたいに、舌が口の上側にくっついている。といっても、口のなかに広がるのは、甘みのないしけったウェハースではなく、ごみ箱の中身のような味だ。

片方のこぶしをゴロゴロする両目に押し当てると、反対の腕の感覚がないことに気づく。手のひらを開いたり閉じたりして、血流を戻してやる。肩のあたりがピリピリと痺《しび》れてくる。わたしは仰向《あおむ》けに寝転がって、天井を見つめていた。天井に白いペイントのひび割れがないことから、ここが自分の家じゃないのがわかる。部屋の隅で揺れる蜘蛛《くも》の巣も、上の階のバスタブがあふれたときに汚損した水染みもない。

ここは、どこ？

どうにか体をひねって横向きになる。痺れた腕がまだジンジンする。わたしはホテルの一室にいた。右手にメルボルンのビジネス街が見える。オフィスビルやアパートに日の光が反射し、きらめく街の中央をヤラ川が蛇行しながら流れている。ここからだと、空が反射して川の水が青く見えるが、実際は濁った茶色であることをわたしは知っている。美しいのは景色だけではなかった。室内もまたすばらしかった。青いベルベットのソファに巨大なテレビ、そして――

六人掛けのダイニングテーブル？

体を起こすと、頭がそれに抗議するようにズキズキと痛む。ここはよくあるホテルの一室じゃない。スイートルームだ。高級ホテルの。

昨日の夜、何があったのだろう？

そのとき、静かにドアをノックする音がした。

「ハウスキーピングです」

まずい。

「ちょっと待って！」慌てて叫ぶ。

わたしは生まれたときと同じく素っ裸だった。ベッドの下に手をやり、床に落ちている服を捜す。シックな黒のワンピース。両サイドに施された光沢のある素材が日差しを受けてきらめいている。ベッドから降り、ブラもつけずに頭からワンピースをかぶる。

昨日の夜、ブラジャーはしていただろうか？　思いだせない。何ひとつ思いだせない。ありがたいことにパンツは手の届くところにあった。急いで身につけ、ワンピースの裾を引っ張り下ろす。これでましになった。反対側の壁にかかっている大きな金縁の鏡に映った姿をちらりと見る。もつれた赤毛、黒くにじんだ目元、険しい顔つき――まるで小さな子どもを怖がらせようとする仮装みたいだ。いつにもまして青白く、唇の端から赤い口紅がはみだしている。親指でこすると、余計に広がった。誰かが脳内にこぶしを押し当て、頭蓋骨をサンドバッグ代わりにしているかのように頭がズキズキする。

ふたたびノックの音がする。

「ちょっと待ってってば」声にいらだちがにじむ。

チェックアウトの時間をとっくに過ぎているのだろう。いつものことだ。父親はいつもわたしのことを「カイリー・〝ちょっと待って〟・ロビンズ」と呼んでいた。いつだって時間にルーズで、バタバタと周りに急かされてばかりだったからだ。少なくともみんなにはそう思われていた。若いころは、少しくらい見くびられたほうが、いざというときに相手の意表をつけるからいい、なんてうそぶいていた。だらしのない子が、あっと言わせるようなことをするとは誰も思わないだろうから、と。

だが、大人になったいまでは、周囲の評価は妥当だったと言わざるをえない。

電子ロックが解除される音が聞こえ、ベルベットのソファにあったハンドバッグに手を伸ばす。そばに置かれた小さな丸テーブルには、とっくに氷の溶けた銀色のアイスバケツが置かれていた。バケツにはシャンパンボトルが入っている。バッグをつかみ、ソファの上に散乱していた中身――レシート、チョコレートの包み紙、リップクリーム、ヘアピン――を拾ってバッグに戻す。

ガラステーブルの上には別のシャンパンボトルが横倒しになって、ボトルからこぼれた金色の液体がガラスの表面をきらめかせている。床には三本目のボトル。おそらく四分の一ほど残っているだろう。ハウスキーパーがドアのところに立って射るような視線でこちらを見ていなければ、一気に飲み干したいところだ。

これもまた、父の教育の賜物《たまもの》だ。お酒はお酒。ボトルから飲もうがパウチから飲もうが関係ない。酔っ払ってしまえば同じなのだ。

いま思えば、これは最良の教訓ではなかったかもしれない。それでもこのとき、嫌悪感をにじませるハウスキーパーを無視して、ひと口飲んでやろうかと真剣に考えた。お酒の誘惑に舌がうずく。ひどい二日酔いだったが、飲めば気分がよくなることはわかっていた。痛みや緊張が和らぐのだ。いつだってそう。迎え酒――世間ではそう呼ばれているのではなかったか?

「部屋の掃除をしたいのですが」ハウスキーパーの女が言う。黒髪をひっつめ、制服は完璧に糊《のり》づけされている。声はたいして大きくないが、歯切れのいい口調にかすかな訛《なま》りが聞き取れる。わたしは身を縮めて、そそくさと逃げだしたい衝動に駆られた。

いや、この人にどう思われようと関係ない。どうしてそんなことを気にしなければいけないの？

いまだに母親然とした人物に認められたいから？　人に嫌われたくない性格のせい？

それとも、間違った男と結婚して、セラピーより酒のほうがましだと思うようになる前の、希望に目を輝かせていた少女時代の名残り？

きっと全部だろう。

わたしはバッグを肩にかけると、ドアのそばにあったヌードカラーの艶《つや》めくピンヒールに足を差し入れた。エナメル革がきつく足を締めつける。まるで新品のように……。え？　新品？　靴に手を伸ばし、足にフィットするよう小刻みに動かす。すると、真っ赤なソールが目に入った。

どういう――？

こんな高級な靴を買うお金はない。それでも、靴はここに、現にわたしのいる部屋にある。目の前には大きなショッピングバッグ。なかをのぞくと〝ルブタン〟と書かれたお洒落《しゃれ》なボックスが入っていた。袋のなかにはほかにも、薄紙に包まれた品物や、金のエンボス加工が施された小さな四角い箱に入った商品がいくつか入っている。

靴箱のなかにレシートを見つけた。一足千ドル以上？　嘘でしょ。

好奇心に駆られて、さらに中身を探る。ほかにもいくつかお宝が入っている。ジマーマンのワンピースに、ル・ラボの香水、ココドゥメールのランジェリー。一瞬、自分が盗みを働こうとしているのではないかと思った。このショッピングバッグはわたしのではない。もし、この部屋に別の誰かが泊まっていて、その人の靴と荷物を持って出ていこうとしているとしたら？

とはいえ、チェックアウトの時間はどう考えても過ぎているし、この部屋にはほかに誰もいない。テーブルの上のシャンパンボトルのそばにはグラスが三つあって、そのうちのひとつに赤い口紅の跡がついている。昨夜の記憶をたどってみるが、まるで濃い霧をのぞきこんでいるみたいにおぼつかない。ぼんやりと影が動いているのは見えるものの、それ以上はわからない。具体的な記憶は何もない。

ハウスキーパーはいらいらしたようすで、すでにベッドカバーをはぎとっている。おそらく売春婦だと思われているのだろう。わたしはそれ以上何も考えず、ハンドバッグとショッピングバッグをつかむと、そびえ立つヒールを履いて、よろよろと歩きだした。まるで竹馬に乗っているような、無茶な角度に足首が抗議する。だが、部屋を出る前に鏡をちらりと見ると、そこに映った自分の脚は驚くほど美しかった。

美しさにはつねに痛みが伴うものだ。バレエ団のディレクターがよくそう言っていた。美しいものは何であれ、簡単には手に入らない。

ありがたいことに、廊下もエレベーターも無人だった。ハンドバッグから予備のヘアゴムを取りだし、髪の毛をポニーテイルにまとめる。クレンジングシートを使って、にじんだアイメイクや口紅をできるだけきれいに拭きとる。いい加減、派手なメイクはやめなければ。翌朝は、いつもひどい顔になっている。

もはや〝翌朝〟の自分にしか、現実を感じられなくなっていた。頭はズキズキと痛み、胃がむかむかし、暗い心の奥底から呼び覚ました悪魔のように、後悔が膨らんでいく。マーカスを失った日、わたしの人生は崩壊した――いろんな意味で。わたしは彼を愛していたし、だからこそ悲嘆に暮れた。

けれど、彼が何をしたかを知ったとき、その悲しみは跡形もなく消え去った。

エレベーターの壁にもたれかかり、右の手首をまわす。まだ少し痺れている。関節をそっと動かすと痛みが走った。けがをしているのかもしれない。青痣《あおあざ》もできはじめている。きっと転んだに違いない。なにもこれが初めてというわけじゃない。

「最後でもないだろうけど」声に出して言う。

前回は、階段の最後の一段を踏み外し、バランスを崩して壁に手を打ちつけた。病院に行くと小指を骨折していると言われた。会社の上司や同僚には、家で床のモップ掛けをしていたら滑って転んだと嘘をついた。おっちょこちょいなカイリー。でも、彼らは当然のように、それが嘘だとわかっていた。わたしが飲んでいる姿を見たことがあったのだ。隠しているつもりだったのに、すっかりばれていた。

だから、わたしが会社をクビになっても、誰も驚かなかった。

職場が近い友人にランチに誘われたとき、会社をクビになった話をどう切りだせばいいのかわからなかった。もし本当のことを話したら……仕事の会合で泥酔して上司に恥をかかせたうえに、高級レストランのトイレで吐いているところをクライアントに見られ、しかも、吐きながら母を思って泣いていたのだと話したら、きっと哀れみをかけられるだろう。そんなの耐えられない。

翌朝、わたしは会社の偉い人のオフィスに呼ばれ、机の荷物をまとめるよう言い渡された。セカンドチャンスを乞うことすらしなかった。そんなことをしても意味はない。失われた敬意は戻らない。

エレベーターが一階で止まると、わたしは背筋を伸ばした。高級感が漂っている。一分ほど考えて、自分のいる場所がわかった。クラウンカジノホテルだ。ここの宿泊料はかなり高額で、わたしみたいな人間が利用するホテルではない。わたしがブロードメドウズのワンベッドルームの賃貸アパートで育ったと伝えたら、きっと入れてはもらえなかっただろう。

ロビーはゴージャスこのうえなかった。金色に染まった広々とした空間に巨大なフラワーアレンジメントが飾られ、それを囲むようにベンチが置かれている。頭上にはモダンでばかでかいシャンデリア。ひとりの女が目の前を通りすぎ、その後ろからルイ・ヴィトンのトランクをカートに積んだ男がついていく。彼女の靴はわたしの履いているものと同じだったが、はるかに歩き慣れていた。部屋に転がっていたのが、いつもの安物のシャンパンではなく、オレンジのラベルの付いた高級品だった理由もこれでわかった。

そのとき、バッグのなかで電話が鳴った。バッグに手を入れ、中身をかきまわしながら振動する機械を捜す。電話に出れば、自分の置かれている状況が少しはわかるかもしれない。だが、そうではなかった。ひび割れたスクリーンにイザベルの名前が表示され、思わず身をすくめる。今日が週に一度の集まりの日であることを思いだしたのだ。〈ヤング・ウィドウズ・クラブ〉は、二十代で夫を亡くした女性のための非公式な自助グループだ。結成されたのは三年と少し前。いまではメンバー全員が三十歳に近づいているが、この三年ちょっとずっと会いつづけている。

毎週欠かすことなく。

当初はみんな、一週間先のことを考えるだけで精一杯だった。夫に先立たれたあとは、時間が遅々として進まず、今後のことを考えるのは不可能に思えた。けれどわたしたちは、互いに助け合いながら、多くのことを乗り越えてきた。

「ハイ、イジー」電話を耳と肩で挟み、空いた手でサングラスを取りだす。まだ外にも出ていないのに、すでにわたしの目は日光を拒否していた。「少し遅れそう」

「気にしないで」静かに、ささやくように言う。「今日、来られるかどうか知りたかっただけだから。わたしもいま着いたところ」

まるで彼女も遅刻したような口ぶりだが、約束の時間まであと一分あるので時間どおりだ。イザベルは、たとえ相手が何度バカなことをしでかしても——たとえばいまのわたしのように——相手の気持ちを気遣える稀有《けう》な人だ。

いったいあと何回「カイリー・〝ちょっと待って〟・ロビンズ」をくり返えせば気がすむのだろう。

「絶対に行くから」わたしは言った。

あんなことがなければ、きっとこのタイプの女性とは友だちになれなかっただろう。イザベルは驚くほど優しくて親切だし、アドリアナは別世界の住人のようだ。それでもわたしたちの置かれた状況は、表面的な出来事ではけっして生まれなかった強い絆《きずな》をもたらした。一緒にいると外面的な違いは消え去り、生々しい内面だけが残される。

動物的な一面を持つ、壊れた、ボロボロになった人形たちの。

わたしたちの悲しみはけっしてきれいなものではない。ロマンティックでもなく、癒されるともかぎらない。〝食べて、祈って、恋をして〟自分探しをするなんて、わたしたちのあいだでは無意味なたわごとだ。

「よかった！」イザベルの声のトーンが上がる。「今日は新しい人が来るの。ハンナよ。

彼女によくこのグループの話をしていたの。あなたにもぜひ会いたいって」

「二十分で行く」わたしは言う。リザーバーまで少なくとも四十分はかかることはわかっていたが、自分がいまどこにいるのか、そしてどこにいたのかを知られたくなかった。

「急がないでいいから」イザベルが優しく言う。「安全運転で来てね」

電話をバッグにしまい、ホテルの前のタクシーの列に並ぼうとしたそのとき、ふたたび電話が振動した。今度はテキストだ。

愛《いと》しのカイリー、フランシスだ。今朝は先に出てしまってすまない。快適に過ごしてくれていたらうれしい。またぜひ会いたい。

わたしはまばたきをした。

フランシスって誰？

第二章

アドリアナ

今日は珍しく、車を運転していない。わたしは普段、どこへ行くにも自分で運転する。運転は、自分の価値を証明しなければならなかった、以前の生活の奇妙な名残りだ。わたしは運転手で、個人秘書で、雑用係で、なんでも屋で――

妻だった。

そしてもうすぐ、また、妻になる。

婚約者のグラントをちらりと見る。車はメルボルン北部の郊外、工業地帯と思《おぼ》しき場所を走っていく。出発してからもうすぐ一時間。小さな工場の屋根や路面電車《トラム》の線路が、三車線道路や高校、広大なKマートに変われば、目的地はすぐそこだ。草地では、数羽のオウムがトサカや白い羽を広げて飛びまわり、信号待ちをしているわたしたちの車のそばで、まばらな交通音を切り裂くようにときおり金切り声を上げている。美しく晴れ渡ったこの日、窓を開けるとさわやかな風とカササギのさえずりが車内に流れこんできた。

　わたしは緊張していた。

　指にはめた婚約指輪をくるくるとまわす。三カラットのソリティアダイヤモンドは、以前のダイヤモンドリングに比べるとグロテスクなほど大きい。最初の指輪は、量より質を重視した元夫の色あせた写真と一緒に自室の秘密の引き出しにしまってある。せっかくだから前よりいいものを身につけなきゃ、とグラントに言われたとき、わたしは反論したい気持ちをぐっとこらえた。ここで議論しても意味はない。そんなことをすれば、グラントは死んだ人間と張り合わなければいけなくなる。故人に勝てる人はいない。だから、反論は舌の奥で溶かし、無理やり飲み下す。

　グラントは、わたしのためにいいものを買いたかっただけ、それだけだ。彼が二番目の夫になることに引け目を感じているのはわかっている。元夫などいなかったように振る舞うのはわたしの務めだ。

　ときどき、本当にそう感じることもある。グラントに会う以前のことは、半分夢だったみたいにぼんやりとしている。グラントと出会ったのが、夫の死後すぐだったからかもしれない。彼と出会ったのは、夫の葬儀のときだった。これは、誰にも話していない。だって、あまりにひどすぎる。最初の夫を埋葬中に次の夫を見つけたなんて。

　ときどき、自分でも嫌気が差す。

それでも、グラントには抵抗できない磁力のようなものがあった。グラントは、めげずに何度も誘ってきた。わたしは断った。二度目も、三度目も。四度目も、五度目も。さすがに早すぎると思った。あまりに……無情だと。しかし葬儀のあと、状況が一変した。夫のせいで経済的に厳しい立場に追いこまれたのだ――絶対に戻りたくないと思っていた、昔と同じ状況に。グラントは完璧な解決策を提示してくれた。だから、わたしは受けたのだ。

そうしていま、ふたたび妻になろうとしている。

あっという間の展開だった。先週、突然プロポーズされた。しかも完璧な式場まで――ヤラバレーにある彼の友人のワイナリーだ――押さえてあった。日取りも、奇跡的にふたりの記念日が空いていたという。なんとロマンティックな。段取りはすべてウェディングプランナーがつけてくれる。わたしはただ、好きなドレスと靴を選べばいい。

グラントも、わたしと同じく仕切り屋タイプだ。

それにしても、今日のこれは執拗《しつよう》だった。どうしても車で送っていくと言って聞かなかったのだ。どうやら、仕事で飛びまわっていることの穴埋めらしい。ビジネスパートナーとアデレードに新しいオフィスを開設するらしく、最近は、いつにもまして家を空けることが多い。気にする必要なんてないのに。グラントは頻繁に連絡してくれるし、ひと晩以上家を空ける場合は必ずビデオ通話をする。グラントにほったらかしにされていると思ったことは一度もない。グラントは人を、世界でたったひとりの大切な人であるかのように感じさせるすべを心得ている。

もう一度指輪をまわすと、ダイヤモンドに反射した虹の欠片《かけら》が、助手席側のドアに散った。あるいは彼は、わたしが怖気《おじけ》づいて外出をやめないよう、運転を申し出たのかもしれない。

今日は〈ヤング・ウィドウズ・クラブ〉の週に一度の集まりの日だ。メンバーのなかで再婚を決めたのは、わたしが初めてだった。グラントと付き合いはじめて三年が経っていたが、勇気を出して彼のことをみんなに話したのはほんの一年前のことだ。あの当時、悲しみに暮れる彼女たちに後ろめたさを感じていた。こんなに早く先に進むなんて、自分がまるで裏切り者のような気がした。

まるで、最初の夫を愛していなかったみたいだ、と。

「じゃあ、三時に迎えに来るね」今日集まるカフェのすぐそば、リザーバーの小さなショップが立ち並ぶ一角の道路脇に車を停めると、グラントは言った。メルボルンのなかでも住んでいる場所が離れているわたしたちは、いくつかのカフェで順繰りに集まっている。今回の店はシンプルでとくにこれといった特徴のない店だ。わたしの住んでいるあたりの店に比べると少々味気ない。

でもここなら、フラットホワイト一杯に七ドルも払う必要はない。

「わかった」わたしはうなずく。

「なんだか、緊張しているみたいだね」

シートベルトを外す。「そんなことない」

荷物をまとめていると、彼の視線を感じた。

「アドリアナ」グラントがわたしのひざに手を置く。

顔を上げると、彼の黒っぽい瞳が心配そうにわたしを見ていた。グラントはハンサムだ。きっとわたしが二十代前半なら、少し身ぎれいすぎると思っただろう。仕立てのいいスーツ、スリムな体形、整えられた髪は、いつ企業用の写真を撮られても平気なほど洗練されている。かつてわたしが憧れた不良少年とはまったく違う。それでも、わたしは彼の細部に惚れたのだ。濃く、くっきりとした眉、漆黒に近い輪郭で縁どられた深みのあるエスプレッソ色の虹彩。あごの右側には、不精髭を剃《そ》ろうとしてできた小さな傷がある。彼のことを怖いと思う人もいるようだが、わたしを見る目にはいつも優しさと温《ぬく》もりが宿っている。笑うと顔中にしわが寄り、その笑い声は、満足そうに眠る猫のようにわたしのなかで丸くなる。

「気まずいなら指輪は外していけばいいよ」わたしの指をちらりと見ながら、優しく言う。

わたしはもう一度リングをまわした。光を受けて輝くダイヤモンドに、一瞬くらっとする。グラントは、このダイヤモンドの効果をわかって選んだに違いない。

「どうして？　外すわけないじゃない」と嘘をつく。「こんなきれいなものを大事にしまっておくなんてもったいないでしょ」

グラントの心配そうな顔が誇らしげな笑みに変わる。「よく似合ってるよ」

たしかに、似合っている。だけど六桁もするダイヤモンドを身につけて自助グループの集まりに参加するのは、やはり無神経だし、悪趣味なのではないかと思う。みんな不快に思わないだろうか？　見せつけているように思われない？　いや、きっとそう思うだろう。

わたしはお高くとまっていると思われがちだが、実際はそうじゃない。友だちに、わたしに見下されているなんて絶対に思われたくない。そんなことは思っていないし、みんなとは対等だからだ。

「ちょっといやらしいかもしれないけど、きみがぼくの妻だって世界中に知らせたいんだ」そう話すグラントの声は誠実さに満ちている。彼がわたしを愛してくれていることは間違いない。「迷惑行為で逮捕されないなら、屋上から叫びたいくらいだ」

気持ちが和らぐ。「そうやって恥ずかしげもなく気持ちを伝えてくれるところ、好きよ」

「きみに対してだけだよ」グラントがキスをしようと身を乗りだし、わたしのあご先をつかむ。

軽く唇が触れただけで、われを忘れそうになる。彼に触れられるたび、新しい自分に生まれ変わったような気分になる。もはや、お金のない、若くして夫を亡くしたアドリアナではない。世間に恥をさらした横領犯の娘でも、オフィスの氷の女王でも、粉々に砕けた冷たい破片でできた女でもない。

彼といると、自分でいられる。それ以上でも、それ以下でもない。

このシンプルさはクセになる。だけど、いまはグズグズしている場合じゃない。この集まりのときは最初に到着したいのだ。そうすれば、みんなのためにいい席を選んで、甘いものをいくつかオーダーしておける。彼女たちを大切に思っていると示せる。そうしたいと思うのは、罪悪感からだろうか？　それとも過去の過ちを恥じているせい？　口紅を塗り重ね、香水をさっとふりかけ、クールで、自信に満ちた笑顔の裏に隠した小さな秘密を。友人たちに知られたら、きっとグループから追いだされるだろう。

「あなたを見つけられてよかった」彼の頬に軽くキスをし、手のひらを胸に押し当てる。

「ぼくがきみを見つけたんだろう？」グラントはそう言って笑う。「きみを見つけたとき、『この人しかいない』と思った。十回以上断られてもへこたれない図々しい性格でよかったよ」

「粘り勝ちね」車のドアを開け、縁石に片足を下ろす。そして肩越しにふり返り、片目をつぶってみせる。

「楽しんでおいで」グラントの笑みが広がる。これでわたしの仕事は完了だ。彼は安心している。満足している。生死を問わず、わたしの人生でいちばんの男としての地位に自信

る。

「サラによろしく」

を抱いている。「じゃあ、あとで迎えに来るから」

彼の姉は、ここから少し離れたところにあるソーンベリーの、最近改装されたばかりのタウンハウスに住んでいる。町の北側に出かけるときはいつも、グラントは彼女の家に寄る。

「伝えておくよ」グラントはそう言って、手をふった。

外は穏やかで、気持ちのいい四月の午後だった。さわやかな風が運んでくるゴールデン・ワトルの甘い香りと、ユーカリの清涼感が鼻先をくすぐる。ひざ丈のスカートの裾を揺らしてカフェの入り口へ向かう。歩道に散らばるユーカリの実を、ヒールで踏まないよう気をつけながら。

うっかり踏めば、カイリーがよく言うように、すってんころりんだ。

売店の窓ガラスに自分の姿がちらりと映る。金髪のボブヘア（ブリーチで地毛のブラウンヘアより数トーン明るくしてある）、広い額、真珠のスタッドピアス。鼻梁《びりょう》の中央にでっぱりのあるわし鼻は、母方の祖先がイタリア系であることのあかしだ。この鼻は残念だけど、顔はいじりたくないので、自分の特徴だと割りきるようにしている。ハンドバッグのチェーンストラップが遅い午後の光を浴びてきらきらと輝く。毎度のことながら、今日も少し着飾りすぎている。きっと仲間の誰かに言われるだろう。

さすがブライトンの高級住宅街に住む人は違うね。

けれど、わたしはお金がないとはどういうことかを知っている。来月の家賃を心配し、レジで恥をかかないように頭のなかで値段を計算しながらスーパーで品物を選び、お金のために他人が嫌がる仕事をすること。

全部経験済みだ。

もう、あの状況には絶対に戻りたくない。

カフェの入り口まで来ると、緊張でお腹《なか》が痛くなった。もう一度指輪をくるくるとまわす。やはり、今日はやめておこう。指輪を外し、バッグのサイドポケットにしまう。

今日はまだ、その日じゃない。

カフェの奥まった一角に陣取り、パステルカラーのマカロンと、ひと口サイズのケーキをテーブルの中央に並べ終えたころ、イザベルともうひとりの女性がやってきた。この店の品揃えは悪くないが、マカロンはどこかから取り寄せているようだ。冷凍で届くそれは、焼き立てのものとは味が違う。マカロンは外側がサクッとして内側はしっとり柔らかいものだが、これは少ししけっている。

「アドリアナ!」イザベルが手をふりながら席に近づいてくる。イザベルが腕を組んでいるのは、明るい瞳に、ブラウンヘアをポニーテイルにまとめた小柄な女性だ。前髪が額にかかっている。肩を丸め、小さな体をさらに縮めるようにして歩いてくる。「彼女は新しいメンバーのハンナ。こっちはアドリアナ」

「ハンナ・アダムソンです」握手を交わす。「はじめまして」

一見すると、イザベルとハンナは姉妹のようだ。しかしよく見ると、似ているのは顔立ちではなく、ふたりが発する雰囲気だとわかる。小さな声、遠慮がちなアイコンタクト、おどおどとしたようす。顔立ちに関しては、ハンナには、そばかすや尖《とが》った鼻といった愛くるしい特徴がある。対してイザベルは、ブロンドヘアに丸いあご、高い頬骨、おとなしい性格に反するような大きな口が特徴的だ。

それから、傷跡。イザベルの顔にある傷跡は、厚く塗られたファンデーションでほとんど見えない。影ができない均一な明かりのもとなら、ともすれば見逃してしまうだろう。だが、顔の右側に光が当たると、うねったラインとでこぼこした質感が浮かび上がる。そのせいで、イザベルはいつも髪を下ろして傷跡を隠している。

しかしこの集まりでは、彼女はその髪を耳にかけ、傷を含めたありのままの姿を見せている。カイリーもわたしも、傷ができた経緯は知らないし、訊こうとも思わない。ただ、ときどきその理由を考えることはある。交通事故だろうか？　それともほかの何か？

「あら、マカロン。おいしそう」イザベルは腰を下ろすと、ベビーピンクのお菓子に手を伸ばす。「これを食べると、いつもちゃんとしたレディになった気がするのよね」

「それで、ふたりはどうやって知り合ったの？」とわたし。

この三年間、会のメンバーは、イザベルとカイリーとわたしだけだった。正直に言うと、メンバーを増やすことには乗り気じゃなかった。ふたりがいればそれでよかった。だがイザベルは、けがをした鳥を道端に放置できるようなタイプではない。どうやらハンナは、彼女が助けようと決めた最新の無垢《むく》な生き物のようだった。

「ヨガ教室で知り合ったんです」ハンナが、緊張した笑みを浮かべて言う。腰は下ろしたものの、食べ物には手をつけない。「わたし、数カ月前に引っ越してきたばかりで。それで、コミュニティセンターの教室に参加することにしたんですけど、ある日、ヨガの先生が遅刻して。そのときイザベルといろいろ話をしたんです」

わたしは少し驚いた。イザベルは適当に誰かとおしゃべりをするようなタイプではない。少なくとも、わたしが知るかぎりでは。彼女は控えめで、どちらかといえば引っ込み思案だ。いや、しかし、彼女は受付の仕事をしている。ということは、知らない人と雑談を交わすのは得意なのかもしれない。

「それで……たしかそのときに、どうして引っ越してきたのかって話になって……」ハンナの下唇が震える。

え、まさか……涙？

「ごめんなさい」ハンナは洟《はな》をすすると、イザベルの用意したティッシュを受けとった。

「まだ全然立ち直れてなくて。四カ月しか経ってないんです。デイル……わたしの夫の名前です」

涙がせりあがり、こぼれ落ちる。きらきらと光り輝く涙が頬を伝っていく。わたしは誰かが泣いているのを見ると、いつも病的なほど美しいと思う。まるで、その人の内側を見ているような気分になる。そのとき、熱いナイフが焼き立てのケーキにすっと入るように、母の声が脳裏をよぎって目を伏せた。

じっと見るのは失礼よ、アドリアナ。

わたしたちは、もう長いことこの集まりで涙を流していなかった。実際、最初のころもほとんど泣くことはなった。泣かないのには、それぞれの理由があった。わたしは夫を愛していたが、すべてを捧げるような愛し方はしなかった。愛で身を滅ぼしたくはなかったからだ。夫を亡くして、わたしは途方に暮れた。喪失と、心許なさと、混乱と。夫の死後、経済的にも苦しくなり、絶望的に落ちこんだ。一方で、テレビで見るような深い痛みや悲しみが押し寄せることはなかった。実際のところ、罪悪感しか覚えなかった。

味気ない、漠とした、深い、罪悪感。

テレビで見るような悲しみに暮れていない彼女たちを見つけたときは、心の底からほっとした。怒り心頭に発していたカイリーは、悲しむどころではなかった。いまにもコーヒーカップを投げつけ、スコッチをがぶ飲みしそうだった。イザベルは、日によってはほとんど言葉を発しなかった。物思いにふけり、ぼうっと虚空を見つめ……。すべてにショックを受けていた彼女は、どうやって前に進めばいいのか考えているようだった。そんなふたりの前では、夫の死に対する本音を、夫が死んだ本当の理由を隠すことは難しくなかった。

だが、ハンナは泣くタイプのようだ。

ハンナが落ち着きを取り戻すあいだ、わたしはどのマカロンを食べようか思案する。ラベンダージャムか、ピスタチオか。ふたつを何度も見比べて迷ったすえ、結局ラベンダーに決めた。

「ごめんなさい。やっぱりまだ早すぎたのかも」ハンナが首をふり、洟をすすりながら言う。

「謝る必要なんてないよ」イザベルがハンナに腕をまわし、ぎゅっと力をこめる。「わたしたちも通ってきた道だから」

イザベルがわたしを見て、同意を求めてきたので、わたしもうなずく。先ほどダイヤモンドのリングを外すことを決めた自分に感謝しながら。この状況であの指輪をしていたら、絶対に気まずかったに違いない。わたしはカフェの入り口を見た。カイリーが来る気配はない。

わたしの心を読んだかのように、イザベルが言う。「ここに来る前に電話したら、ちょっと遅れるって」

「いつもどおりね」わたしは手を上げ、フロアで注文をとっている女性に合図を送った。ハンナが涙を拭き、自分から関心がそれたことにほっとしているようすが視界の片隅に入る。「先に注文しましょう。早くカフェインを摂取したくてたまらないの」

わたしはラテをオーダーし、イザベルとハンナはカプチーノをオーダーした。

「えっと……イザベルから聞いたんですけど、みなさんはネットで知り合ったんですよね」ハンナはすっかり気をとり直すと、背筋を伸ばして座り直した。ただし、また必要になると思っているのか、その手にはまだティッシュが握られている。

「ええ」わたしはうなずいた。「夫が死んでからネットばかり見ていたの。たぶん、気を紛らわせたくて。あのころは、明け方近くまでパソコンの前に座って、同じような境遇の人たちに向けたフォーラムを見てまわるのが日課になっていた。それであるとき、家族に責められているような気がするっていう内容の投稿をしたの。父から、わたしが夫の死すら気にしない甘やかされたお姫さまみたいに振る舞っているって言われて。夫がいなくなってもちろん悲しかった。でも……むなしさもあった。麻痺《まひ》してしまったみたいに、何も感じられない日もあった。でもね、友人が必要なときに、宇宙はちゃんと授けてくれることがわかったの。イザベルが現れたから。彼女からDMが来て、自分も同じだって言ってくれた。わたしたちはすぐに仲良くなった」

「そのあと、カイリーの投稿を見たの。夫が死んだあと、彼が自分の思っていたような人間じゃなかったことがわかったって。わたしは彼女にも共感した」イザベルが下唇を噛みながらうなずく。「夫が亡くなったとき、わたしは彼に対して複雑な気持ちを抱いていた。ある意味、この出会いは運命だと思った。わたしたちは若くして夫を亡くしただけじゃなく、社会のはみだし者で、お互いが必要だった」

実際、いまでもお互いが必要だ。

カイリーが酔っ払って運転できないときは、メルボルン中を駆けまわって迎えに行くし、生理が遅れてわたしがパニックになったときは、カイリーが薬局で妊娠検査薬を買うのに付き合ってくれる。買い物中に、どこかの母親が子どものお尻を叩くようすを見て、イザベルが完全にわれを失ったこともある。彼女はひどく取り乱し、わたしは理由もわからないまま、彼女が泣き止《や》むまでずっと抱きしめていた。

ふたりはわたしの戦友であり、この絆は炎のなかで鍛えられた。怒りと、不信のなかで。人間のもっとも醜く、生々しい感情のなかで。お互いに自分の最悪の姿をさらけだし、いまなお、毎週顔を合わせている。かつて、これほどまでに無条件の愛を感じたことはなかった。

だからこそ、わたしはふたりに夫の死の真相を話せないでいる。

第三章

イザベル

助手席にハンナが座っている。ひざの上で両手を組み、そわそわと体を動かしている。不安は伝染する。彼女の不安がわたしの内部に浸透してくるのを感じ、赤信号で待っているあいだ、たまらずささくれをいじる。そのとき、車ががくんと揺れ、整備工場に持っていかなければいけないことを思いだす。途中で動かなくなるのだけは勘弁してほしい。とはいえ、この古い愛車を走らせつづけるのにいくらかかるかを考えるだけでもぞっとする。どうして車というのは、こんなにも維持費がかかるのだろう。最近、上司に昇給を却下されたのが痛かった。わたしの仕事は運送会社の受付だ。給料は安いし、通勤時間は長いし、駐車場から従業員通用口へ向かうときのトラック運転手たちのいやらしい視線にもうんざりする。

でも、そんなのはすべて些末《さまつ》なことだ。

この仕事を選んだのは、給料もロケーションも同僚も関係ない。わたしにはもっと重要な目的がある。それに、給料や人間関係で仕事を選ぶと、息切れを起こしかねない……愛車がギリギリの状態から、ぱたりと動かなくなるように。そしていくら計算しても、修理のための予算は捻出できない。

「今日は誘ってくれてありがとう」ハンナが言う。「泣かないって約束したのに……みんなにあきれられてないといいけど」

「そんなわけないじゃない。誰もあきれたりしない」わたしは彼女をちらりと見ながら笑顔で応じる。「泣くのは悲しみを癒すプロセスなのよ。それに、ジョナサンの事故のあと、同じ経験をした人たちが周りにいてくれて本当に心強かったもの」

みんなには、夫は自動車事故で亡くなったと伝えてある。事実を話すより簡単だし、そのほうが面倒が少ないからだ。それに事故ということにしておけば、いろいろ質問されることも、誰かがわたしのもとへやってきて「じゃあ、彼は酔っ払っていたの?」などと、自業自得をほのめかすようなこともない。

加えて、自分の正体はなるべく明かさないほうがいい。世界でもっとも近しい〈ヤング・ウィドウズ〉のメンバーでさえ、わたしの本当の姿は知らない。

「あなたに出会えて本当によかった」ハンナが言う。その口ぶりには誠実さがにじんでいる。「あなたと初めて話をしたあの日、わたしがどれだけ友だちを欲しがっていたか知らないでしょう?」

ハンナはわたしより六、七歳下で、ヨガ教室で見かけた当初は、まさか友だちになるとは思ってもみなかった。教室はきれいとは言いがたく、いつも洗浄液のようなにおいが漂っていたが、その代わり、料金は通常のスタジオの数分の一だ。ハンナがあそこを選んだのも、きっとそれが理由だろう。彼女の服装から察するに、あまり経済的に余裕はなさそうだった。ただ、彼女はとてもいい子で、わたしたちはここ一カ月ほど一緒に教室に通い、そのあとコーヒーを飲みながら親交を深めてきた。

これから先、新しい友だちをつくる余裕などないと思っていたのに、彼女と言葉を交わしたとたん、もう何年も前から知り合いだったような気分になった。互いの何かがカチリと嚙みあった。前世で友だちだったとか、陳腐だけどそんな感じ。だから、彼女の助けになりたいと思った。

「わたしこそ、出会えてよかった。それで、今日の集まり、ほかのみんなはどうだった?」

「カイリーは、いい人そうだった」子犬のように小首をかしげ、ハンナが言葉を選びながら言う。「彼女には……温かさを感じた」

「うん、カイリーはいい人だよね」

カイリーは落ち着きがなくて、遅刻の常習犯かもしれないが、優しい心の持ち主だ。もしわたしが散々な一週間を過ごしたら、カイリーは中華のテイクアウトを持って家に遊びに来てくれるし、落ちこんだときには、飲みに連れだしてくれる。誕生日を覚えるのは苦手だが、わたしたちを気にかけていることを示すために、いつも面白ミームをグループチャットに送ってくれる。

少しの沈黙のあと、ハンナは言った。「アドリアナには、好かれていないと思う」

「彼女は、人と打ち解けるのに少し時間がかかるから」わたしはそう言うと、ハンドルを握っていないほうの手をパタパタとふってみせる。「あなたを嫌ってるわけじゃない」

「うん……でも、わたしを邪魔者のように感じたんじゃないかな。すごく仲のいい三人のなかに、わたしが無理やり入ってきたから」ハンナはため息をつくと、指をきつく絡めた。「誰かの邪魔はしたくない」

受け入れられたい、という彼女の必死の思いが、空気中に漂う香りのように伝わってくる。彼女は若く、傷つきやすい。

ハンナは二十代だが、バーやナイトクラブに行けば、きっと身分証を求められるだろう。彼女が化粧を――マスカラさえ――しているところを見たことはないし、いつも、黒のレギンスに白のスニーカー、ひじに穴の開いたグレーのパーカといった、シンプルな格好をしている。わたしの銀行口座にある最後の十ドルを賭けてもいいが、アドリアナはハンナを変身させたくてたまらないはずだ。

ハンナの傷ひとつないきれいな頰を見て、嫉妬に胸が痛む。傷がなければ、わたしも彼女のように素肌をさらすのに。

「あなたを誘ったのはわたし。だからあなたは無理やり入ってきたわけじゃない。それに、新しい人を誘っちゃいけないなんてルールもないし」座席から身を乗りだし、対向車を確認してから角を曲がる。「アドリアナは、少し人と距離を置きたがるの。たぶん、昔のことが関係しているんだと思うけど」

「何があったの?」ハンナが眉をひそめる。

「アドリアナの父親は金融業界の大物だったんだけど、彼女が高校生のときに横領で捕まったの。彼が刑務所に入れられたときは、大々的にニュースになった。資産はすべて差し押さえられて、お金持ちの私立学校に通っていたアドリアナは、公営住宅暮らしに……。知り合いは全員離れていった。裕福な友人も親族たちも誰も彼女と母親を助けてくれなかったって」

ハンナは目を見開いた。「ひどい」

「たしか、メディアも彼女たちを追いかけまわしていたんじゃないかな。大学時代、女性記者がアドリアナの父親のことを探るために、友人になろうと近づいてきたこともあったらしい」わたしは頭《かぶり》をふった。「だから、彼女はいまもソーシャルメディアは利用しない。知らない人から連絡が来るのが嫌で、フェイスブックのアカウントさえ持っていない」

たぶん彼女は、インターネットでも例のサポートフォーラムしか利用していないし、そこでも、実名は使っていなかった。わたしの知るかぎり、アドリアナには友人が（わたしたち以外）ほとんどいない。たいてい仕事で忙殺され、休みの日も、わたしたちかグラントと過ごしている。おそらく友人ができにくいのは、警戒心が強く、人を信用できない性格が災いしているのだろう。わたしたちが心を通わせることができたのは、わたしが執拗にメッセージを送ったからだ。

「だから、あんなふうによそよそしかったのね」ハンナの顔に同情の色が浮かぶ。「ひどい話」

「そうなの。だから、あなたに含むところがあるわけじゃない。いうなれば自己防衛のメカニズムね」

「それならわかるかも」とハンナ。

「次の集まりも誘っていい？」

なぜ、自分がこれほどハンナを気にかけるのかわからない。たぶん初めて会ったときに、彼女から電磁波のように放射されていた孤独と怒りが、わたしにも理解できたからかもしれない。わたしはそうした感情とつながった。かつて、その感情だけがわたしのすべてだったから。

昔はそうではなかった。実際、昔のわたしはあきれるほど幸せで、世界をバラ色に染める、陽気な人間のひとりだった。もし、人を信じる競技がオリンピックにあったら、わたしはその競技のイアン・ソープになっていただろう。金メダル級の楽観主義者で、とにかくいいことだけを信じようとする。このお人好しのせいで、何度失敗したことか。

そのせいで、暗い通りでも背後に注意しなかった。ジョナサンの行動がおかしいと思いはじめたときにも、あれこれ質問をしなかった。車のグローブボックスに知らない処方箋を見つけたときにも、注意を払うことをしなかった。

「うん、じゃあまた行こうかな」ハンナはうなずいたものの、ひざの上で両手を落ち着かなげに絡ませている。「ありがとう」

「お礼なんて必要ないよ」

わたしの毅然とした物言いが、ハンナの背中を押したのだろう。「アドリアナのパートナーってどんな人？」と訊いてくる。

先ほどの集まりで、現在付き合っている人がいるのはアドリアナだけだという話が出た。だがその話になると、アドリアナは気まずそうな顔をして話題をそらした。

「グラントのこと？」赤信号で停まると、わたしは肩をすくめた。「まだ紹介してもらってないけど、ふたりで写っている写真なら見たよ。魅力的な人なんじゃないかな、たぶん」

写真を見たときに湧き上がった醜い感情のことは話さない。ただでさえハンナは、この集まりに参加するのを躊躇《ちゅうちょ》しているのだ、これ以上後ろ向きの要素は与えたくない。わたしはこの先も夫のことを吹っ切れるとは思えないし、しかもこんなに早く次の人を見つけるなんてありえない。けれどアドリアナがもう一度愛を見つけたいというなら、それは彼女の勝手だし、他人が口を出すことではない。彼女には彼女の理由があるのだろう。

「え、会ったことないの？　こんなに長い付き合いなのに？」ハンナが眉をひそめる。たしかにおかしな話かもしれないが、わたしたちのグループは、ふつうの女子の集まりとはわけが違う。わたしたちは大きな荷物を抱えている――スーツケースをチェーンでぐるぐる巻きにしても開いてしまうくらいの、大きな荷物を。

「淡々として見えるかもしれないけど、アドリアナは他人の気持ちにすごく敏感なの。パートナーの話ばかりしたり、グループで受け入れるよう強制する感じになっちゃったりしたら、みんなが気分を害すんじゃないかって心配してるんだと思う。で、それは本当にそのとおりで、アドリアナが幸せになるのはもちろんうれしいけど、わたしはアドリアナのお相手と仲良くしたいとは思っていない」わたしは肩をすくめた。「また誰かと付き合う、ってすごくデリケートな話題なの」

というより、男性全般に関する話題はすべて微妙だ。

サイドミラーをちらりと見る。歪んだわたしの姿が映っている。傷跡は深く、生々しい。刹那《せつな》、頬を伝う血と、肌に食いこんだガラスの破片がきらりと光るのが見えた。だが、まばたきをするとすぐに消え、いつもの自分に戻っていた。傷口はふさがり、怒りは内側に閉じこめられる。

「死っていうのは……複雑だよね」ハンナが下唇を噛み、皮膚の柔らかな部分が引っ張られる。しょっちゅう噛んでいるせいか、ハンナの唇はときどき傷ついていることがある。「死はシンプルなものだって思われてるけど――大切な人が亡くなって、悲しい、そういうものだって――でも、そのうちほかの感情も芽生えてくる。不適切なことや、自分を悪人だって感じるような気持ちが」

「自分を置いていった人を責めるのは当然でしょう」わたしは言う。「感情を抱くのは悪いことじゃない」

「ねえ、イザベルは天使なの？　夫が死んでから、わたしは海で漂流して、溺れるのを待っていた。溺れたいと願っていた。そうしたら、あなたに出会って、優しくしてくれて、仲間にまで入れてくれて、そのうえ正しいことばかり言うなんて……」

「天使だなんて」わたしは言う。「とんでもない」

これまでわたしがしてきたこと、しようとしていることを考えたら、むしろ真逆だろう。

＊

今夜、わたしは、珍しく街のバーで飲んでいる。とはいえ、楽しむためではない。復讐のためだ。テーブルの上の、一緒に飲んでいる相手とのあいだに置かれた赤ワインに手を伸ばす。わたしたちはバカみたいに背の高いスツールに、電線にとまったセキセイインコよろしく、バランスをとりながら腰かけていた。飲みすぎたふりをして、少しだけ体を揺らす。少し厚手のワンピースを着てきたおかげで、顔もほどよく紅潮している。相手が見ていない隙に、グラスに酒を注いでいく。彼女がトイレに立つと、わたしはウェイターに同じボトルを注文した。

一緒に飲んでいる相手は、この一時間、ボトルが新しくなっていることも、わたしがまだ一杯目を飲んでいることにも気づいていない。

「はあ、酔っ払った。あたしもすっかり弱くなったもんだわ」同僚のギャビーは、わたしが彼女のグラスにとくとくと濃い赤色の液体を注ぐそばで、笑いながら自分の顔を扇ぐように手をパタパタさせる。

「今日は付き合ってくれてありがとう」わたしはボトルを置くと、彼女の腕をぎゅっと握ってにこりと笑った。歯はワインで赤く染まっているに違いない。「あなたとはプライベートでも仲良くなれると思ってたの」

ギャビーの顔がぱっと輝き、わたしは一瞬申し訳ない気持ちでいっぱいになる。いや、まだだめだ。

会社でいちばん力のあるポジションはどこか？　ＣＥＯ？　違う。ちょっと賢い人なら意表をついて最高情報責任者と言うかもしれない。テクノロジーはどんな会社の未来も握っているからだ。いい線を突いているが、これも違う。では、お金を管理している人間だろうか。それも違う。

会社でいちばん力のあるポジションは、重役秘書長だ。裏取引、私的な電子メール、政治的連携、ちょっとした汚職など、彼女たちはあらゆる内部情報にアクセスできる。その情報は、組織を転覆させる可能性を秘めている。しかし彼女たちの大半は、自分がどれほどの力を持っていて、その情報で何ができるのかをわかっていない。

でも、わたしは知っている。

「そりゃ付き合うよ」ギャビーが勢いこんで言う。「最後に遊びに出かけたのがいつかも思いだせないくらいだもん。娘たちの世話ばっかしてたら、社会生活ってもんを忘れちゃってさ。それって悲しいよね」

「娘さんたちかわいいもんね。ギャビーはいいお母さんだと思うよ」

二十代半ばくらいの男の一団が通りすぎ、ギャビーの目が貪欲に彼らの姿を追う。向こうはこちらをちらとも見ない。ギャビーの顔には落胆の色が浮かんだが、わたしは透明人間であることに慣れている。もう、長いこと、そんなふうに生きてきた。

今回は、それを利用するつもりだ。

だが、ギャビーは違う。異性の関心を欲している。それは、彼女の服装を見ても明らかだ。胸元のボタンが引っ張られ、ふたりの子どもを産んで丸くなったお腹部分の生地が伸びるほどタイトで、きらびやかなワンピース。入念な巻き髪も、まるでシャンプーのコマーシャルに出てきそうなほど手がかかっているし、一週間おきにまつ毛エクステのサロンに通っているのも知っている。あわよくば次の夫を捕まえようと、会社のお偉いさんたちにしなをつくってみせることもある。

最初の夫は、夫自身のいとこと不倫をしたらしい。

「会社の外に出られてほんっとよかった。いま新しい倉庫の立ち上げパーティーを企画してるんだけどさ……」と言いかけて、ため息をつく。「あたしったら、いつからパーティープランナーになったんだろう。本来なら、メールを管理したり、会議室の予約をしたりするのが仕事なのに。なんで全人類のアレルギーに対応する食事を考えなきゃいけないわけ？　真面目な話、オレンジ色のものが一切食べられないって人がいてさ、そんなことある？」

わたしは鼻にしわを寄せて同情を示す。「それって、マーケティングの仕事じゃないの？」

「ミスター・フレンチマンは彼らを信用してないの」ギャビーのろれつが怪しくなってきた。頬がバラ色に染まっている。「この呼び方も大っ嫌いなんだけどさ。いまどき肩書きや名字で呼ぶよう言う人なんている？　古いよね。あいつは偉そうなろくでなしなのよ」

これはパワーゲームだ。はるか離れた場所にいるわたしにも伝わる。相手をちっぽけに見せることが大好きなわれらがボスは、部下たちの地位が自分より下であることをつねに思い知らせたいのだ。彼のような男にとって、これは依存性のあるドラッグだ。だけど、まさかギャビーがこんなふうに思っているとは知らなかった。会社では、「イエス、サー」「ノー、サー」「仰せのままに」が通常のスタンスなのだ。

「社長のもとでもうずいぶん長く働いてるよね。きっととんでもないうわさも知ってたりするんじゃない?」わたしは眉を上げ、まるで共謀者のように身を乗りだす。「会社の経営者なんて、誰だってやましい秘密のひとつや五つ、抱えてるでしょう」

うちの悪徳社長がやましい秘密を隠しているのは、厳然たる事実だ。

それは、わたしの身に起きたことなのだから。

だが、ギャビーがそれを知っているとは考えにくい。

「あたしが言えるのは……」ギャビーが含み笑いをしながらわたしの顔の前で指をふってみせる。と、ギャビーがげっぷをし、一瞬気まずい顔をする。わたしはバックで流れている重低音の音楽で聞こえなかったふりをした。「あいつのクレジットカードの請求書が、自宅じゃなくて会社に来るってこと」

それは怪しい。「何を隠してるんだろう、愛人とか?」

「たぶん複数人いるね。男ってそういうもんじゃん」そう言ってギャビーが鼻を鳴らす。

「このあいだも、インターンのひとりを上から下までじっとり見てたし。ほんと最低。相手は娘でもおかしくないくらいの年齢だよ」

だが、不倫をしているとか、あいつがスケベな変態野郎だとかいうのは、わたしが求めている情報ではない。いまどきそんなことを気にする人間はいない。男なんて年がら年中浮気をしてるし、珍しくもなんともない。もっとそそる情報が欲しい。何か罪に問える情報が。

「えー、もっと面白い話聞かせてほしいな」わたしはくすくす笑いながら、自分の顔を手で扇ぐ。厚手のワンピースのせいで、異常に暑くなってきた。なぜ、アパレルメーカーはワンピースにストレッチベロアを使うのだろう。息苦しいし、わたしが着ると、まるで安物のサンタ服のようだ。いつもはワンピースなんて絶対に着ない。男の目を引くようなものはすべてNGだ。「ギャビーって社内の出来事なら何でも知っていそう。会社でいちばん力を持っているのはあなたなんだから」

ギャビーがうれしそうに胸を張る。きっと、これまであまり褒《ほ》められてこなかったのだろう。彼女をドアマットのように扱う威圧的な上司、一度も求められていると感じさせてくれなかった元夫、自分のことしか考えていない生意気な十代の子どもたち。彼女が何を求めているのか、わたしには手に取るようにわかる。自分が重要な人間だと感じること、人からそう見られること。

ギャビーが身を寄せてくる。少しとろんとしたその目を、わたしはよく知っていた。カイリーに呼ばれて、アドリアナかわたしが車で迎えに行ったときの目だ。飲みすぎて自分の名前すら忘れてしまったときの顔。ギャビーにワインはもういらない。情報は欲しいが、それでひどいことになってほしくはない。彼女のグラスをさりげなく遠ざけても、ギャビーは文句を言わなかった。

ウーバーを呼び、乗車情報を確認して、彼女を無事に帰すこと、と心に留める。そう思って、今度こそ罪悪感が胸を刺す。誰かを巻き添えにするのは本意ではないし、ギャビーには何の恨みもない。それでも、やるしかなかった。

「あの人、何年か前に副業で何かのビジネスをしていたんだよね」とギャビーが言う。「運送業とは何の関係もないやつ。たしか、不動産投資か何かで……たぶんマンションだったと思う。ムーニー・ポンズのそばにある」

「うん」とわたしはうなずく。

「いくつもマンションを売却してた。ひとつ買うかって聞かれたことがあったけど、とても買えるような値段じゃなかったよ。あの当時で百万ドル近くもしてさ」ギャビーが鼻で笑う。「あいつ、あたしの給料を知っているくせに。2ベッドルームしかない部屋に百万ドルも払えるわけないじゃない。娘を同じ部屋に入れたら、殺し合いがはじまるっての」

「メルボルンは高すぎるよね」わたしは同情するように頭をふる。

「ほんと。でもそこはほかよりはるかに高かった。〝特別な高級コミュニティ〟になる予定だからって」そう言ってふたたび鼻を鳴らす。「わたしにぴったりだよね。ま、それはいいんだけど、なんか区割り《ゾーニング》の問題が発生したんだって。集合住宅にするはずだったのに、そのせいで議会との交渉が難航したみたい。区割りの変更に反対する抗議活動もあったんだけど、工事はすでにはじまっていた。そうこうするうち、近くの通りに好ましくないものが建っちゃったらしくて。現場はもう大混乱」

面白い。

「結局、マンションは完成したの？」

「建物自体は完成したみたい。でも購入者が支払った金額に見合うものじゃなかった。法的措置もとられたみたいだけど、あたしが知るかぎり、誰もお金を取り戻せなかったはず。小さい字で書かれた契約書のなかに汚い条件があったんだって」そう言ってひとりでうなずくと、一瞬、脳内の記憶に入りこんだかのように目の焦点を失う。「あるとき、男が会社に怒鳴りこんできて、詐欺にあった、刑事告訴してやるって騒いだことがあってさ」

「したの？」

「してないと思う」ギャビーが肩をすくめる。「していたとしても、あたしの耳には入ってきてない。あたしの知るかぎり、あの偉そうなろくでなしの社長は何の証拠も残さず逃げ切ったはず。よくあることよ。ああいう男は絶対に報いを受けない」

まさしく、いまの話はわたしがよく知るあの男の姿だった。犯罪者。捕食者。バリアに身を包んだ男。誰も彼には触れられない……そう思っている男。

待ってなさい。すぐに捕まえてあげるから。

第四章

ハンナ

わたしには、墓地でのルーティンがある。というか、ルーティンが必要だった。決まった手順を踏むことでしか、墓参りを乗りきれない。

まず、墓地の入り口にある小さな花屋のそばに車を停め、お供えの花を買う——ピンクはわたしの好きな色だ。世界をほんの少しだけ明るくしてくれるから。ここ数カ月、花屋にしょっちゅう来ているせいか、カウンターの女性はわたしの名前を憶えている。これほど頻繁に通っている人は、ほかにどれくらいいるのだろう。

たぶん、そんなに多くない。

わたしの悲しみは色あせない。癒せない。

とはいえ、今日は疲れていた。引っ越し先のマンションが街の反対側にあって、渋滞にはまりながら長いドライブをしてきたせいだ。ありがたいことに、ルーティンのふたつめは、花屋の隣の小さなカフェでコーヒーを飲むことだった。カプチーノに、チョコレートパウダーを多めにふってもらう。今日は、さらに多めにしてもらおう。

カプチーノを飲み終わると、車に戻って墓地のなだらかな道を抜けていく。歩いてもよかったが、お墓はずっと向こう側にあり、今日は季節外れの暑さだ。エアコンをつけ、顔に吹きつける涼しい風を楽しみながら、脳裏に刻みこまれるほど慣れ親しんだルートを進む。緩やかな左カーブを抜けて、右に曲がる。それから左に曲がって、もう一度右。

大きな楡《にれ》の木のそばに車を停め、歩いて彼の墓に向かう。両隣にも似たような墓石が並んでいるが、彼の墓石がいたって地味なのは、お金に余裕がなかったからだ。べつに豪華な葬儀や墓石がなくても、時間と真心を捧げることはできる。

次のルーティンは、古い花を片づけること。頻繁に来るので、たいていまだ花はきれいだが、それでも古いものは片づける。古いほうは、近くのお墓にお裾分けする。毎回異なるお墓に供えるのは、公平性を大切にしたいから。今日は、一九二五年に生まれ、二〇一一年に亡くなったエリザベス・ドロシア・マクマスターズの番だ。彼女の名前が刻まれたプレートに降り積もった枯葉を払いのけ、わずかにしおれた花を緑のプラスチックの容器に生ける。

「リジー、お花をどうぞ」

それから彼のお墓に戻り、リジーのものとまったく同じ緑のプラスチックの容器に新しい花を生け、きれいに見えるよう、ふんわりと花を整える。繊細なピンクの花びらに、束の間、顔がほころぶ。続いて、毎回持参する小さなブラシで墓碑を丁寧に掃除し、枯葉、小枝、周囲が茶色くなって落ちた花びらなどを芝生の上に払っていく。

よし、これできれいになった。

そしていつものように、涙で息をつまらせながら墓碑の文字を指でなぞっていく。

デ−イ−ル・ア−ダ−ム−ソ−ン。

「ねえ、デイル。わたしに会えなくて寂しい？」

目を閉じると、目の前に彼の姿が浮かぶ——奥二重、くっきりとした頬骨、いつもツンツンと飛び出た黒い短髪、そして、暑い夏の日のあとの海のように温かく、魅力的な笑顔。その笑顔を見ると思わずこちらも笑顔になった。どんなに落ちこんでいても、彼の笑顔がわたしの世界を照らしてくれた。

写真はいつも財布に入れている。こうしておけば、束の間の幸福が手の届くところにあるように感じるからだ。一方で、取り返しがつかないほど自分が壊れてしまったと感じる日もある。わたしが世界でいちばん愛し、同じくらい深く愛してくれた人は、もうどこにもいない。永遠に。

涙があふれるが、流れるままにする。涙を止めようとするのは、炭酸飲料をふって吹きこぼれないようにするようなものだと、昔デイルに言われたことがある。どのみち、あふれ出てくるものは止められない。だから、涙が涸《か》れて、空っぽになるまで泣く。何も残っていない、抜け殻になったような感覚は悪くない。何も手渡さなくていいし、何も与えなくていいからだ。

「昨日、夫を亡くした人たちの集まりに参加したよ。自助グループに」目にかかった前髪を払い、空に向かって語りかける。太陽が涙を乾かしてくれることを願って。「あなたがいつも言っていたように、友だちをつくって、助けてもらおうと思って」

デイルは、磁石のように人を惹きつける人だった。赤ん坊も、おばあちゃんも、犬も、男たちも、みんな彼が好きだった。そしてわたしは、誰より彼を愛していた。

「新しい家も見つけたよ。前の家とはだいぶ違うけど。でもドッグパークが見えるし、道路もそんなに混んでいない。キッチンがすてきでね。あなたなら喜んで料理したと思う」

返ってくるのは、木々のざわめきと、アスファルトをゆっくり転がるタイヤの音だけだ。

「あなたがここにいればいいのに」声がかすれる。「あなたの声が聞きたい」

ルーティンの最後は、その願いを叶えること。携帯電話に録音が残っている。彼が残したボイスメールだ。

「やあ、ぼくだよ。いま仕事が終わったとこ……」ぎゅっと目をつむると、鼓動が激しくなり、信じられないような痛みに襲われる。可能性が失われた痛みだ。一度も行けなかった長期旅行。叶えられなかったたくさんのこと。祝えなかった誕生日とクリスマス。「冷蔵庫にパスタソースが入ってる。先に食べててくれていいけど、帰り道にパンを買っていくから。愛してる」

いつもと同じ。まったく普段どおりの口調。

まさかこのわずか十分後に、赤信号を無視した飲酒運転の車が突っこんでくるなんて、自分が死んでしまうなんて思いもしなかっただろう。わたしの人生が引き裂かれることになるなんて。わたしの世界が粉々になるなんて。

「わたしも、愛してる」息を吸い、空を見上げ、風に揺れる木々を眺める。「いつまでも、愛してる」

録音の内容が現実になってほしかった。わたしの耳元でささやき、その腕で抱きしめてほしかった。彼の笑顔と、その目に浮かぶ優しさを見たかった。

やがて気をとり直すと、涙を拭いて立ち上がった。来週もまた来よう。

ただし、いまのわたしには新しい人生がある。夫を亡くした女としての人生が。

第五章

カイリー

ふたりが家にいると、アパートはひどく小さく感じられた。子どものころに住んでいた、メルボルン北郊外のおんぼろアパートが監獄だったとすると、ここは独房だ。迫りくる壁に怯えながら、わたしは姉のベスのそばで縮こまっている。とはいえ、姉は何も悪くない。仕事をクビになったことを内緒にしているわたしが悪いのだ。

先月、経理のせいで給料の支払いが遅れていると伝えたら、姉が家賃を肩代わりしてくれた。でも、もう二度とこの手は使えない。次の仕事を見つけなくては。悲しいことに、推薦状がなければ次の雇い主は納得してくれないだろう。少し前に、小さなデザイン会社で最終面接まで進んだが、わたしの「実績を確認できなかった」という理由で、別の候補者が選ばれたのだ。

くそったれ。

ブルブルと電話が震えた。イザベルとアドリアナがメンバーになっているグループチャットだ。

イザベル：金曜日何してる？　うちで夕飯食べない？　カルボナーラつくる予定

アドリアナ：行く！　イザベルのカルボナーラは最高！　あんなおいしいカルボナーラ食べたことない

イザベル：イタリア人にそんなこと言われるなんて光栄すぎる

アドリアナ：おばあちゃん《ノンナ》には内緒ね。恥ずかしくてお墓の下でじたばたしちゃうから

ふたりのやりとりを見て思わず笑ってしまう。ときどきイザベルとアドリアナのことを、ベスよりも姉妹のように感じることがある。実の姉を親代わりに感じるのに対して、ふたりはまったくの対等だからかもしれない。けれど、それはベスのせいではない。わたしたちはそれ以外の接し方を知らないのだ。

カイリー：わたしも行く！　着いたらピンポンする

イザベルがパーティーやクラッカーの絵文字を連投する。

わたしはこのとき、偽の仕事着のままリビングをうろついていた。〈マイヤー〉で買った古いブレザーはひじの部分がてかてかし、細身の黒のワンピースは、面接からデート、葬儀までなんでもござれだ。今朝は八時四十五分に家を出た。ただし、向かった先は職場ではなく、仕事探しを手伝ってくれるセンターリンク（失業、年金、生活保護など社会保障手続きを行う政府機関）だ。その後は図書館で時間をつぶした。ありがたいことに、ベスは明日から在宅ではなくオフィスで仕事をすることになっているので、少なくとも彼女の目を気にすることなく家でのんびりできる。

「また、コーヒーが切れてる」ベスが言う。大柄な体にまとったふわふわのピンクのバスローブの片袖には、焦げて黒くなった小さな丸い跡があり、何度洗濯しても溶けたプラスチックのようなにおいがする。誰が焦がしたのかは覚えていない。「紅茶もあと三つしかない。あんた濃いめが好きだよね」

ベスがシンクの横の水切り台に置いてあったティーバッグに手を伸ばすのが見えた。ケトルのスイッチを入れ、その日すでに二〜三回使った、出がらしのティーバッグをマグカップに入れる。アドリアナの家で、彼女がペパーミントのティーバッグ（紅茶専門店〈T

2〉で購入した高級品）を熱湯にほんの三十秒浸してすぐにゴミ箱に捨てるのを見るまで、ティーバッグは再利用するものだと思っていた。

ママが見たら卒倒しただろう。ママは少なくともティーバッグひとつで三杯は飲んでいた。

「明日買ってくる」わたしはベスの隣に立つと、キッチンの流し台に寄りかかった。

母親は、わたしと同じ赤毛で（そのまま乾かすと縮れて広がるタイプだ）、チャーミングなそばかすがあった。体形もスリムで、わたしもその血を受け継いでいるが、ベスは父親に似て農作業向きのがっしりとした体つきをしている。広い肩幅、太い脚、ディナープレートのような手。ただし、猫背はママ譲りだ。ママもベスも、世界中の重圧を背負いこむタイプだ。いつも深刻で、心配している。ベスはキッチンをうろうろしながら、なぜかわたしと目を合わせないようにしていた。

ベスはそれほど温和なタイプではない。おそらく母親が亡くなって、若いうちから責任を負わされていたせいだろう。わたしが生まれたとき、彼女は十歳になろうとしていた。高校時代は、パーティーやディスコに行く代わりに、わたしの子守をした。大学に行くという夢をあきらめたのは、家族を養うためにフルタイムの仕事をしなければいけなかったからだ。ほかに頼る人もいなかったのに、そのころの父親は、わたしたちを完全に見捨てていた。

ときどき、いつも姉に頼ってばかりいるわたしに、腹を立てているのではないかと思うことがある。わたしは、姉に苦労ばかりかけている。

「なに？　どうかした？」首をかしげて、ベスに尋ねる。

「何でもないよ」という答えが返ってくるのを期待していたわたしに、姉の後ろめたそうな目が向けられる。彼女が口を開く前に、すでに何を言われるのか予想できてしまった。

「あんた、そろそろ家を探したほうがいいんじゃない」

マーカスが死んで、ふたりで住んでいた家にいるのが耐えられなくなったとき、ベスはわたしを引きとってくれた。かりに前の家に住みつづけようと思っても、ひとりで家賃を払うのは無理だったし、先がまったく見えない状態でルームメイトを募集するのもいい考えだとは思えなかった。マーカスとわたしはずっと小さな家を購入したいと思っていた。だけど、お金がなくて踏み切れなかった。そんな折、マーカスが病気になった。脳腫瘍だ。希少で、進行の速い疾患。彼はわたしより十五歳上だったが、それでも死ぬには早すぎた。夫はいつも年の差を気にしていた。実際、わたしがバーで最初に彼に声をかけたときも「うれしいけど、興味はない」と断られたのだ。

けれど、興味があるのはわかっていた。男はいつだってわたしに興味があった。こんなに欠点が多いわたしでも、男は必ずわたしに興味をもった。

マーカスも例外ではなかった。

次の週も、同じバーで彼に遭遇した。年が離れすぎている、と彼は言った。だから絶対にうまくいかない、と。その夜、わたしはマーカスと寝た。彼はこれきりだと言った。三回目にベッドをともにしたとき、「自分の人生はそれほどいいものではない」と彼は打ち明けた。「ぼくは金のない社会人学生だし、問題も抱えている。過去にもいろいろあった。輝く鎧《よろい》を着た騎士じゃない」だけどわたしは、彼が車を盗んで服役した過去を気にしなかった。彼は悪い仲間と決別して、狭くまっとうな道を進み、経営学の資格を取るために学校に戻っていたのだ。マーカスは人生を立て直しており、それこそ強さの表れだと思った。

だが、のちにわかったのは、マーカスはたしかに輝く鎧をまとった騎士ではなかったということだ。彼の死後、その本性が明らかになると、わたしは悲しみを紛らわすために、目に入ったワインボトルを片っ端から空にした。

「カイリー?」ベスが眉根を寄せると、コインが挟めそうなほど深いしわが刻まれた。ベスは実年齢より老けて見える。赤毛には白髪が交じり、口元にはマリオネットラインができている。そのせいで、まだ四十前なのに五十代に見える。「そろそろ新しい人生を踏みだしてもいいんじゃない。もう三年でしょう」

「わかってる」

「いつもそう言うけど……」そこでため息をつく。「本当にわかってるの?」

わたしはぐっと言葉をのみこんだ。と、そのとき、電話が震えた。

フランシス：きみのことを考えていた

息が止まる。前の晩の記憶を失っていたあの朝メッセージを受けとって以来、やりとりはしていなかった。誰かから電話がかかってきて、「ホテルの部屋から買い物袋を盗んだでしょう」と責められるのを、心のどこかでずっと覚悟していた。あのショッピングバッグは、惨めな失恋の記録を綴《つづ》った十代のころの日記のように、クローゼットの奥に押しこんである。商品を店に返す場合に備えてレシートも取ってある。わたしには現金が必要だ。姉に家賃を借りているし、電話料金の支払い期限も過ぎているし、ウェストに穴が開き、お尻のゴムがたるんだパンツをはいている。

わたしはまるで、宝物を独り占めするゴーレムのようだ。高価なハイヒールを履き、いい香りの香水をまとい、ドレスの下にセクシーな下着を身につけて闊歩《かっぽ》するような女性になりたかった。

フランシス：今夜何してる？

胸が高鳴った。夜のお出かけ？　部屋に閉じこもってユーチューブを見て、意識を失うまでシャルドネを飲む、というわたしの今夜のプランよりずっと楽しそうだ。

カイリー：会いたい

「カイリー？」ベスがふたたび呼ぶ。だけどわたしは携帯電話の画面を見つめ、三つのドットが点滅するのを凝視していた。

「ごめん、またあとで」身をかがめて姉の頰にキスをする。「ちゃんと話すから」

動揺したまま寝室へ向かう。何者かもわからない人物と本当に会うつもり？　どうやって出会ったかもわからないし、彼のものを盗んだかもしれないのに？　ひょっとしたらあの荷物を返してほしいのかもしれない。でも、すでに履いてしまった千ドル超えの靴は、返品がきかない可能性がある。これは、何かの罠だろうか？

わたしは息を止めて、返信が届くのを待った。

フランシス：このあいだ買ってあげたワンピースを着てきて

これで謎がひとつ解けた。

トラムは、フランシスと待ち合わせしているバーから半ブロック離れたところで停まった。メルボルンに数ある洒落た店と同じく、その店も、かび臭いにおいを放つ緑色の大きなゴミ箱が並ぶ、小汚い路地を入ったところにあった。先ほどまでの雨でできた水たまりが、頭上からの光を反射している。

高いヒールでうっかり踏み外さないよう、慎重にトラムのステップを下りていく。ジマーマンのワンピースは、まるでオーダーメイドで仕立てたかのようにわたしの体にぴったりだった。その下には、上質なレースをあしらった、肌触りのいいおそろいのブラとショーツ。下着はゴージャスなパウダーブルーで、身につけるだけで自分に百万ドルの価値があるように感じられる。

バーはすぐそこだ。小さな入り口には看板も出ていない。これは、店内が間違いなくにぎわっているしるしだ。メルボルンの人たちはこういう場所が大好きなのだ。

ねえ、変わった名前の古いパブを曲がった先にあるバー知ってる？　路地を少し行って、ゴミ箱を通りすぎたところ。やだ、看板なんて出てないってば。

わたしは扉の前でうろうろした。お腹が痛くなってくる。今夜のわたしはわたしではない。無職の失業保険生活者で、悪臭のように姉にまとわりついてうんざりされているカイリー＝マリー・ロビンズではない。わたしはカイリー。洗練された都会の美女。ハイブランド品を身にまとって洒落たバーに通い、バカな真似をすることなく、楽しい時間を過ごす方法を知っている。

扉を開けて店内に入ると、褐色の肌と黒い髪の美しい女性に出迎えられた。黒髪は片側が剃り上げられ、反対側は長く伸ばされている。鼻ピアスがきらりと光り、前面にシルバーのジッパーがついた黒の滑らかなドレスをまとっている。口紅は濃いワインレッド。彼女がつけているとゴージャスだが、わたしだったら絶対に歯についてしまうだろう。

「今夜は満席です」無愛想ではないが、きっぱりとした口調で言う。

「待ち合わせなんです」と応じながら、指先が何かに触れたくてそわそわし、かつて祖母のものだったチェーンネックレスに落ち着く。

「相手のお名前は？」

「フランシスです」と答えてから、彼の名字を知らないことに気づく。店内を見まわしても、どの人がフランシスかもわからない。背は高い？　それとも低い？　太っている？　痩せている？　年配？　若い？　何もわからない。胃がキリキリと痛み、入店を拒否されることを覚悟する。

ここに来たのは間違いだった。

「カイリー？」

背後からわたしの名前を呼ぶ声が聞こえ、ふり向くと、二階へと続く暗くて狭い階段に人影が見えた。黒いスーツに白いシャツ。ネクタイはしていない。茶色のベルトがすらりとしたウェストを際立たせている。職業を示すものは見当たらない。薄暗い照明のもとでは年齢を当てるのは難しいが、すごく年上というわけではなさそうだ。マーカスと同じくらいだろうか。こめかみあたりに多少白髪が見えるものの、それ以外の髪はふさふさと波打っている。その笑顔は最高に魅力的で、刃物のようにわたしの心を切り裂いた。かっこいい。予想よりはるかにハンサムだ。わたしは、酔うとときどきおかしな判断を下すことがあるのだ。不精髭の生えたあごのあたりが、かすかに赤みを帯びている。

「その服、すごく似合ってるよ」彼が手を差しだす。ガラス製のカボチャの馬車から降りるシンデレラの気分で、その手を取る。「さあ、向こうで飲もう」

「いい夜を」と鼻ピアスの女性が言い、わたしを通してくれた。にこりともしない女性のようすになんとなく違和感を覚えたものの、フランシスのあとを歩くうちに、きれいに忘れてしまった。

新しい靴でこの階段をのぼるのはひと苦労だったが、フランシスはバカ高いヒールの女性をエスコートするのに慣れているみたいに、ゆっくりと進んでいく。二階に着くと、その理由がわかった。わたしはここでは目立たない。似たような格好をした女性たちが、高価な靴、輝く宝石、美しいドレスを身にまとい、キラキラしたストラップのついた小さなバッグを提げている。

この人たちには、わたしが偽者だということが、他人の服で着飾った赤毛のバービー人形にすぎないことがわかるだろうか？

フランシスがわたしの腰のくびれあたりに手を添え、バーへと誘《いざな》う。黄金で縁どられた広々としたバーカウンター。人々がベルベットのスツールに腰かけている。バーテンダーはサスペンダーと蝶ネクタイを身につけ、そのうちひとりは片腕にびっしりとタトゥーを入れている。空いている席に座ると、バーテンダーがすぐに注文を聞きに来た。フランシスはここの常連なのだろう。スタッフがこぞって彼の機嫌をとろうとしているように見える。

「何にする？」彼から手渡されたカクテルメニューは、英語の授業で無理やり読まされた分厚い本より厚みがある。

「選んでくれない？」わたしはにっこりと笑う。

この反応は彼を喜ばせたようだ。満足そうに顔をほころばせると、フランシスはメニューを閉じ、わたしが聞いたこともない飲み物をバーテンダーに注文した。自分だったら、きっとふさわしくない飲み物を――コスモポリタンやエスプレッソ・マティーニといったありきたりな飲み物を――注文していただろう。彼が注文してくれてよかった。

「きみの昔の映像を見つけたよ」バーテンダーが飲み物をつくりに姿を消すと、フランシスは言った。

わたしは目をしばたたかせた。「昔の映像？」

「バレエを踊っている映像だよ」

なんと、彼に自分がダンサーだったことまで話していたとは。いったい前回はどれくらい飲んだのだろう？　それはとっくに消し去った過去だった。踊る前にトゥシューズを念入りになじませていたのは――両手でつま先の部分を押さえて柔らかくし、地面に打ちつけ、リボンやゴムひもを縫いつけ、インソールを折り曲げ、滑らないようにソールを加工していたのは――はるか昔のことだ。

あのプロセスは、なにやら治療めいていた。トゥシューズは酷使したほうが、使いこまれて輝きが失われたときのほうが、扱いやすくなる。当時わたしは、新品できれいな状態より、ボロボロの状態のほうがいいとされていたことに、居心地のよさを覚えていた。

「それって」あの夜のことをもう少し思いだせたらいいのに、と思いながら相槌《あいづち》を打つ。

「どの映像？」

「モダンな作品だったよ。とても芸術的だった。うまかったんだね」

そのとおりだ。一時期は。

「ただの趣味だけどね」わたしはバーテンダーに目をやり、早く酒を出すよう念じる。しらふで話したい話題ではない。

「プロは目指さなかったの？」フランシスが訊く。わたしの鎧の隙間を、弱点を探るような目つきが気に入らない。

「若いダンサーなら誰だってプロを目指す」悲しみが忍びこまないように注意しながら、こわばった笑みを浮かべる。奨学金を得るために多くの困難を乗り越えてきた——年齢のわりに胸が大きくて衣装係に嫌われたり、小さいころに名門校で訓練するお金がなかったり、新しいシューズを買うお金がなくて大事なオーディションさえ擦り切れたシューズで踊ったりしながら。奨学金が打ち切られ、翌年別の誰かがもらうことになったときは、ベスに学校に残りたいと泣きついた。家にあるものを手当たり次第に売ってでも、学費を工面してほしいとお願いした。

だけど、わが家に売れるようなものはなかった。

「ひと握りの選ばれた人だけが成功するの」わたしは気だるげに言った。

「きみには才能があったのに」きっと褒め言葉なのだろう。

だが、わたしはこの分野で才能を発揮できなかった。わたしの人生はこんなことばかりだ。バレエの先生を感動させることに失敗し、マーカスの関心を引きつづけることに失敗し、酒量をコントロールすることに失敗し、仕事でもしくじった。

一瞬、ベルベットのスツールから降りて出ていこうかと思った。それが何であれ、わたしのなかに見えたものが幻想だと気づけば、フランシスはすぐに愛想を尽かすだろう。しかし、飲み物が運ばれてくると、わたしは誘惑に負けて動けなくなった。フランシスが同じカクテルのひとつに手を伸ばし、こちらに掲げてみせる。わたしはグラスを合わせた。

意志が弱すぎる。飲み物を口に運びながら、一気に飲み干せと叫ぶ全身の細胞に抗う。すっきりとした味わいのなかに、ほのかな甘みが隠れている。

「どう？」とフランシスが訊く。彼の欲しい答えはわかっている。

「おいしい」にっこりと笑う。「いいチョイスね」

フランシスの笑顔がはじけ、まばゆいほど白い歯が見えた。まるで歯医者の広告のようだ。あるいは歯磨き粉の。彼はある種の権威を醸していたが、それはわたしが普段惹かれるものではない。そういうものは好きではないし、それを持つことにも、それに押さえつけられることにも興味はなかった。マーカスに惹かれたのはそこだった――独占欲がないところ。若いころに付き合った男たちは不安定で執着心が強かったけれど、マーカスは野生の馬のようだった。飼いならすことができない、自由人。

フランシスがじっとこちらを見つめてくる。その視線に、わたしの心が身もだえする。弱い姿を見せるのは大嫌いだった。子どものころに父親から、「泣くのは弱虫だ」「女はすぐ泣く」と怒鳴られて以来ずっと。

「なに？」不安をふり払うように訊く。

「この前の夜のこと覚えてる？」

わたしは動揺を隠そうと、震える手でスカートをなでた。つまり、わたしが覚えていないことを知っているということだろうか？　わたしが人ごみのなかで彼を見つけることができなかったことを？　そんなにひどい飲み方をしたのだろうか？　たぶん。でも、今夜誘われたということは、そこまでひどくはなかったはず。

「あの日はすごく飲んだからね」にやりと笑ったその顔は、悪そうで、ハンサムだ。「気分転換のためのショッピングがあれほど気分を盛り上げてくれるものだとは思わなかったよ。いつもは最初のデートであまり行儀悪いことはしないんだけど、カイリー、きみはパーティーってものをわかってるね」

わたしは顔を赤らめた。パーティーはわたしの失敗しない分野だ。なにしろ自分を見失うことにかけては、絶対的な自信がある。

マーカスが進行性の脳腫瘍に侵されているとわかったとき、頭のなかが真っ白になった。彼はまだ三十代後半で、この先多くの時間があったはずなのに、検査で見つかった黒い影のせいで、すべてが止まってしまったのだ。診断の少し前、マーカスは何度か頭痛を訴えていた。痛みで不機嫌になる彼を見て、この人は本当にかつて恋に落ちた男と同じ人間なのだろうかと考えることもあった。やがてマーカスの視界がぼやけるようになった。異変に気づいたのは、夜中に転んで頭をひどく打ちつけ、慌てて病院に駆けこんだときだ。わたしは骨折を心配していたが、マーカスの説明を聞く医師の顔色がみるみる変わっていった。

膠芽腫《こうがしゅ》。

進行が速く、とんでもなく攻撃的な脳腫瘍。険しい表情で告げられた診断と予後に、わたしは気分が悪くなった。二年生存率は、十五パーセントちょっと。

死はすぐそこだった。

それからの十八カ月、わたしは彼のそばに寄り添い、快適に過ごせるよう自分のすべてを注《つ》ぎこみ、愛していると伝えつづけた。暴言を吐かれても、彼の運命を思って口をつぐんだ。生活費を稼ぎながら家事をすべてこなし、彼の世話をすることにも一切文句を言わなかった。

すべてをしてあげたかった。可能なかぎり最高の最期を迎えさせてあげたかった。

マーカスの死後、わたしは嘘にまみれた彼の小さな黒い手帳を見つけた。信じられなかった。夫は浮気をしていたのだ。それもひとりふたりじゃない。数十人と。

彼のデスクの前に立ち、震える手でページをめくった。わたしの名前もあった。日付は、わたしたちが出会ったあの夜。そこにはこれまで性的な関係をもった女性の名前、日付、場所がすべて記されていた。結婚式の前日も。最初の結婚記念日の翌日も。仕事の会議で留守にすると言っていた日も。

ページを繰りながら、涙が頬を伝った。

知っている名前もあった。友人の名前。高校時代からの親友の名前。通りの向かいに住んでいた女性の名前。お気に入りのカフェの店員。次から次へと目に飛びこんできた。彼女たちの名前は、ひとり残らず脳裏に焼きついている。

手帳を壁に投げつけると、本棚の上にあったふたりの写真が倒れ、棚から転がり落ち、ガラスが砕けて床板に飛び散った。彼の仕事部屋をひっくり返し、あらゆる秘密を探しまわった。すべて知りたかった。それらを針のように自分の胸に突き立てたかった。この痛みをけっして忘れないように。

やがてマーカスには、三人の女性とのあいだに三人の子どもがいることがわかった。学位を取ったあともピザ屋でバイトしていた彼を見て、うちにお金がないのも当然だと思っていたが、実際はその女性と子どもたちに養育費を支払っていたのだ。

まったく気がつかなかった。

だからわたしは酔っ払い、二十四時間後には顔を忘れてしまうような男たちと寝る。幽霊に対する復讐として。

「あんまり覚えてないの」わたしは言った。カクテルが体と舌を弛緩《しかん》させ、羞恥心をかき消し、すべてが穏やかな雑音になっていく。わたしはカクテルをぐびりと飲んだ。「でも、たしかにパーティーは大好き」

「じゃあ、今日も楽しもう」わたしを丸ごと飲みこんでしまいそうな笑顔で、フランシスがグラスを掲げる。「忘れられない夜に」

胸にかすかな違和感が兆《きざ》したが、わたしはグラスを掲げると、一気に飲み干した。

第六章

アドリアナ

またここを訪れるのは、おかしな気分だった。

わたしはいま、金縁の鏡と、クリスタルやレース、半透明のビーズの装飾が施されたウエディングドレスに囲まれている。ドレスの仕立てはどれも見事で、その値段は目玉が飛び出るほど高額だ。最初の結婚のときは、絶対にこうしたいという理想があった。自分の体形を美しく見せる洗練されたドレス、印象的なヴェール、十代のころから憧れていたデザイナーのストラップヒール。細かいところまで完璧に仕上げたかった。だってこの瞬間は、人生でもう二度と訪れないのだから、そう思っていた。

一度結婚したら、ずっと結婚したままなのだ、と。

けれど、ことわざにもあるように〝人が計画を立てると神さまが笑う〟らしい。

すでに完璧な結婚式を経験した身としては、それを超えるのは厳しいのではないかと、ともすれば失敗を覚悟するようなものではないかと思っていた。本当はブライダルストアなどではなく、知り合いの仕立職人に頼んで、白以外のシースドレスをつくってもらいたかったが、わたしがそう提案すると、グラントは嫌な顔をした。

「この結婚式をおまけみたいにしたくないんだよ、アドリアナ」傷ついた痛みが、赤いペイントのように彼の顔中に散った。「きみは二度目かもしれないけど、ぼくは初めてなんだ。特別なんだよ」

グラントの過去の恋愛についてはよく知らないが、二十代はじめに付き合っていた女性が予期せず妊娠して、そのせいで破局したという話は聞いたことがある。彼女は赤ん坊を産みたかったけれど、グラントのほうは子どもが欲しくなかった、というのがその理由らしい。結局彼女は流産したが、ふたりが復縁することはなかった。わたしがまだジョナス・ブラザーズのポスターを集めていたころに、彼が父親になっていたかもしれないというのはちょっと想像できなかった。というのも、日常生活において、彼との年齢差を感じることはほとんどないからだ。グラントはエネルギッシュで頭の回転が速く、雄牛並みに性欲が強い。最近ではわたしのほうが、どこかに出かけるよりも、早めに休んで、週末はのんびり過ごしたいと思っている。

グラントが結婚式にこだわるのは、きっとこの破局が影響しているのだと思う。長いあいだ誰とも真剣に付き合わず、気楽な独身生活を楽しんできたのもそのせいだろう。わたしたちが恋に落ちるのは、わたしにとっても、彼にとっても、矛盾する行為に思えた。わたしはこんなに早く次に進もうとは思っていなかったし、彼は、子どもがいなくてもいいと言ってくれる女性などもう見つけられないと思っていたのだ。

「お客さま、別のタイプをお持ちしました」ドレス選びを手伝ってくれている親切な年配の女性スタッフが、いくつものウェディングドレスがかかったラックを転がしながら近づいてくる。首から巻き尺を下げ、手首にピンクッションを装着し、クッションからはパールピンの待ち針が突き出ている。

子どものころ、学校の制服を仕立てる際に、よく母親お抱えの仕立職人に待ち針を刺されたのを思いだす。スカートの裾を留める針が刺さるたびに、わたしは「いたっ」と声を上げ、そのたびに彼女があきれた顔をするのが当時はすごく嫌だった。だが、口座が凍結され、学費が払えなくなってその私学をやめざるをえなくなると、そうしたすべてが、仮止めの痛みさえ、恋しくなった。

「ボーンで胸を寄せて上げるボディスタイプや、それとは反対の体のラインに沿うタイプなど、仕立ての異なるモダンなドレスもございます」彼女がラックにかかっているドレスを動かして見せてくれる。シルクが液体金属のように輝く。「こちらの身頃はコルセット風ですが、ボトムは緩やかなAラインです。お好きなタイプをお選びいただけるように、ほかにもお袖があるものや、レースがふんだんに使われていて、背中が開いているものもご用意いたしました」

「すてきですね。ありがとうございます」わたしはなぜだか緊張していた。「フィッティングに参加する方はいらっしゃいますか？」彼女が尋ねる。「お客さまのお母さまとか、付き添いのご友人とか」

「いえ、わたしだけです」視線を落とす。「えっと……家族はもういないんです」

「そういうことでしたら、わたしがお手伝いいたしますので、何でもお申しつけください」そう言って彼女が温かく微笑むので、思わず「じゃあ、抱きしめてくれませんか」と頼みそうになる。このとき、わたしは絶望的に孤独を感じていた。

「ありがとうございます」かすれた声で応じる。

女性スタッフが試着室の重いベルベットのカーテンを押し開け、ラックからドレスを一着選ぶ。細身の滑らかなシルクのドレスだ。「このタイプは脱ぎ着は難しくないと思いますが、もしお手伝いが必要でしたらお声がけください」

試着室に入ると、女性スタッフがカーテンを閉める。束の間、わたしは鏡に映る自分を見つめた。両目が涙で光り、感情を抑えつけているせいで頬が紅潮している。

どうしてわたしはこうなのだろう？

頭をふり、自分のすべきことに集中する。自分を美しく見せ、グラントがうっとりするようなドレスを見つけることに。二度目ではなく、初めての結婚式のドレスを。ローファーを脱ぎ、ジーンズと白いリネンのシャツを脱ぐ。今日は在宅勤務を選んだので、上司に許可を得ることなくフィッティングに来ることができた。上司はこういうことにはうるさいのだ。

ブラジャーを取り、頭からドレスをかぶる。シルクが、まるで恋人に触れられているみたいに体を滑り落ちていく。乳首が薄い布地に押しつけられる。なるほど、これを着るならニップレスが必要だ。肌寒ければ目立つだろう。

ベルベットのカーテンをそっと開け、試着室から出る。ヒールを履いていないので、長い裾を引きずらないようつま先立ちで窓際に置かれた鏡のほうへ向かう。窓からはアーマデールのハイ・ストリートが見渡せた。通りには、ショッピングバッグを腕に提げ、コーヒーカップを持った人たちが行き交っている。六番トラムが通過し、ベルを鳴らしながら信号で止まる。

「まあ、すてき」その声にふり向くと、五十代くらいの女性が胸に手を当ててこちらを見ていた。一瞬、頭が真っ白になる。まばたきをして、あまりに母親にそっくりなその人が幻覚でないことをたしかめる。

もちろん、母親のはずがない。母親と同じく栗色の髪に、垂れ目、骨ばった手をしているが、この女性のほうが長身で、険のある母親よりずっと柔らかい。それに母は「すてき」などと褒めたりはしない。母親の声が脳裏に響く。

肩を引いて、アドリアナ。その小さな胸をどうにかして見栄えよくしなきゃ。彼はどうしてあなたとなんか結婚する気になったのかしら！　料理もできないし、体も貧弱だし。そもそも妻に向いてないのにねえ。

それに、もう、母親は死んでいる。

わたしたち親子の関係は複雑だった。わたしは——一緒に危機を乗り越える仲間として——母を愛していたが、理解することはできなかった。そして彼女もまた、わたしを理解することができなかった。それが摩擦を生んだ。それなのに、母親が突然この世を去ると、わたしは彼女の辛辣な言葉なしでどう生きていけばいいのかわからなくなった。彼女の言葉だけが、わたしの感情を揺さぶる唯一のものだったからだ。

「えっと……ありがとうございます」震える手でドレスの前をなでつけながら、頭の声を追い払う。「ここのドレスはすてきなものばかりで」

「本当にそう。うちの娘も目移りしちゃって」そう言って、女性が彼女にそっくりな娘のほうを見る。

わたしはごくりと唾《つば》をのんだ。嫉妬が体を駆け抜け、怒りが燃え盛る貨物列車のように押し寄せる。両手をきつく握りしめ、窓際にある花瓶に手を伸ばさないようぐっとこらえる。あれが床で砕け散ったら、どれだけすっきりするだろう。立ち会ってくれる家族もいないのに、結婚なんてできるのだろうか。

妹は、がんで三歳の誕生日まで生きられなかった。母親も、死んだ。父親は……あの人が母の代わりに死ねばよかったのに。

「どのドレスを選んでも、きっとすてきですよ」とわたしは応じ、不健全な考えを押しやった。今日はやけに気分が沈む。まるで石でも飲みこんだみたいだ。

女性が微笑む。「すてきな結婚式になるといいですね。そのドレス、とてもお似合いですよ」

わたしはその場に立ち尽くし、彼女が娘のもとに戻っていくのを見守った。胸が痛い。幼いころ、人形を本物の赤ん坊に見立てて遊んでいた。わたしの赤ちゃん。わたしはただ、にぎやかで、幸せな家族が欲しかった。そしていま、司祭の前に立って結婚しようとしている。その瞬間を見守ってくれる血縁者もいないままに。母親になるという夢は、選択を迫られる年齢を迎えるはるか以前に、消えていた。

通りに面した窓を叩く音にはっとする。きっと子どもが面白がって叩いているのだろうと思いながらふり返る。

そこには、目を大きく見開いたイザベルが立っていた。

どうして彼女がここに？

「アドリアナ！」驚いたような顔をして、窓の向こうで大きく手をふっている。

きっとわたしは、ヘッドライトに照らされた鹿のように見えたに違いない。見つかってしまった。逃げられない。後ろめたさが押し寄せる。もう、ダイヤモンドを隠したところで意味はない。秘密はばれてしまった。

「ハイ」と口を動かし、手をふり返す。わたしが何か言う前に、彼女は正面の入り口に駆け寄り、店内に入ってきた。

最悪だ。彼女たちに結婚式のことを話そうと思いながら、つい先延ばしにしてしまった。ふたりにこの話をするのは残酷に思えたのだ。先週の金曜日、イザベルの家でカイリーと夕飯をごちそうになったときにも婚約したことを伝えようとした。けれど言おうとするたびに、のどが締めつけられて言葉にならなかった。

「こんなところで会うなんて」イザベルが胸に手を当て、首をふりながら近づいてくる。

ブロンドの髪が、いつものようにふわりと顔の右側にかかっている。服装は、黒いパンツに薄いグレーのシャツ、実用的で丈夫な靴。アクセサリーはシンプルなゴールドのフープピアスだけ。イザベルはファッションにあまり気を遣わない。とりわけ職場では。きっと仕事をぬけだして来たのだろう。

でも、どうしてわざわざこんなところに？

片手に、地元のジュエリーショップの小さなショップバッグを持っている。かなり高級な店のものだ。去年の誕生日に、同じ店のテニスブレスレットを買ってもらったので値段はよく知っている。あの店でいったい何を買ったのだろう？　イザベルは認めたがらないが、彼女は少々お金に困っているような印象がある。

「ハイ、イジー」わたしは何とか笑顔をつくった。

イザベルがくるりとまわるよう促すので、一周まわってみせる。「すごくすてき」

裸をさらしている気分だった。ものすごく心許ない。ドレスは体をかろうじて覆い、ストラップは細く、そよ風にどうにか耐えられるくらいの強度しかない。

「ええ……わたし、その……」言葉が続かない。

「わかってるって。いずれ話そうと思っていたんでしょ」イザベルが、わたしの指輪に視線を移す。「言うタイミングを見計らってたのよね」

わたしは笑った。「まあ、そんなところ」

彼女が片眉を上げる。「ほんとに？」

「たしかに、ずっと秘密にしておこうと思ったかも」わたしは身をすくめた。舌に金属の味がする。血の味だ。どうやら唇を嚙みしめていたらしい。後ろめたさを感じると、いつも自分を罰したくなる。夫の死後、何度も同じことをした。「ひどいよね？」

「ひどくなんてない」イザベルは首をふると、手を伸ばしてわたしを抱きしめた。うれしかった。「だって、わたしたちの気持ちを考えてくれたってことでしょう。あなたはそういう人だもの。ひどい人なんかじゃない」

わたしは体を離してうなずくと、彼女の言葉を信じようとした。何年も嘘つきと罵《ののし》られ、嘘つき家族だと言われつづけると、人はそれを信じるようになる。

「ありがとう。そんなふうに言ってくれて」わたしは言った。そうだった、イザベルはこういう人だった。

「どのみち婚約したのは知っていたわけだし」わたしが驚いて顔を上げると、イザベルは笑った。「やだ、ばれてないと思った？　この前会ったとき指にリングの跡がついてたし、跡がつくってことは、新しい指輪をはめたまま日に当たったってことでしょう。普段、細かいことを気にしないあのカイリーだって気づいてたよ」

バカみたいだ。

「ごめん」わたしはもごもごと言った。「どう話せば嫌な感じにならないかわからなくて。それに前に会ったときはハンナが動揺していたし……」

イザベルは、楽しそうにこちらを見ていた。柔らかな表情で、唇に笑みを浮かべているときのイザベルは、本当に魅力的だ。「ハンナは、あなたに嫌われてるって思ってるみたいよ」

「彼女のことはよく知らないから」わたしはよく、人から不愛想で冷めていると言われる。それは間違っていない。自分の身を守るためだ。人生を丸ごと失い、友人も家もすべてを一気になくしてしまうと、世間を警戒するようになる。しかも、わたしはその絶望を二度も味わったのだ。「でも、次はもっとうまくやる」

イザベルのためなら、ハンナともっと打ち解けよう。イザベルの意見は尊重したい。心から。

「ハンナはいい子だよ」イザベルはそう言ってうなずくと、一歩下がって、空いているほうの手をわたしのドレスに向ける。「そのドレス本当にすてき。ランウェイのモデルみたい」

このとき、わたしは心から笑った。彼女たちが婚約したことを知っているなら、結婚式にも招待できる。そうなれば、愛する人が誰もいないなかで結婚しなくてすむかもしれない。家族の代わりとなる人々は、本物の家族と同じくらい大切だ。彼女たちは、親族の誰よりもわたしの力になってくれた。

でも、あんたのしたことを知れば、離れていくかもね。

「グラントがあれこれ気をまわしたがるの」そう言って、余計な考えをふり払う。「ウェディングプランナーが全部決めてくれるから、わたしはきれいなドレスを着て登場すればいいってわけ」

「じゃあ、ここはもってこいの場所ね」イザベルが店内を見まわし、小さく口笛を吹く。イザベルの結婚式が慎ましやかなものだったことは知っている。イザベルは、その朝に摘んだ花を髪に飾り、リサイクルショップで買ったドレスを着て、公園で式を挙げたのだと前に話してくれた。

「こんなふうにまた豪華な結婚式を挙げるなんて、詐欺みたいだって思う自分もいるんだよね」わたしは正直に言った。なぜだか今回は、豪華な装飾も注目も必要ないと感じていた。おそらく、夫が亡くなったあとに周囲からいろいろ言われたことを――望まない注目を浴びたことを――まだ引きずっているのだろう。「でもグラントにとっては初めての結婚式だから、特別なものにしたいみたい」

「それはそうでしょう。だってあなたと結婚するのよ？　こんな美人と結婚できて、うれしくないはずないじゃない」

なぜか、彼女の優しい言葉を聞いて涙が出そうになる。いったいどうしたというのだろう？

「今日は、ちょっと変なの」わたしは頭をふると、マスカラが取れないよう、人差し指でそっと目元を拭った。イザベルがバッグからティッシュを出して渡してくれる。彼女のバッグには――ティッシュ、絆創膏、ミント、風邪薬など――いつも必要なものがちゃんと入っている。「なんだか情緒がおかしくて」

「うん」イザベルがうなずく。「いろんな感情が押し寄せてくるのよね」

「楽しみにしなくちゃいけないのに」

その声に不安がにじみ、思いのほか切実な口調になる。この感情を無視したかったが、できなかった。なぜだか胃のあたりが重く沈む。母が恋しかった。たとえ立派な母親でなかったとしても。夫が恋しかった。彼に対する気持ちは……よくわからない。本物の愛ではなかったかもしれない。それでも彼はわたしの支えだったし、わたしもまた彼の支えだった。

だけどもし、夫がまだここにいたら、わたしはグラントと出会っていなかっただろう。それが正しいとも思えない。ただ、直感が訴えるのだ。このままいくとトラブルに巻きこまれるぞ、と。でも、その理由はわからない。

「こんなこと訊くのは失礼かもしれないし、腹が立ったらそう言ってほしいんだけど」とイザベルが言う。「グラントとはうまくいっているの？」

「どうして？」

「彼が強引に結婚を進めてるんじゃないかと思って」

「違う」わたしは反射的にそう言った。

でも……そうなのだろうか？　わたしは当初から、グラントに再婚を急ぐつもりはないと伝えていた。自分の気持ちを整理する時間がほしかったからだ。最初の夫を失ったあとの気持ちを。トビー。この名前を思うだけで胸が痛む。お互いに必要なものを手に入れられる、完璧な取り決めになるはずだった……それなのに、最悪の結果になってしまった。いまだに、どうしてあんなことになってしまったのかわからない。

あの人が死ぬ必要なんてなかったのに。

「本当に結婚したいの？」イザベルが重ねて訊いてくる。

「もちろん」こわばった口調で応じる。「グラントを愛しているの」

「それはそうだろうけど……」イザベルが視線を落とす。「ううん、それならいい。わたしに手伝えることがあれば何でも言ってね。あなたには幸せになってほしい」

「ありがとう」

「あ、そろそろ仕事に戻らないと。今度ちゃんとお祝いしようね。うちのカルボナーラじゃなくて、ちゃんとした場所で」イザベルの顔が輝く。やるべきことが見つかると、いつも生き生きするのだ。「どっかいい店予約しておくね」

彼女に別れを告げると、窓の前に立ち、彼女が店を出て走っていく姿を見つめた。いつの間にか雲行きが変わり、霧雨が窓に打ちつけている。わたしはふたたび試着室へと向かった。別のドレスに着替えるために。高ぶった感情を落ち着かせるために。ラックには大量のドレスがかかっている。ハンガーを動かすたびにドレスがぶつかり合ってシャラシャラと音を立てる。しばらく吟味したあと、背中部分がV字にカットされたフィッシュテールのドレスに決めた。スタッフの女性に目をやると、彼女はすぐに行きますと身ぶりで示した。

試着室のなかに入り、ベルベットのカーテンを閉める。携帯電話の通知音が鳴る。ボイスメールが一件入っている。ほかにも、グラントとカイリーからの不在着信があった。それから、新しい電子メールが一件。きっと招待状のデザイン案だろうと思って受信箱を開く。一番上に表示された件名を見て息をのんだ。

グラントとの結婚について

メールを開く。アドレス帳に登録されていないメールアカウントからのメールで、迷惑メールかもしれないという警告が上部に表示されている。しかしこれは、バイアグラを押し売りするスパムメールでも、花嫁を斡旋《あっせん》するなりすましメールでも、銀行のカスタマーサービス担当からの架空請求メールでもない。このメールは、わたしだけに宛てられたものだ。

知らないメールアドレスだった。本人確認なしで簡単に取得できるアドレスだ。文字と数字の羅列だけ、まったく追跡不能。匿名。そして本文は……。

恐怖のあまり、全身の血が凍る。

グラントはあなたが思っているような人間ではない。あなたは危険だ。

第七章

イザベル

アーマデールで買うものなどなかった。わたしのような受付係には高価すぎる。アドリアナがわたしを見て驚いたのも、それがわかっていたからだろう。だけど、わたしが今日来たのは、ギャビーに頼まれたからだ。正直、彼女を酔わせたあの日以来、ギャビーには借りができたような気がしていた。そして今朝、それを返すチャンスが訪れた。

端的に言えば、社長の娘のプレゼントを取りに行く仕事を引き受けたのだ。ギャビーはいつも、社長の個人的な使い走りをさせられている。とはいえ、それほど大変なことではない。会社のクレジットカードを持ってティファニーやカルティエに出向き、自分ではとても買えないような商品を見てまわるのだ。

むしろ、楽しいひとときだろう。

昨年、社長のアシスタント業務十年目を迎えたギャビーは、社長から小さな水色のボックスをもらったそうだ。だがわたしに言わせれば、十年も彼のわがままに付き合ってきたのだから、高級アクセサリーひとつじゃ割に合わない。それはともかく、ギャビーは今日、具合の悪くなった子どもを学校に迎えに行かねばならず、社長は今夜までにプレゼントが必要だった。

いいよ、わたしが行ってくる、とわたしは言った。どうやら社長は今日が娘の誕生日だということを忘れていたらしい。ろくでなしめ。そんなこんなで、わたしは昼休みを使って三千ドルの特注品の黒蝶真珠ピアスを取りに出かけることになったのだが、手に持っているあいだ、誰かに盗まれるのではないかと気が気でなかった。車に戻ってロックをした瞬間、どれだけほっとしたことか。

従業員駐車場に車を停め、オフィスに戻る気力をかき集めていると、フロントガラスに吸盤で固定した小さなホルダーに差していた電話が震えた。

アドリアナ：婚約のことを黙っていたわたしを責めないでくれてありがとう。あなたはわたしにはもったいない友だちです

彼女こそ、わたしにはもったいない友人だということをわかっていない。わたしは携帯を手に取ると、すぐに返信した。

そっちこそ、わたしが落ちこんだときに何度アイスクリームやお酒を持ってきてくれた？　自分を卑下しないで

アドリアナと友だちになるのは、猫と仲良くなろうとするようなものだ。腰を据えてじっくり向き合っても、うまくいかない場合もある。毎週会うようになってからも、彼女の本心を知るには何カ月もかかった。たぶん、いまだにすべてを知れてはいないだろう。何か重要なことを隠している気がする。

わたしは顔をこすった。彼女は本当に再婚するのだ……。

車に戻る途中、なんとなくブライダルストアの窓に目を向けた。なぜ立ち止まったのか、自分でもよくわからない。普段、こういう場所を通ると、こみあげるものをこらえながら、頭を下げて足早に通りすぎる。夫が亡くなって三年半、まだ、傷は癒えていない。

彼と会った日のことを思いだす。わたしは、彼のオフィスの待合室で、緊張した小ネズミのように座っていた。あの場にいたくはなかった。なぜこんなことをさせるのだろう？　どうして？　まだ苦しみ足りないとでも？　受付の人が水の入ったグラスを渡してくれたが、断った。わたしの痛みで利益を得る人からは、何ひとつ受けとりたくなかった。水道水のような無料《ただ》のものでさえ。髪で顔の傷跡を隠した。当時はまだ傷跡は生々しく、まる

でホラー映画のようだった。

ひき肉みたい、あるときトラムの向かいに座った少年が言うのが聞こえた。

大学でのうわさ話はもっとひどかった。シャーデンフロイデ――他人の不幸を喜ぶ感情を、ドイツ語でこう呼ぶ。わたしの身に起こったことに対して、誰かが喜んでいたとは言いたくない。それは事実ではないと思うから。それでも、わたしが授業に集中できないことで逃したチャンスを、彼らは平気でつかみとった。わたしがカーブを下っていくのを尻目に、彼らはカーブを上がっていった。

わたしが失った分を、彼らが手に入れたのだ。

だから、わたしは大学を辞めた。弁護士になる夢をあきらめた。隠れたほうが楽だったから。人にまじまじと見られたくなかったから。だけど、眠れなかった。夜が怖かった。薬が欲しかったけれど、セラピーを受けるまで医師は処方箋を出さないと言った。ジョナサンがオフィスから顔を出してわたしの名前を呼んだとき、きっと堅苦しい年寄りが立っているのだろうと思った。だが、顔を上げた瞬間、どきりとした。ものすごくハンサムだったのだ。三十代半ば、黒髪、がっしりしたあご、優しい目。少し年長の、もう少し洗練されたKポップスターのようだった。その日、わたしは彼の穏やかな声に耳を傾け、その気遣いに報いようとした。

やがて、彼はわたしの鎧を突破した。わたしの傷を。わたしの壁を。

「きみはそんなに弱くない」車内で涙があふれた。助手席に置かれた高級アクセサリーのショップバッグは、十年落ちの古ぼけた車には不似合いだった。でも、この車は手放せない。

この車はかつて、ジョナサンの誇りと喜びだったのだ。限界まで乗りつづけたい。

涙を拭い、アクセサリーの袋を持ってオフィスに戻る。受付のデスクには新入社員が座っていた。わたしがランチに行くときに、いつもここに座らされている、人事部長の甥《おい》っ子だ。わたしが手をふって通りすぎると、訴えるようにこちらを見てくる。早く解放されたくて仕方がないのだろう。

だが、わたしにはもうひとつやることがある。

靴跡やコーヒーの染みを隠すために悪趣味なカーペットが敷かれたオフィスでは、足音が響かない。トラックの運転手や整備士たちが汚れた作業靴で歩きまわるので、隠すべき汚れはあちこちにある。これまで働いたなかで最悪の職場ではないが、もっとも味気ないオフィスではある。壁は地味なグレーベージュで、窓からはトラックの一群か、幹線道路しか見えない。蛍光灯が病的で人工的な光を放ち、社内には甘ったるい芳香剤と、車の排気ガスのにおいが立ちこめている。デスクを仕切るパーテーションは低く、働きバチたちにプライバシーはないが、そのくせ、九〇年代のオフィスのような閉鎖的空間といった印象が強い。

カスタマーサービスチームの前を通りすぎる。ヘッドセットをつけた四人の女性たちが平坦な声で話しながら、つけ爪でキーボードを叩いている。就業時間中つねに響く、カチカチカチという音は、もはや背景音に等しい。わたしの目の前、奥の角部屋が社長のオフィスだ。ガラス張りのオフィスは、デリケートな話し合いの際にはブラインドが下ろされる——たとえば、前かがみになって詰まったコピー機を直していた若い女性管理職を盗撮した人間をクビにする話し合いのときとか。

この事件のあと、人事部は全員にセクシャルハラスメントの研修を受けさせ、いまでは〝すべての人に敬意を払うこと〟がわが社の方針になっている。なんと先進的なのだろう。ワイヤーフレームの眼鏡をかけた白髪の男性人事部長は、講習の際、どのポジションの女性も脚が見えないようなるべく長いスカートをはくべきだ、と説いていた。

すべての人に敬意を払う……ただしスカートの丈が長ければ、というわけだ。

この方針は、わたしの服装には何の影響も与えなかった。黒のパンツ三本を着まわしているからだ。毎週末にまとめて洗濯し、生地がテカらないよう、アイロンのスチーム設定でしわをとる。生地をダメにして買い替えたりはしたくない。仕事着はたいてい同じパターンだ。黒のパンツ、白かグレーのシャツ、ブロックヒールのパンプス、シンプルなゴールドのフープピアス。

周囲に溶けこむ服装だ。

ギャビーのデスクの前で、アクセサリーのショップバッグを彼女のデスクに置いて持ち場に戻ろうかと考える。社長は退社時に勝手に持っていけばいい。だけど、高価なものを無防備に置いておくのは気が引ける。問題は、わたしが社長のオフィスに足を踏み入れたくないということだ。一歩たりとも。しかも、今日は弱っている。心許ない。美しい花嫁衣装を着たアドリアナの姿を見て、気が滅入っている。落ち着かない。

彼女はなぜ再婚したいのだろう。いったいどうやって耐えているのだろう。わたしだったら耐えられない。失ったものを思いだしてしまうし、夫の死が、いかに不要で残酷だったかを思いだしてしまうから。完全に防ぐことができたのに。

毎日、夫が恋しくてたまらない。彼はわたしの半身だった。救世主だった。明るく、野心的な法学部の学生だったわたしが、痛みの殻に閉じこもってしまったあの長く暗い日々のなかで、彼だけがわたしの痛みを理解してくれた。もちろん、それが心理学者としての彼の仕事だ。それに、担当医として、彼がわたしに好意を抱くことも、わたしがその好意に応えることも、絶対にあってはならなかった。

それでも、彼はわたしを救ってくれた。わたし自身から。わたしを脅《おびや》かす暗い絶望の淵《ふち》から。わたしに対してどう振る舞えばいいのか、何を言えばいいのかわからない人たちから。「死なない程度の苦労は人を強くする」とか「起こったことにはすべて意味がある」といったくだらないたわごとを言ってくる人たちから。彼は違った。親切で、優しかった。

彼を取り戻せるなら、わたしは何だってやるだろう。

「イザベル？」ふいに、大砲のような声が轟《とどろ》く。「きみなのか？」

しまった。もう逃げられない。呼ばれてしまった。ミスター・フレンチマンのオフィスへ行かなければ。心臓が早鐘を打ち、息が詰まる。記憶が脳を締めつけ、恐怖が口のなかでねばつく。手のひらが汗ばみ、ショップバッグの持ち手が滑る。

オフィスのドアがわずかに開いている。押し開けると、蝶番《ちょうつがい》が警告するように音を立てた。社長は大きなパートナー用デスクに座り、目の前のパソコンを凝視していた。

「頼まれていたピアスを取りに行ってきました」デスクにショップバッグを置く手が震える。

金色の文字で〝宝石は愛を伝える言葉〟と書かれているが、忙しさにかまけてプレゼントを他人に取りに行かせるような男が、どれほど娘を愛しているというのだろう。しかもプレゼントを選ぶのはたいていギャビーだ。

そんな愛ってどうなの？

わたしは彼の娘を見たことがない。デスクに写真も飾っていない。親子関係がうまくいっていないのかもしれない。わたしが知っているのは、彼女がメルボルン大学を卒業したということだけだ。経済学部、いや、商学部だっただろうか。いずれにしても有望な学部だ。

そしてどうやら、高価でキラキラしたアクセサリーが好きらしい。

「領収書は？」社長が顔を上げずに訊く。彼はめったにわたしを見ない。自分の側近以外、目もくれない。文字どおり、わたしたちは彼の家来なのだ。

タップダンスでもしたらこっちを見るだろうか、そうも思ったが、その衝動をぐっとこらえる。目的を遂行するには、目の前に立っていても気づかれないほうが都合がいい。彼の髪に白いものが見えた。残酷な時の流れを思いださせるあかしだ。

どれほど長いあいだ、この男が自分の罪を免れてきたかを。

「ショップバッグのなかに入っています。ギャビー所有の会社のクレジットカードと一緒に」自分の声が震えなかったことを誇りに思う。もっとも、風に吹かれる木の葉のような気分ではあったが。「お店の方が、娘さんに喜んでもらえるとうれしいとおっしゃっていました」

「気に入るさ」なぜ、この男はこんなに高圧的なのだろう？

わたしは凍りついたように立ちすくみ、彼をまじまじと見つめた。スリーピースのスーツ、洗練された髪型、今朝の髭剃りでできたに違いない、あごの小さな切り傷。そこに見える小さな血の痕が、わたしの記憶を刺激する。

わたしの顔を伝っていく温かな粘液。

脈打つ痛みと混乱。

すぐそばにあったレンガ塀を、移動遊園地のように照らす青と赤の光。抵抗するわたしの上に立ちはだかり、割れたガラスのボトルを顔に向けて言うことを聞かせようとしたあの夜から、この男はずいぶん変わった。年をとった。まんまと逃げおおせたと思っているのだろう。警察はまったく疑いの目を向けなかった。当時、わたしはこの男の名前を知らなかったし、どこに住んでいるのかも、どうやってわたしに狙いをつけたのかも知らなかった。

どうやって、わずか十分足らずでわたしの人生を台無しにしたのかも。

おそらくわたしのことを、人生をあきらめたかよわい少女だと思っているに違いない。いまごろもう死んだと思っているかもしれない。自殺したか、精神科病院に入ったか、ドラッグやお酒に溺れたか。ひょっとしたらあの夜以来、わたしのことなど一度も考えたことはないかもしれない。

もう覚えてすらいないかもしれない。

だけど、わたしは覚えている。押さえつけられた痛み、残酷な仕打ち、傷、人生を変えられたこと。

何年ものちに、この男を見つけられたのは幸運でしかなかった。ラップトップのスクリーンのなかからこちらを見返してきた男の顔は、わたしの心を鮮やかな怒りで満たした。あの当時、わたしはジョナサンを失ったばかりで、ひどく傷ついていた。世界に対して怒り狂っていた。そこに、この男が現れた。宇宙からの贈り物。ふいに差しだされた復讐のチャンス。

復讐を果たせ、と宇宙がささやいた。あの男はおまえを待っていたのだ。同じ苦しみを思い知らせてやれ。すべてを奪ってやれ。

まさか、わたしに反撃されるとは思ってもいないだろう。思い知るがいい。

第八章

アドリアナ

　午後になってもわたしはまだ動揺していた。あのメールはいったいどういう意味だろう。同僚に迷惑をかけないよう、その日の午後は休みをとって走りに出かけることにした。だが、ランニングから戻っても、動揺は収まらなかった。手が震え、その震えを天気が急変して寒さがこたえたせいだと言い聞かせてみたが、もちろん、予測不能なメルボルンの天候のせいではない。頭をフル回転させてメールの送り主の正体を考えても、思い当たる人物はいなかった。グラントとわたしには共通の知人がほとんどいない。たまにグラントの姉とその夫、ビジネスパートナーのトムと出かけることはあったが、そのくらいだ。

　そもそも、わたしたちふたりのことを知っている人はあまりいないし、最初の夫と暮らしていたときの知人ともほとんどかかわりがない。最初の夫は外向的で、出かけることが大好きで、友人も多く、いろんな人に影響を与えていた。けれど彼の死後、わたしは自分の殻に閉じこもり、本来の内向的な性格に戻ってしまった。父親とも必要最低限しか連絡を取っていないし、おばやおじやいとこにいたっては、さらに交流が少ない。十代のころの知り合いはほぼいない。父親が刑務所に入ったときに、みんな離れていったのだ。

残念ながら、今度の結婚式は壮大なものになるだろう。みんなに感心してもらいたいグラントが、多くのゲストを招待するからだ。彼はわたしの父親まで招待すると言いだして、これについては口論になった。だが、結局わたしが折れた。わたしはグラントを愛している。わたしが大切にしているのはグラントと自分だけだ。あとはイザベルとカイリー。残りは、にぎやかしの写真要員にすぎない。

あなたは危険だ。

メールの文言が脳裏をよぎる。かゆいところに手が届かず、いらいらさせられるような文言が、わたしの疑念を怒りに変える。あんなメッセージを匿名で送って寄こすなんて、とんだ臆病者だ。わたしがグラントに怯えなければいけない理由があるなら、面と向かって言えばいい。メールを寄こしたのは、最初の夫の関係者——彼の姉かもしれない。あの人はわたしのことを嫌っていた。結婚式の直前には「あんたは弟を不幸にする、金目当ての最低な女だ」とまで言われた。

葬儀のときには「弟があんたに殺されるのはわかっていた」と言ってわたしを責めた。そんなことをしても頭から消えないことはわかっていたが、いらだちに任せてメールを消した。玄関の鍵を開け、室内に入る。すると、ラゲージタグがついたままの小さなスーツケースが壁際に立てかけられているのが目に入った。

「グラント？」

頭上で足音が聞こえ、グラントが階上に姿を現す。上着を脱ぎ、ネクタイとカフスボタンを外し、袖をまくっている。よく日に焼けた腕がまぶしい。彼の母方はギリシャ系で、彼は太陽に愛されている。

「早かったのね」久しぶりに会うといつもそうなるように、体の内側から温かなものが湧き上がってくる。「アデレードはどうだった？」

「退屈だったよ、いつもと同じで」グラントはにっと笑うと、階段を下りてきて、雨と汗でびっしょりのわたしに手を伸ばした。わたしを引き寄せ、大きな体で包みこむ。グラントからはコロンと石鹸《せっけん》の香りがし、洗い立ての髪は艶めいている。

どうやら、帰宅してシャワーを浴びたようだ。じゃあなぜ、まだワイシャツとスラックスを身につけているのだろう？

体を離して、彼を見る。「出かけるの？」

「ふたりでね」そう言って笑うと、わたしの唇に自分の唇を押しつけ、キスをせがむ。わたしはまだ動揺していたが、彼に触れると落ち着いた。まるで、彼がわたしの脳内にある音量のつまみを下げ、悪魔をなだめすかして影のなかへ戻してくれたようだった。「ディナーの予約をしたんだ。いい店だから、きっと気に入ると思う。シャワーを浴びて着替えておいで。早めに行って、何か飲もう」

「今日は家でゆっくりしたいのかと思った」彼のシャツのボタンに指を置く。そのボタンを外し、裸の胸に手のひらを押しつけたい衝動を抑えこむ。どういうわけか、わたしはいつも彼に触れ、その存在を、たしかに自分が愛する男であるという事実を確認したくてたまらない。「出張のあとはいつも疲れているから」

「疲れたよ。でもきみが恋しくて」彼の唇がわたしの首筋に触れ、そのままわたしを壁際へ連れていく。壁に押しつけられると、蝶の標本になったような気分になる。広げた翅《はね》がピンで留められ、美しい姿のまま、永遠にその場にとどまりつづける蝶に。「このままきみの服を脱がして担ぎあげたいのはやまやまだけど、レディをとろけさせたいなら、まずはおいしい食事をごちそうしないと」

「とろけさせる？」わたしが壁に頭を預けて笑うと、彼の両手がわたしのお尻をつかむ。

「ロマンス小説の言いまわしみたい」

　母はロマンス小説が大好きだった。ノーラ・ロバーツやジョアンナ・リンジー、表紙に人物の描かれたミルズ&ブーン社の薄い本。母と父の有害な関係を思うと、それを見るたび皮肉に思ったものだ。彼女のナイトテーブルには、つねにロマンス小説が積まれていた。母の死後、背表紙のボロボロになったお気に入りの何冊かを残しておいた。

「じゃあ、なんて言えばいい？」グラントが訊く。「とりこにする？　夢中にさせる？　めちゃくちゃにする？」

　彼といると、ときどきそんなふうに感じることがある。自分が塵《ちり》になって風に飛ばされ、もう二度と元には戻らないような——。

「ファックする、でいいんじゃない？」彼の耳に唇を寄せ、誘うように言う。

「だめだよ、そんな言葉使っちゃ」その目は暗く、欲望に満ちている。「ほら、ぼくの気が変わってきみをベッドに縛りつける前に、二階へ行って支度してきて」

「べつにあなたの気が変わってもかまわないけど」わたしが言うと、彼は階段のほうへ追い立て、軽くお尻を叩いた。

「ほら、早く」

　わたしはゆっくりと階段をのぼっていった。ちらりとふり返ると、グラントは両手をポケットに入れて、わたしがちゃんと言うとおりにするかじっと見守っていた。心のどこかで、誘惑に負けて追いかけてきてほしいと願っていた。わたしは彼のそばにいたかったし、ベッドで体を密着させているときほど彼を近くに感じることはなかった。けれど彼の決意は固く、どうしてもわたしを連れだしたいようだった。

　二階に上がると、クローゼットの扉のところにワンピースがぶら下がっているのが目に入った。大きな白いバラがプリントされた、セージグリーンのシルクのワンピース。肩口がひらひらとした、腰紐でウエストが絞れるタイプのものだ。最初のデートで着ていたワンピース。

こんなすてきな人が、なぜ意地の悪い匿名メールで攻撃されなければいけないのだろう? グラントは遊び心があって、思慮深くて、いつもわたしを世界の中心にいさせてくれる。嫉妬だ。あのメールを書いた人間は、わたしたちに嫉妬しているのだ。わたしが手に入れた幸せに。

あんなメールのせいで、せっかくの夜を台無しにしたくない。

シャワーを浴びて、服を着替え、メイクをして香水をつける。用意ができると、わたしたちはウーバーを呼んで夕食に出かけた。車内でずっとわたしに触れているグラントのようすから、彼がわたしを恋しく思ってくれていたことが伝わってくる。わたしの髪を耳の後ろにかけ、ワンピースのスリット部分からのぞくひざを手の甲でなで、指先を腕にはわせる。彼の肩と太もももわたしの体に触れている。いつもより距離が近い。

「きれいだよ、リー」

これはわたしのニックネームで、グラントがわたしの機嫌をとりたいときに使う。だけど、機嫌などとる必要はなかった。わたしはすでに彼のものだ。今夜、彼が欲しいものは何でも手に入る。

グラントはわたしの手に触れると、親指でダイヤの指輪を軽くはじいた。「結婚式、楽しみ？」

「もちろん」そう答えるしかなかった。と同時に、イザベルと遭遇したブライダルストアでの一件を思いだし、複雑な感情が頭をもたげる。「どうしてそんなこと訊くの？」

「どうしてかな」そう言ってグラントが頭をふる。「なんだか、落ち着かなくて……たぶん、女性は結婚前にマリッジブルーになるって聞いているから、きみが平気なふりをしているんじゃないと思って」

わたしは笑った。「マリッジブルーにならないとおかしい？」

「おかしくはないけど」

「わたしが二回目だから、今回の結婚を重く受け止めてないんじゃないかって心配なのね」わたしは彼の手をきつく握った。「わたしが平気そうに見えるのは、あなたといるのが自然に思えるから。間違っていないと思えるから。結婚は楽しみだけど、結婚したからっていまの関係は変わらない。わたしたちはすでにいい関係を築けているんだから」

グラントはあなたが思っているような人間ではない。あなたは危険だ。

あんなひどいメール、読まなければよかった。グラントはいい人だ。たしかに、少々傲慢なところはあるし、完璧主義者で、自分が間違っている可能性を考慮せずに我を通そうとするところもある。でも、それは親のせいだ。それに実際のところ、わたしも同じタイプだ。わたしたちはふたりともエネルギッシュで、せっかちなタイプで、だからときどき摩擦が起きて火花が散る。

でも、わたしはグラントのそういう部分も愛している。

「きみは賢いね」グラントがそう言ってわたしを見る。彼の称賛を浴び、太陽を浴びているように体が温かくなる。「とても思慮深い」

「昔、父親にもそう言われたことがある」なぜか、言葉が滑り出てしまった。

家族の話なんてしたくないのに。

そのとき、車が目的地に到着した。助かった。グラントも気にしていないようだ。ドアを開け、通りに降り立ち、さわやかな夜気を胸いっぱいに吸いこむ。危うく喪失感にのみこまれるところだった。といっても、誰かを失ったときの喪失感とは別種のものだ。なぜなら父は生きているからだ。生きて、息をして、近づく人間すべてに惨事をもたらしている。

父は人間ではなく有害な寄生虫だ。自分のことしか考えていない。

そのときだった。グラントが連れてきたのが、小さなイタリアンレストラン〈イン・ヴィノ・ヴェリタス〉であることに気づいたのは。

イン・ヴィノ・ヴェリタス――真実はワインのなかにある。

これはラテン語の古いことわざだ。その昔、祖父が教えてくれた。だが、わたしが驚いたのは幼いころの記憶のためではない。わたしが驚いたのは、別の男性とここに来たことがあったからだ――最初の夫と。わたしの手を握る、滑らかな肌と力強い指先の感触をまざまざと思いだす。最初のデートでここを訪れた。一年目の記念日にも。結婚式の前夜にも。

ここはわたしたちの思い出の場所だった。わたしと、最初の夫との。

「サプライズ!」グラントが言い、わたしの腰に手をまわす。「この店、きみのお気に入りなんだろう?」

わたしは混乱し、目をしばたたかせた。視界がぐにゃりと歪み、過去と現在が交ざり合い、それぞれの時代に同時に足を踏み入れたような感覚に襲われる。「このレストランが好きだなんて、話したことないのに」

グラントが怪訝《けげん》な顔をする。「話してくれたじゃないか」

いや、話していない。絶対に。

なぜならわたしは、〝昔〟と〝いま〟を切り離すことに全力を注いでいるからだ。前に進んだほうが、最初の夫が死んだ経緯や、わたしをいまなお苦しめている、あの遺書と向き合うよりも楽だからだ。

「話してない」とわたしはささやく。この店のことは絶対に話していない。

しかしグラントは笑って、腰にまわした手に力をこめた。「ばかだな、きみが話していないなら、どうしてぼくが知ってるんだよ。ほら、また雨が降りだす前に店に入ろう」

鉛のように重い脚を引きずりながら、のろのろと店内へ向かう。店は変わっていなかった。政治家やサッカー選手、オリンピック選手やミュージシャンなど、ここで食事をした有名人のモノクロ写真が壁にかかっている。テーブルには白いクロスがかけられ、キャンドルの炎が揺らめくたびに蠟が滴り、人々は寄り添い、ささやきを交わしている。スピーカーからは低音量の音楽が流れ、空気には赤ワイン、エスプレッソ、スーゴ・ロッソ、ティラミスの香りが混じっている。

「おや、誰が来たかと思えば」店のオーナーが両手を広げてこちらにやってくる。はじめ、わたしに話しかけているのかと思った。まだ、わたしのことを覚えているのだろうか？昔のわたしは髪がもっと長くていまより暗めの色だったが、いまはブロンドのボブヘアだ。それに、レーザー治療を受けていなかった当時は眼鏡をかけていた。だが、オーナーはわたしの横を通りすぎると、グラントをぎゅっと抱きしめ、クマのような手で彼の背中を叩いた。「ずいぶん久しぶりじゃないか。さあ、こっちへ。特等席を用意してあるから」

ふらつく足取りで、奥まった角のブース席に向かう。見慣れた席だ。ここに座ると、店が満席のときでも、自分の居場所という感じがした。ここは、トビーといつも利用していた席だった。トビーはわたしと出会う前からこの店の常連で、デートの誘いに応じると、メルボルンでいちばん好きな店を紹介したいと言って連れてきてくれたのだ。

この店の、この席に。

わたしはブース席に滑りこむと、しわにならないよう、スカートの裾をひざの上にまとめた。いまや世界全体が傾いているような気がしていた。

「もしかしたら覚えているかもしれないけど、こちらぼくの美しい婚約者、アドリアナだ」グラントがわたしを紹介する。

髪の毛よりもふさふさしたごま塩の口髭をたくわえた、五十代のくらいの男性オーナーが、黒い目を細めてわたしを見る。「ああ、お見かけしたことありますね。わたしとしたことが、こんなきれいな方のお名前を憶えていないなんて」

「以前、何度か来たことがあるんです」うつむいて答える。

「いずれにしても、またお越しいただけて光栄です」オーナーが軽くお辞儀をすると、お腹の贅肉《ぜいにく》がズボンのウエスト部分に乗っかり、白シャツのボタンが引っ張られ、オリーブ色の肌と黒い体毛がちらりと見える。「ワインのボトルをお持ちしますね。店のおごりです」

「ヴィト、そんなことしないでいいよ」グラントが言う。「ちゃんと払うから」

「いいからいいから」ヴィトが手をふる。「おごらせてくれ」

そう言うとオーナーは、バーの後ろにいた、あごのがっしりしたハンサムな男性にオーダーを告げて店の奥へ向かった。その途中でひとりの女性のお尻をぽんと叩き、女性がふり向いて笑顔を向ける。つま先立ちになって彼にキスをしたその五十代くらいの女性は、溌剌《はつらつ》として魅力的だ。すてきなカップルだった。

「ヴィトは面白いやつでね」グラントは笑いながら、テーブルに用意されていた水をふたりのグラスに注いだ。「でも、ここはきみのお気に入りの場所なのに、覚えていないっていうのはちょっといただけないね」

この状況は何かがおかしい。

そう思って、気持ちが沈む。これまでグラントが、最初の夫とのことを無理やり聞きだそうとしたことはない。それどころか、その話になりそうになるたびに、わたしが過去に誰かと結婚していた事実が耐えられないというように、その話題を避けるほどだった。わたしもそれでよかった。過去を蒸し返されたくなかったし、失敗にもう一度向き合いたくはなかったからだ。罪悪感という火にさらなる油を注ぎたくなかったのだ。

それなのになぜ、この店がわたしにとって特別な場所だと知っているのだろう?

「ずいぶん昔のことだから」わたしはこわばった笑顔で言う。「トビーと来たのは」

わたしは彼の反応を見守りながら、嫉妬の炎がその目に宿るのを、あるいは、不可解なこの状況を解き明かす手がかりとなるような何かが現れるのを待った。けれど、何も読みとれなかった。グラントはちょっとうなずくと、すぐにメニューに手を伸ばした。彼がメニューをひと通り見たあと、ベーシックなものを選ぶことはわかっている。フィッシュ&チップスに、お金を持っている割に、グラントの味覚は十代のそれだった。

マルゲリータピッツァに、チキンパルマ。頑固な婚約者は、シーフードもジビエ料理も受けつけない。最初の夫はそうではなかった。彼はいつも新しいものに挑戦し、自分の可能性を探っていた。

あの人のことを考えるのはやめて。

「ひょっとして、わたしがこのレストランが好きだって話、あの人に聞いたんじゃない？」棒で犬をつつく悪ガキのように、探りを入れる。「トビーに」

グラントが顔を上げる。眉間にしわが寄っている。「彼と個人的な話をしたことはないよ。仕事の席で数回会っただけだから」

「一度も一緒に食事をしたことはない？　このお店で」

グラントが頭をふる。「ないね」

まもなく新しい夫になるこの男性とまだ黒い喪服を着ているときに出会ったことも、わたしが夫の死に関係している事実を隠そうとしていることも、ほとんどの人は知らないし、今後も知ることはないだろう。あの日、わたしが流した涙は、悲しみよりも罪悪感のほうが大きかった。

最初の夫に対してロマンティックな感情は抱いていなかったかもしれないが、彼はいい人だった。人として好きだったし、尊敬していた。だけど、怒ってもいた。何の相談もなく、経済的な問題を残してこの世を去ったことに対して。あの人がもたらした混乱に対して。わたしをあんな立場に追いこんだことに対して。

話してくれていれば、助けになれたかもしれない。何かできたかもしれないのに。

「ぼくたち親しくなかったんだよ、アドリアナ。前にも話しただろう。葬儀に参列したのも、失礼のないようにってトムに言われたからで。彼のことは仕事でちょっと知っていただけなんだ」そう言って髪をかきあげる。「正直、場違いかなって思ったよ。でも、あの場できみを見つけて……ああ、自分はこのためにここへ来たんだって。彼のためじゃなくて、きみに会うために」

ひとめぼれ。あの場の状況を思うと、グロテスクにさえ思える。冷酷。無慈悲。だから、グラントとの出会いを人には話せない。自分だけじゃなく、他人からも厳しく批判されるのが怖いから。

胃がキリキリと痛む。少し休みたい。

「どうかした？」グラントが眉根を寄せる。

「ううん、何でもない」これは世の女性が〝断じて大丈夫ではない〟と伝えるときの常《じょう》套句《とうく》だということはわかっていたが、今夜のディナーを台無しにしたくなかった。わたしたちは楽しい時間を過ごし、人生とふたりの関係を祝い、結婚へと向かうのだ。「ごめんなさい、今夜はちょっとおかしいみたい。最近、感情が高ぶりやすくて」

訳知り顔でグラントがうなずく。「あの日？」

「たぶん」

そう答えると同時に、一瞬、心臓が止まる。生理が……来ていない。

寒気がしたが、理性でそれを抑えつける。きっと気のせいだ。結婚式の準備でストレスを感じているのだ。でも、もしかすると、糖衣錠（偽薬）を避妊薬（実薬）に変えるのを忘れたのかもしれない。凡ミスだ。忙しくて他事に気をとられてしまった。そしてそのせいで、いつの間にか、取り返しのつかない穴に落ちてしまった。

妊娠――。

「注文の前に、ちょっとお手洗いに行ってくる」おぼつかない足取りで席を立つ。

そのままトイレに駆けこむと、便座の前でひざをついて、胃のなかにあったものを残らず吐いた。

第九章

監視する者

雨が首筋を伝い、トレーニングウェアの襟から入りこむ。先ほどより雨脚は弱まってきた。もう壁に張りつくように立っていなくてもいい。見やすい場所に移動して続けるとしよう。

片手には向かいのカフェで買ったコーヒー、もう片方にはタバコ。タバコを吸うのはずいぶん久しぶりだ。今度こそ禁煙した気でいたが、ストレスを感じるといつも吸いたくなってしまう。タバコを口にくわえ、肺いっぱいに吸いこむ。心地よい、なじみの味。煙が立ちのぼり、一瞬視界が曇る。ふっと息を吹きかけるとふたつに割れ、彼女がテーブルに戻ってくるのが見えた。

アドリアナ。

上品な彼女にぴったりの名前だ。あの男が彼女のどこを気に入っているのか手に取るようにわかる。細身で引き締まった体、高い頬骨、洗練された雰囲気――。指にはリングがはめられている。ばかみたいに巨大な石。彼女は間違いなく妻にしたいタイプだ。ぶかぶかのジーンズに汚れたスニーカー、トレーニングウェアにのびきったネックウォーマー、野球帽をかぶったこの姿を見たら、彼女はどう思うだろう？　二度見されるとは思えない。彼女のような女性にとって、自分は透明人間だ。

彼女は知らない。もう何カ月も監視されていることを。

テーブルにワインが到着し、ふたつのグラスに注がれる。男はグラスに手を伸ばすが、彼女はそうしない。ウェイトレスのひとり――ブリーチした髪の根元が四センチほど伸びた女――が、注文をとりに行く。ウェイトレスがテーブルを離れると、男はワイングラスをアドリアナのほうへ押しやるが、彼女は首をふり、体調が悪いかのように額に手を当てる。男の表情は見えない。

アドリアナが微笑む。だがその笑みはぎこちなく、無理に笑っているのがわかる。本当に楽しいとき、彼女は顔全体を輝かせて笑う。その笑顔は本当に美しい。あれは本物の笑顔ではない。

彼女は不安を抱いている。

そう、その直感は正しい。

第十章

ハンナ

新しい寝室の扉の鏡で全身をチェックする。自分の嫌なところをすべて隠すのは難しい。コンシーラーでカバーしきれなかったあごの赤い吹き出物、全身のバランスに対して短すぎる脚、少し寄った目……。わたしはいつも自分の欠点にばかり目を向けてしまう。デイルによくたしなめられたものだ。

欠点ばかり探していると、それしか見えなくなるよ。

まったくそのとおりだ。デイルは前向きな人だった。友人も多く、自然と人に受け入れられた。わたしはそうじゃなかった。学生のときも、みんなの輪に入れてもらいたくて本来の自分を偽った。流行《はや》りのジーンズを買って周囲になじもうと、祖母の財布からお金を盗みさえした。

でも結局、祖母にひどく怒られ、はくたびに悲しくなるジーンズが残っただけだった。

クラスメイトの少女たちには好かれなかった。

だからだろう。こんなに緊張しているのは。

仕事の面接やクライアントと直接会うときにいつも着る、シルクのブラウスと、黒のタイトなペンシルスカートを引っ張りだす。デイルが亡くなり、市場調査の仕事をやめて以来、履いていなかったピンヒールも取りだす。前の仕事は、デイルの死後、ひっきりなしに投げかけられる質問と、人々の同情的な表情に耐えられなくてやめた。いまはフリーランスの仕事をしているが、こちらは、わたしの過去を知らない人と仕事をするので気が楽だ。

しかし今日、みんなとの集まりを前に、少しだけ昔の自分を取り戻した気がしていた。目的をもって日々を過ごし、ゴールと計画とやる気があったあのころの自分に。

ここ数カ月、延々と暗い日々を過ごすうちに、もう元のハンナには戻れないのではないかと思ったりもした。けれど少しずつ、昔の自分を取り戻しつつある。髪をセットするのにヘアアイロンを使ったり、香水をひと吹きしたり、レギンスではなく、ベルトが必要なちゃんとしたパンツを選んだりするたびに、昔の自分が顔を出す。

今夜は、ある意味で特別な夜だ。

彼女たちに気に入られるかどうかは、ひどく大切なことに思えた。受け入れられ、孤独じゃなくなることは。なんだか、人気者のグループに入りたいと切望していた学生のころのようだ。ああ、緊張する。

玄関のチャイムが鳴り、心臓が飛び出そうになる。今夜は、アドリアナの婚約を祝うために、イザベルとカイリーと四人でディナーに出かけるのだ。まさか、声をかけてもらえるとは思わなかった。しかもイザベルが迎えに来てくれると言う。出かける前にうちでコーヒーでも飲まないかと誘ったら、ＯＫをもらえて、めまいがするほどうれしかった。

デイルがここにいたら、こんなことで興奮しているわたしを見て笑うだろう。

わたしは勢いよく玄関の扉を開けた。「いらっしゃい！」

「どうも！」イザベルが笑う。「かわいいおうち」

わたしが住んでいるのは二階建てのタウンハウスで、少々狭くて暗いけれど、模様替えが終われば見栄えはよくなるはずだ。玄関を鮮やかな黄色に塗ったのは、デイルが好きな色だったからだ。そこにひまわり畑の絵を飾るのだ。絵はすでに買ってある。もしかしたら、これはある意味冒瀆《ぼうとく》的なことかもしれない、とも思う。デイルの遺したお金で、彼が死んだことで手に入ったお金で、購入した家を嬉々として飾りつけるのは。

悲しみとは、なんていやらしいものだろう。意地の悪いことをささやいて、隙あらばこちらの気持ちを挫《くじ》こうとする。

「あれ、あなたのパートナー？」すぐにイザベルが、廊下の小さなデスクに飾ってある写真のそばへ行く。

「そう」わたしはその写真を手にとって、彼女に渡した。「わたしの大切なデイル」

写真立ては特別なものを選んだ。花や鳥が彫られ、見るたびに新しい発見があるような、繊細な装飾が施されたシルバーのフレーム。それは、わたしがいつも彼に対して抱いていた感情だった。デイルは複雑で、いろんな質感や感情をもっていた。彼と話すたびに、彼の人生の庭にある小さな石をひっくり返し、新たな宝物や情報の断片を見つけたような気がした。もし彼が生きていたら、わたしは残りの人生を、彼を知り、その魂の隅々までのぞきこむことに費やし、誰よりもデイルに詳しくなっただろう。

イザベルが、彼のことを話しても大丈夫か確認するように、わたしのようすをちらりとうかがう。彼女はこんなふうに、いつも人の気持ちを気遣ってくれる。わたしは、彼女を安心させるように微笑んだ。たしかにつらい部分もあるけれど、デイルのことを話すのは好きだった。それに、人に話せば、記憶を少しでも長く新鮮なまま保っておける。記憶が薄れていくのは怖かった。

「ハンサムだね」イザベルが写真をまじまじと見ながら言う。「この写真のあなた、すっごく若い！」

「まだ二十一歳だったから」と答える。嘘だ。

当時、わたしは十八歳だった。だがデイルとの年の差のせいで、イザベルに変なふうに思われたくなかった。幸い、写真のわたしは化粧をしていたし、デイルも髭を剃って若く見えたから、年齢をごまかすのは難しくない。三十代前半の男が、なぜ十代の若者と付き合っていたのか、そんな質問には答えたくなかった。不快に思われるのはわかっていたし、デイルのことも、わたしのことも悪く思ってほしくなかったのだ。

「早くに結婚したの」と言う。

「わたしもよ。みんなから早すぎるって言われたけど」イザベルはそっと写真を戻すと、まっすぐに置かれているかたしかめた。「だから、わかる」

ほっとして、肩の力が抜ける。「でも、批判する人のほうが多いから」

「たしかに。でも〝ガラスの家に住む者は石を投げてはいけない〟（自分の失敗を棚にあげて他人を責めてはいけない意）って言うじゃない?」イザベルは片方の肩をすくめてみせる。わたしも小柄で（身長も骨格も）、他人といると小さく感じることが多いが、イザベルもわたしに劣らず小柄だ。彼女のことを知れば知るほど、共通点がどんどん増えていき、本当の姉妹のような気がしてくる。「愛って、映画で見るよりずっと複雑なものだと思う」

「ディズニーとは違ってね」わたしはほとんど独り言のようにつぶやいた。

もし、生まれたときから王子様を探すよう言われていなければ、自分の人生はどうなっていただろう。もし母が、自分のことばかり優先する人と恋に落ちなければ……。もし祖母が、専業主婦になるためにキャリアを捨てなければ……。お互いのことをほとんど知りもしないのに、一緒に暮らそうと言ってくれたデイルの誘いを断っていたら……。

もっとシンプルで、苦痛の少ない人生を送れただろうか？　たぶん。

第十一章

カイリー

イザベルがアドリアナの婚約祝いのディナーを企画し、高級なカクテルとドレスコードのある、都会の洒落たレストランに行くことになった。イザベルからハンナとわたし宛てにお誘いのメールが届いたとき、とうてい断ることなどできなかった。

アドリアナは、気を遣って婚約のことを黙っていたみたいだけど、わたしたちが祝ってあげるのは当然よね、とメールには書かれていた。そもそもわたしには、アドリアナが結婚の話を隠そうとした意味がわからなかった。彼女が二度目の幸せをつかもうとしていることに、なぜわたしたちが腹を立てるのだろう？　わたしはいずれ、アドリアナは再婚すると思っていた。彼女は自分の欲しいものをわかっているし、それが何であれ――おいしくないコーヒーを突き返すとか、昇給が充分でなければ転職するとか――自分の望みを追求する。

彼女は人生の勝者だ。わたしと違って。

わたしのほうは、また〝ミセス〟になるくらいなら死んだほうがましだった。冗談じゃない。でも、だからといって友だちの選択を祝福できないわけじゃない。それはそうと、アドリアナは、結婚したら集まりに来なくなるんだろうか。そうなったら寂しい。彼女はわたしたちのグループにポジティブな影響を与えてくれる。強くて、みんなを引っ張ってくれて、何でもできる。

わたしもあのエネルギーが欲しい。

笑みを浮かべ、手をふりながら、ハンナとイザベルの待つ席へ向かう。今日はわたしが最後じゃない！　これはたぶん、初めてのことだ。最近、以前より人生がうまくいっている気がする。ルブタンはわたしの幸運の靴となっていた。もう返品することはできないので、自信を高めたいときはいつもこの靴を履いている。

先日、この靴を履いてヘアサロンの受付の仕事の面接を受けた。管理能力の高い人材を探しているとのことだった。面接担当者はすぐにわたしの靴を褒め、自分もずっとルブタンに憧れているのだと言った。彼女が、わたしが前職の推薦状を持っていないことをスルーしたのも、明日から開始のその仕事が、わたしのスキルセットをはるかに下回ることを見逃したのも、きっとそのやりとりがあったおかげだろう。大学の学位が無駄になったところでどうだというのだ。わたしは仕事を手に入れた！　わたしのクソみたいな人生を立て直す第一歩を踏みだしたのだ。

ただ、いまの家を出るという話はずっと避けている。どうにかしなければいけないとはわかっていても、わたしは一度にひとつの問題としか向き合えない。ひとまずいまは、仕事と生活費を確保し、地に足の着いた暮らしをするにはどの程度の期間が必要かを見極めたい。そして目途がついたら、ベスの優しさに必ず報いる。姉のことは大切だし、わたしのためにずっとがんばってきてくれたことは痛いほどわかっている。

わたしがこうして生きているのは姉のおかげだ。

「おふたりさん」テーブルに近づく足取りが弾んでしまう。空いている席のひとつに腰を下ろし、ハンドバッグを椅子の背もたれにかける。「ねえ、時間ぴったり！　ご褒美ちょうだい」

「花丸をあげる」イザベルが笑う。「カイリー、今日の格好すてき」

「イザベルも」

本心だった。いつものようにブロンドヘアで顔を隠しているのを除けば、イザベルは洗練されて、きれいだった。黒と白のストレッチ素材のラップブラウスが小さな肩と胸を包みこみ、赤い口紅までつけている。

「ハンナも、また会えてうれしい」テーブルの向こうに笑いかけながら、彼女がここにいることに少し驚いていた。アドリアナは社交的なほうではないし、ハンナのことはまだよく知らない。もちろんイザベルが誘ったのだろう。まあ、わたしは彼女がいてもちっともかまわないし、人数は多いほうが盛り上がる。

「わたしも」そう言って、ハンナが笑みを浮かべて小さく手をふる。

彼女もお洒落をしていた。いつものポニーテイルをほどいて肩に垂らしたブラウンの細い髪は、ロールブラシでブローしたように緩くウェーブがかかっている。耳にはおもちゃのようなかわいいピアスが揺れ、肌の色によく似合う水色のシルクのブラウスを着ている。今日のわたしたちは、高級感あふれるこの店に——ベルベットのブース、白いテーブルクロス、壁一面に取りつけられ、ライトに照らされた高級そうな特注のワイン棚に——ふさわしい装いだった。

すでにメニューを見るのが怖かった。わたしの予算ではたぶんフライドポテトかサラダくらいしか食べられないだろう。でも、今夜はお金があるふりをして、新しい職場が早めに給料を払ってくれることを願おう。少なくとも、わたしには仕事がある。それに、仕事の席で酔っ払ってクビになったことをみんなに話すはめになるくらいなら死んだほうがましだ。

秘密をもつのは本当に嫌だった。

それなのに最近は、秘密ばかりが増えていく。クビになったこと、前日の記憶がない状態でホテルの部屋で目覚めたこと、靴、ランジェリー、フランシス。いまのわたしは、こうした秘密をすべて胸にしまいこんでいる。

「アドリアナは?」と訊きながらワインリストに手を伸ばす。「さあ。遅れるなんて珍しいね」イザベルが顔をしかめる。「さっき、こっちに向かってるってテキストが来てたけど、もうとっくに着いててもいいころなんだよね。何かあったのかな」

「シャンパンでも注文しておく?」とハンナが言う。「アドリアナが着いたらすぐに飲めるように」

「いいね」わたしは通りがかりのウェイターに手を上げて合図すると、いちばん手ごろなボトルとグラスを四つ頼んだ。ちなみにここでの〝平均的な〟シャンパンボトルは一本七十ドルを超える。

目の端に、アドリアナが大急ぎでこちらへ向かってくるのが見えた。その姿はまるでガゼルのようだ。ひざ下まであるワンピースから長い脚がのぞき、スリット部分からは日に焼けて引き締まった太ももがちらりと見える。ワンピースは鮮やかなシルバーで、片手には黒のパテントレザーの小さなクラッチバッグを持っている。足元はピンヒールのサンダルだ。

「遅れてごめんなさい」アドリアが最後のひと席に腰を下ろす。走ってきたせいで頰が桃色になっている。汗をかいて息を切らしていても、ブロンドのボブヘアはまったく乱れておらず、相変わらず神々しい。「仕事から帰ってきたグラントと話をしていたら時間を忘れちゃって」

「時間を忘れた？」わたしは眉を上げた。「最近ではそう言うんだ？」

アドリアナは笑わず、それどころかセックスをにおわせた発言に青い顔をする。変だ。彼女はそれほど潔癖なタイプではない。

「じゃあ、シャンパンで乾杯しようか？」イザベルが言い、シャンパンに手を伸ばす。

「えっと……本当に申し訳ないんだけど、今夜は飲めないの」アドリアナが力なく笑う。その笑みは、庭先の古いガーデンチェアのように脆《もろ》い。「いま抗生剤を飲んでいるから、医者にアルコールは控えるように言われてて」

怪しい。その場にいた全員がさりげなく視線を下げ、アドリアナがお腹を触っていないかたしかめる。触っていなかった。目を上げると、アドリアナの目にいらだちが浮かぶのが見えた。それでも、わたしたちの疑念を慌てて否定したり、躍起になって言い訳しようとしたりはしなかった。ひょっとしたら抗生剤の話は本当なのかもしれない。だが、直感は嘘だと告げていた。

いまどき、結婚前に妊娠したからといって大騒ぎするだろうか？　しないだろう。三十歳手前の母親になりたい女性なら、手遅れになった場合のことを考えているくらいだ。

念のために言っておくと、わたしはそっち側の人間ではない。母親業などこなせる気がしない。ずっとそう思っている。こういうところが世間からずれているのかもしれない。

「結婚式の準備はどう?」ハンナが、少しわざとらしいほどの笑みを浮かべて訊く。自分が楽しんでいることを示そうとしているみたいに。そうでなければ、バターナイフで切れそうなほど高まっている緊張を感じとったか、ぎこちない沈黙に耐えられないタイプなのだろう。「結婚式の準備って楽しいよね」

「まあまあかな」アドリアナの声に楽しそうな響きはない。

「まあまあ?」わたしは言い、イザベルと視線を交わす。「結婚式の準備ってもっとわくわくするものじゃない?」

「でも、ストレスになることもあるよね。決めることが多いから」ハンナが、かばうように言う。アドリアナに気に入られたくて必死になっているように見える。

わたしはハンナに、そんなにがんばらなくてもいい、わたしたちに好かれようとしないでいいんだよ、と伝えたかった。ここはそういう集まりじゃない。でも、ハンナが叱られたように感じたら嫌だったので、黙っていた。

「わたしは結婚式の何カ月も前から、ずっと興奮してたけど」わたしは、誰か違う人の話をしているような、奇妙な気分で言った。「人生でいちばん大きなケーキを食べてさ。びっくりするくらい巨大なやつ。義母がケーキのデコレーターで一段ごとに飾りつけを変えてくれたんだよね。砂糖のバラが飾ってあったり、キルティングやキラキラの装飾がしてあったり。お姫さまになった気分だった」

あのときは、マーカスに心を打ち砕かれるなんて思ってもみなかった。鏡に映る自分の姿を見るのも耐えられなくなる日が来るなんて。ふたりの関係が、ほかのものと同じように満たされない虚無のなかに消えてしまうなんて。

あの瞬間、わたしは喜びで満ちあふれ、未来を胸にかき抱き、バラの花束のように可能性が咲き誇っていた。でも、長くは続かなかった。けっして長くは続かない。

「違うの……」アドリアナが頭をふる。

「何かあったの？」イザベルがアドリアナに手を伸ばす。イザベルはいつでも人を慰める準備ができている。

「メールが届いたの」アドリアナが身を乗りだし、誰も聞いていないことをたしかめるように、店内に視線を走らせる。レストランは混雑していて、こちらの方角を見ている者はいない。「グラントのことで」

「どういうこと？」頭をふりながらわたしが言う。「どんなメール？」

「グラントはわたしが思っているような人じゃないっていう匿名のメール」アドリアナが眉間にしわを寄せ、唇を引き結ぶ。「それに、わたしの身も危険だって」

テーブルが静まり返る。彼女の婚約者については何も知らない。基本的にアドリアナは自分のことをあまり話したがらないし、彼女の住まいを知ったのも、友だちになって一年以上経ってからだ。彼女の父親が起こした事件について知ったのは、さらに時間が経ってから。母親が亡くなったことを知ったのも、相続手続きが完了してから半年が過ぎたころだったし、教えてくれたのも、家の片づけをするのに助けが必要だったからだ。ほかにも彼女がわたしたちに話してないことはいくつもある。たとえば、前夫が亡くなった理由とか。

めったに自分の話をしない彼女の口から出たこの告白に、わたしは驚いていた。

静まり返ったテーブルに、ウェイターがシャンパンボトルと四人分のグラスをサーブする。最悪のタイミングではあったが、彼がコルクを開け、飲み物を注ぐのを止めるような真似はしない。早く黄金色の液体を味わいたくて仕方がなかった。

グラスが各自の手元に渡ると、若干空々しくはあったが、グラスを掲げて乾杯し、互いのグラスに軽く触れる。アドリアナは口をつけずにグラスを置いた。

「差出人に心当たりはないの？」飲み物をひと口飲んでから、わたしが訊く。冷たい黄金色の炭酸は、天国のような味わいだ。「怒った元妻とか？　彼、前に結婚してたんでしょ？」

「結婚はしてない」とアドリアナが頭をふる。「二十代のころに婚約してたけど別れたんだって。わたしはその彼女に会ったことはないし、偶然出くわしてもめたとか、彼女が彼を取り戻そうとしてるとか、そういうことも一切ない。もし道ですれ違ってもお互いわからないと思う」

「メールには個人を特定できるような情報は一切なし?」とイザベル。傷のない側の髪が耳にかけられ、小ぶりの上品なフープピアスがのぞいている。「メールアドレスに名前が入っているとか、送り主がわかるようなヒントは?」

「なんにも。アルファベットと数字が並んだGメールのアドレスだった。送り主の正体をほのめかすようなものはまったくなし」

「不気味だね」わたしは頭をふる。「彼が仕事で怒らせた相手はどう? クビにされた人とか、昇給を拒否された人とかが、腹いせに彼の私生活をひっかきまわそうとしているのかもよ」

「なるほど……それは考えなかった。あり得るね」アドリアナは言いながら、その考えを吟味するように視線を動かす。「でも、どうやってわたしのメールアドレスを知ったんだろう?」

「あなたのメールアドレスって、名前、ドット、名字@gmail.comでしょ」イザベルが指摘する。「知るのは難しくないと思うけど」

「たしかに。でも名字はどうやって知ったの?」アドリアナは少し考えてから、何かを思いついたように言う。「ああ、そういえばグラントの姉が、社交界でよく見るくだらない婚約パーティーを開いて新聞記事にしてもらおうって言いだしたことがあったな。わたしは嫌だったけど、結婚生活の最初から義姉ともめるのはよくないってグラントが言うから、仕方なく従った。あのとき、記事にわたしの名字も出たから、それで知ったのかも」

父親の刑事告訴の件もある。かなり注目を集めた事件だったから、あの裁判絡みで素性を知られた可能性もある。時事問題にあまり関心のない家庭で育ったわたしはほとんど知らなかったが、知っている人は多かっただろう。だが、これ以上言うのはやめておこう。ハンナの前でこの件をもちだされたくないかもしれない。

「家族内でほかに問題はない?」イザベルが訊く。「身内同士でもめているとか」

「ないと思う。もしあるなら招待客のリストをつくっているときに聞かされたはずだから」アドリアナがため息をつく。「問題があったとしてもわたしは聞いてないし、彼の家族は結束が固そうに見える」

アドリアナはまだ何かを隠している、わたしはそう直感した。大きな秘密ではなく、ちょっとした秘密を。ここで話すべきか否か、慎重に見極めているような……。アドリアナの秘密にはレベルがあるような気がする。共有してもかまわないものから、墓場まで持っていくつもりのものまで。

「最初の夫の姉かもしれない」しばらくして、彼女は言った。

わたしは目を細め、彼女の最初の夫の家族について、知っていることを思いだそうとした。ほとんどない。たしか、向こうの家族とはあまり折り合いがよくなかったはずだ。記憶では、夫の遺言にいくつか問題があって、夫の家族からお金を隠したと責められたのではなかったか。もちろん言いがかりだ。アドリアナはそんなことはしない。

少なくとも、わたしはアドリアナがそんなことをするとは思っていない。

「たしかそのお姉さん、お葬式のときも失礼な態度をとったんじゃなかった？」イザベルが顔をしかめて言う。「あなたからそんな話を聞いた気がする」

「あの人は、弟の死をわたしのせいだと思っているの」アドリアナは盛大にため息をつくと、震える手でグラスの水に手を伸ばした。その話は初耳だった。アドリアナがさらに何か言おうと口を開くが、すぐに口を閉じて秘密をしまいこむ。

「その人は、あなたが先に進もうとしていることに腹を立てているんじゃない？　それであなたの邪魔をしようとしているとか」イザベルが言う。

「かもしれない」アドリアナが水を飲む。「彼女ならやりかねない」

「そんなのおかしいよ」わたしのなかで怒りがはじける。「どうして前へ進んじゃいけないの？　アドリアナの人生じゃん」

「わたしもそう思う」ハンナもうなずく。「これはあなたの人生なのに」

「そのメールの内容を信じているわけじゃないんでしょ？」とわたし。これは修辞疑問だ。アドリアナが匿名の送り主の言うことを信じているはずがない。相手が自分に危害を加えるかもしれないと思ったら、結婚などするはずないのだ。

「もちろん」アドリアナが首をふる。「信じていない」

わたしは酔っ払わないよう、二杯目のシャンパンをゆっくり飲んだ。だが、ひと口飲むごとにじれったさが募っていく。まるで巧妙な拷問みたいだ。一気にあおって注ぎ足したい、シャンパンに溺れたいという衝動は強烈で、ひざに置いた手がグラスをつかみたくてうずうずする。

マーカスの死後、飲酒がただちに問題になることはなかった。悲しくなったらワインを一杯、平日の仕事を乗りきったら一杯、泣かずに週末を過ごせたら一杯、その程度だった。だが、ご褒美が日課になり、習慣化するのはすぐだった。自分でも驚くほどに早かった。飲むべきじゃなかった。父親も、祖父も大酒飲みだったのだ。わたしにはその血が流れている。

ほかのメンバーが一杯目を飲んでいるあいだに、ボトルの残りを飲み干した。アドリアナはまったく飲んでいない。わたしはもっと飲みたかった。お酒はジェットコースターだ。最初の数杯は楽しくて、体が軽くなり、頭のなかの雑音が消える。だが、上昇するか、地面に叩きつけられるかわからないまま、スリルを楽しんでいるうちに、やがて転換点が訪れる。

わたしは落下しつつあった。これまでどんなふうに人生をしくじってきたかを考えはじめていた。

バーを見ると、腕の太い男がカクテルをシェイクしていた。氷と金属がぶつかり、液体と混ざり合う音が聞こえてくる。口のなかに唾がたまる。こっそり抜けだして一杯飲んでこようか。二階にもバーがあるのは知っている。店に着いたときに、人が上がっていくのを見かけたのだ。

トイレに行くと言って抜けだせば……。

「そろそろ帰らないと」ふいにイザベルが言い、ハンナのほうを見る。ハンナもうなずいている。時計を確認すると、まだ九時にもなっていない。イザベルがわたしのようすを見て、ぱっと顔を赤らめる。「うん、まだ早いんだけど、明日は仕事で六時に起きなきゃいけなくて」

「来てくれてありがとう」アドリアナが微笑む。「ふたりとも」

「わたしこそ、誘ってくれてありがとう」ハンナがうれしそうに応じる。「みんなとこうやって夜に出かけられて……ふつうの人みたいに過ごせて、本当にうれしい」

イザベルがハンナの腕に触れ、励ますようにぎゅっと握る。それからふたりはテーブルにお金を置くと、席を立った。わたしとアドリアナも立ち上がり、ふたりの頬にキスをする。アドリアナもそのまま帰るかと思ったが、バッグに手を伸ばす気配はない。

その場で別れの言葉を交わしていると、男の一団が通りすぎ、ひとりの男が仲間のひとりになにやらささやいた。わたしには聞き取れなかったが、その言葉で、イザベルの体がこわばるのがわかった。ハンナが驚いたように口を開け、アドリアナがぱっとふり返る。

「いまなんて言ったの？」アドリアナが詰め寄った。

男は立ち止まると、背筋を伸ばし、顔を傾けた。クイーン・ストリートのカフェでよく見かけるような、傲慢な銀行マンと同じ服装をしている。スリーピースのスーツ、磨かれた靴、つややかなシルクのネクタイ。年齢は二十代半ば、世界は自分の足元にひれ伏してしかるべきだと考えているようなタイプだ。こういう連中は知っている。仲間が引き離そうと引っ張るが、男は頑として動かない。

「あんたのお友だちの顔は、車に轢《ひ》かれた動物みたいだって言ったんだ」その目が――鮮やかなブルーの瞳が――イザベルに向けられ、口の端に残酷な笑みが浮かぶ。男の後ろには、同じくスーツ姿の男たちが立っている。仲間たちは気まずそうだ。

「アドリアナ、やめて」イザベルがうつむいて身を縮こまらせる。その頬が赤くなっている。「放っておけばいいよ」

「無理」アドリアナが言う。「あなたにあんなこと言うなんて許せない」

わたしはイザベルのそばに行って肩に手をまわすと、ありったけの怒りをこめて男を睨《にら》みつけた。もしこの目で男を燃やすことができたなら、火葬の薪《まき》のように勢いよく燃えただろう。

「よく聞きなさい、ふにゃちん小僧」アドリアナが冷たく言い放ち、背筋を伸ばして男に一歩近づく。ヒールを履いた彼女は威厳に満ちている。「あんたにいいこと教えてあげる」彼女が身を乗りだして耳元で何かをささやくと、男の顔が蒼白になった。男はイザベルをちらりと見て、謝罪の言葉をもごもごとつぶやくと、鼻をこすりながら逃げだした。仲間たちが、戸惑ったような視線を交わしてあとを追う。周りの人たちは好奇の目でこちらを見ていた。

アドリアナは、イザベルを引き寄せるときつく抱きしめた。「ごめんなさい。どうしても我慢できなくて」

「平気」そう答えたイザベルの声は、明らかに平気そうではない。

「大丈夫？」と訊いてみたが「うん」とこわばった声が返ってきただけだった。

ハンナがイザベルの背中をさすりながら店の入り口まで連れていくと、アドリアナが明日電話すると声をかけた。ふたりが帰ると、アドリアナは自分の席に腰を下ろし、両手で顔をこすった。わたしは飲み物を持って彼女の隣に移動した。

「あいつになんて何て言ったの？」と訊く。

「わたしはあんたのとこのボスと親しいから、いますぐ立ち去らないと今後ずっと郵便室で仕事することになるかもねって。スーツのポケットにフィンテック企業のストラップが入ってるのが見えたから。以前、あそこの会社で半年くらいコンサルタントをしていたことがあって、たまたまCEOのことも知ってたの。ああ、あとは真剣に話を聞いてもらいたいなら、鼻についたコカインをきれいにしてからのほうがいいんじゃないって」

笑いがこみあげる。「本当に鼻にコカインがついてたの？」

「ううん」アドリアナが邪悪な笑みを浮かべる。「でもあいつらのパターンなんてわかるじゃない。ああいうやつらはみんな同じだもの」

わたしは頭をふった。「わたしはさ、ああいうとき、どうしたらいいかわかんないんだよね」

「人の外見にとやかく言う権利があると思っているバカのせいで、イザベルが嫌な思いをするなんて耐えられない」彼女は怒りで沸き立っていた。いま、看護師が彼女の血を抜いたら、血液の代わりにマグマが出てくるに違いない。「本当に図々しいったらない。自分の基準に達していなかったら、女を貶《おとし》めて辱《はずかし》めてもいいと思ってるみたいなあの態度」

わたしたちはそれから一時間以上おしゃべりをした。話題は政治、サッカー、彼女の結婚式の話へと移っていった。ところが結婚式について、とくにグラントについて二、三質問すると、アドリアナは黙りこんだ。

「メールの件、思っている以上にストレスになってるんじゃない？」

「そんなことない」アドリアナはそう言うと、髪を耳にかけた。ゴージャスなパールのピアスが揺れる。「正直に言うと、どうしてあの話をみんなにしたのかわからない。グラントが悪い人間なら結婚はしないけど、いまのところそんな兆候はまったくない。それどころか、かぎりなく完璧に近いと思う」

「完璧は嘘だね」思わず、言葉が滑り出る。

「たしかに」アドリアナは気分を害したようすもなく、口の端を上げて笑った。「もちろん、グラントにも問題はある。結婚式を盛大にすることに取り憑《つ》かれているし、気の毒なウェディングプランナーを休む暇なく働かせている。でも、それが最悪の欠点なら、文句を言うほどじゃない」

「メールに返信しちゃだめだよ」とわたし。「他人の幸せを壊そうとする人間に返信なんかしちゃ絶対にダメ」

「わたしも、そう思う」

「ねえ、もし何かあるなら話してよ、ね？」なぜ、自分がこんなふうに念を押すのかわからない。でも言わずにいられなかった。正直、アドリアナはわたしなんかよりずっとしっかりしているし、彼女にどんなアドバイスをしたらいいかなんてわからない。

そもそも、わたしにアドバイスを求める人などいない。

それでも、彼女がひとりでないことを知ってほしかった。ひとりぼっちだと思うのは本当につらいから。彼女は幸せになるべきだ。誰もが幸せになるべきなのだ。

「ありがとう。わかってる」アドリアナがうなずく。その指先が、目の前にある手つかずのシャンパングラスのふちをなで、真珠色のネイルがきらりと光る。シャンパンの炭酸はほとんど抜け、ほんのときおり小さな泡が表面に立ちのぼるだけになっている。「あなたのほうも、何かあったら言ってね」

わたしが隠し事をしているのを確信しているかのように、彼女が鋭い視線を向けてくる。きっと誰もが何かを隠しているのだろう。自分のいちばんいい姿を見せるために。たとえそれが多少、あるいは大いにつくられたものであっても。

そして、わたしが自分の置かれたおかしな状況を話す気がないように、彼女もまた、すべてを話す気はないのだろう。そう、わたしたちはそういう人間なのだ。

「わかった」わたしはうなずいた。

「そうそう、じつはこの前、あなたのことを考えていたの」深刻な雰囲気をふり払うように、アドリアナが口調を変えて言う。「うちの近所に新しいダンススタジオができたんだけど、バレエのクラスもあるんだって。今度一緒に行ってみない？」

その笑みは希望に満ちている。この数年、わたしのバカな振る舞いにずっと付き合ってくれた彼女たちに対する感謝の念がふいに湧き上がってくる。わたしが何度遅刻しても、どれだけ酔っ払って迷惑をかけても、彼女たちはいつもわたしのそばにいてくれた。

「いいね」とうなずく。

するとアドリアナが一瞬、寂しそうに目を伏せた。「このグループはわたしにとって家族のようなものなの。どれだけ大切な存在か、とても口では言い表せないくらい」

わたしは目をぱちくりさせた。

「なんでそんな驚いた顔をするの？」とアドリアナ。

「いや……だって、あなたはミステリアスな秘密主義者だし、そんなふうに思ってるなんて思わなかったから……」そう言って、にっと笑う。「でも、アドリアナがわたしと同じように思ってくれててよかった」

「当然でしょ！　それに、わたしはべつに秘密主義者じゃないから」アドリアナが笑いながら抗議する。「ミステリアスでもないし」

「いや、充分ミステリアスだよ。初めて会ったときこう思ったもん。絶対この人は……」

「なに？」

「スパイか何かだって」

アドリアナが鼻を鳴らし、水の入ったグラスに手を伸ばす。「どうしてよ？」

「最初の集まりのときに、真っ赤な口紅をつけて、黒いワンピースにハイヒール、毛皮のコート姿で現れたでしょ。あの姿を見て、あなたがお金のために夫を殺したって告白するのを覚悟したんだから」

アドリアナの顔が蒼白になる。水のグラスが手から滑り落ち、デザート皿に当たってフォークが跳ね、チョコレートトルテの欠片が真っ白なテーブルクロスに飛び散って、わたしたちは同時に飛び上がった。

「やだ、冗談だって」慌てて否定する。一方で、アドリアナの反応がわたしのなかの何かを刺激し、役立たずの脳みそが使い古された歯車のようにうなりを上げる。と同時に、アルコールのせいで軽率な発言をしてしまった自分を呪う。「ごめん、変なこと言って。動揺させるつもりは……」

「平気」アドリアナが手をふる。

また「平気」だ。今夜、何度この言葉聞かされるのだろう。誰もがあらゆることを飲みこんで、何でもないふりをしようとする。全然大丈夫じゃないのに。

「ごめん」わたしはもう一度言った。

「たしかに毛皮のコートはやりすぎだったかもね。でも言い訳すると、あれはフェイクファーだったし、ブログですてきに着こなしている人を見かけて真似したくなっただけ。わざと悪女っぽさを演出したわけじゃないから」アドリアナは笑おうとしたが、その笑顔は痛々しく、わたしの軽率な軽口がどれだけ彼女の心を傷つけたかを物語っていた。

「くだらないこと言って、ほんとごめん」わたしは首をすくめた。

本当に、何なのだろう？　どうしていつも余計なことを言ってしまうのだろう？

ときどき、心の底から自分が嫌になる。

わたしはアドリアナを見た。酔っ払いの単なるたわごととして聞き流してくれるといいのだけれど。

「大丈夫だから」アドリアナが無理に笑ってみせる。「そろそろ帰らないと。明日も仕事だしね」

頬が熱くなる。わたしは大バカだ。だが、これ以上惨めにならないよう、もう一度謝りたいのを我慢する。これがアルコールの悪いところだ。浮かれて痛い目を見る。隣のテーブルでは、男が琥珀《こはく》色の液体に口をつけていた。胃がぎゅっと縮こまる。もう少し強いものが欲しい。シャンパンの酔いを相殺できるものが。

「外まで送っていくよ」わたしは言った。「わたしはトイレに行ってから車を呼ぶから」

トイレに行くとは、すなわちバーに直行するという意味だ。

「わかった」彼女も早くこの会話を切りあげたいようだ。

会計を済ませ、アドリアナをレストランの入り口まで送っていく。彼女が呼んだウーバーを待つあいだ、わたしたちは入り口でぎこちなく立ち尽くした。さっきの会話にどうケリをつけるべきか考えながら、わたしはふいに手を伸ばし、アドリアナを抱きしめた。突然の行動に、アドリアナは一瞬体をこわばらせたものの、すぐに力を抜いて体を預けてくれた。言葉にできない思いを、ハグにこめる。これまで姉がしてくれた表面的なものでも、友人と挨拶するときに軽く交わすものでも、義務的に、あるいは渋々行うものでもなく、心のこもった本物のハグだ。

とてもいい気分だった。

アドリアナは前夫の死にかかわっているのだろうか？　ありえない。
一瞬でもそんなことを考えた自分を呪いながら、わたしはその考えを打ち消した。店は街中にあったので、車は数分でやってきた。彼女の車が見えなくなるまで見送り、バーへ戻ろうと踵《きびす》を返した瞬間、電話が鳴った。

フランシス：いまどこにいる？　ひとりで寂しい。一緒に飲まない？

ためらうことなく文字を打つ。

カイリー：店を教えてくれたら、すぐに行く

第十二章

監視する者

今夜のアドリアナはまるで女王のようだった。ヴィーナス。まばゆい光。一方で、周囲にいた女たちは、その光を浴びながら、少しでも彼女の関心を得ようと願う、かわいらしい蛾《が》のようだった。あんな女性に微笑まれたら世界は黄金に包まれるだろう。

彼女の婚約者は、とうていあの微笑みに値しない。

なぜ彼女があんな男を選んだのかわからない。あの男にいったい何を見ているのだろう？　世の女たちは、あの手の男のどこに惹かれるのだろう？　お金？　権力？　セックス？　スポーツカーや南国での贅沢な休暇？　女たちは本当にそんなものに惹かれるのだろうか？　きっとそうなのだろう。その点では、彼女の友人たちも同じだろう。

どうして人生はいつも金銭に集約されるのか。金は人々を分断し、人々をかき乱す。金持ちと貧乏人。労働者と失業者。繁栄と没落。本当のところ、人間なんてみんな同じなのに。

金がこれほど大事じゃなければ、家族はばらばらにならずにすんだかもしれない。

大きな楡の幹に身を潜めた。通りすぎる車のヘッドライトがときおりこちらの姿を照らしだす。ここはいい場所だ。もし、二、三百万ドルの家を買う余裕があるのなら。芝生はどこも手入れが行き届いている。切れたままの街灯はないし、スピードを出す車もいない。あちこちの私道にヨーロッパ車が鎮座し、見渡すかぎりゴミも落書きもひとつもない。

まさに郊外のオアシスだ。

道を通りかかる人がいないかしばらく待ったが、あたりはもう暗い。頭上には漆黒の空が広がり、街灯が灯っている。外を歩いている人も、フェンス越しに隣人と話している人もいない。そろそろいいだろう。

顔が見えないよう帽子のつばを下げ、決然とした足取りで玄関へ向かう。家には誰もいないが、どれだけ時間があるかはわからない。数分かもしれないし、数時間かもしれない。

幸いにも、それほど時間はかからない。

ポケットから鍵を取りだす。数週間前、アドリアナを尾行したときに手に入れたものだ。彼女はブライトンにある高級ジムのリフォーマーピラティスのクラスに通っている。彼女が建物に入る前にバッグから鍵を失敬し――通りで彼女にぶつかったふりをして掏《す》ったのだ――合鍵をつくり、その後、「外に落ちていた」と言ってジムの受付に届けておいた。

アドリアナは、届けてくれた人間に感謝したに違いない。

鍵穴に差した合鍵をまわすと、カチリと心地よい音がしてロックがはずれた。肩越しにすばやく視線を走らせ、誰にも見られていないことを確認する。室内に足を踏み入れる。

壁のパネルがビープ音を鳴らし、コードを打ちこまないとアラームを鳴らすと警告する。

問題ない、準備はできている。番号は覚えている。

侵入成功だ。

第十三章

アドリアナ

ウーバーの後部座席に乗りこむと、運転手が話しかけてこないことを祈った。が、無駄だった。たぶん大学生くらいの若いその運転手は、愛想よく話しかけてくる。いつもなら、雑談に付き合うのはかまわないが、今夜はそんな気分ではない。だから運転手の質問にできるだけ短く答え、相手が察してくれるのを待った。やがて運転手が音楽の音量を上げたので、わたしはゆっくりと心をさまよわせた。

今夜のディナーは、控えめに言って奇妙な雰囲気だった。カイリーだけは元気そうだったが、彼女が前回の集まりのときと同じルブタンの靴を履いているのが気になった。カイリーはあの靴をどこで手に入れたのだろう？　あの非実用的な、竹馬のようなヒールに大金を払うとなると、わたしでさえひるんでしまう。カイリーの身に何か奇妙なことが起きている。わたしはそう直感していた。

イザベルは、上の空だった。あまり口をきかず、こちらの話に集中していなかった。自分の世界に入りこんでいるようだった。最近、ずっとあんな感じだ。夕食に呼ばれてイザベルの家に行ったときも、やはりどこか上の空だった。別の場所をさまよっているような……。わたしたちのあいだによくわからない距離が広がっている気がした。

ハンナは……がんばっていた。がんばりすぎだ、とわたしの母なら言うだろう。アドリアナ、人に好かれようと必死になっていることを知られてはダメよ、と母によく言われたものだ。好かれようと必死になるのは、何もあげられるものがない人だけ。

もしセラピーで母の〝教訓〟について話したら、医師はきっと面白がるだろう。年をとるにつれ、母がいかにわたしの人間観や世界観を捻《ね》じ曲げてきたかがわかってきた。最初の結婚にいたった理由も、出会ったばかりの人になかなか心を開けないのも、人を信頼できないのも、おそらく母の影響だ。

それはさておき、お酒を断れば、みんなから質問攻めにあうことはわかっていた。もちろん大声で責め立てるような人はいないし、そんな必要もない。恋人のいる二十代後半の女でいるのは、ときとして本当に面倒くさい。ちょっとまばたきでもしようものなら、すぐに妊娠を疑われる。

みんなが間違っていることを願いたい。

〈イン・ヴィノ・ヴェリタス〉でのディナーの翌朝、わたしは妊娠検査をした。結果は陽性。違う結果が出ることを願って、その翌日も試してみた。またしても陽性。そして今朝、グラントが仕事に出かけたあと、ベッドからよろめき出て十五分ほど吐きつづけた。

こんなはずじゃなかった。気をつけていたのに。わたしはピルを服用しているし、体調が悪くて抗生剤を飲んでいるときはコンドームを使っていた。一度コンドームが破れたことがあったが、そのときは二十四時間営業の薬局へ行ってモーニングアフターピルを購入した。グラントが子どもを望んでいないことは知っていたし、わたしも母親になるのは怖かったからだ。

車内からグラントに電話をかけるが、つながらない。家まであと半分くらいのところで、折り返しの電話がかかってくる。

「もしもし」

「やあ」背後に音楽が流れている。グラントの声はぐったりとして、いらだっているようだ。自分の感情をそのまま出す人だから、たったひと言でそれとわかる。「みんなとのディナーはどうだった？」

「楽しかったわ」嘘をつく。グラントにわたしの葛藤を知らせる必要はない。「トムは元気？」

背後でグラントのビジネスパートナーが「女房となんて話すなよ！」とわめいている。飲みすぎたのだろう。わたしは鼻を鳴らした。トムは大学時代をいつまでも引きずっているようなタイプの人間だ。以前は、トムがグラントをトラブルに巻きこむのではないかと心配したが、実際のところトムは無害で、妻の尻に敷かれている。

だから、あんなふうに叫んでいるのだ。

「トムは……相変わらずだよ」グラントが笑い、わたしも一緒になって笑う。「もう少ししたら帰る。もう車拾った？」

「ええ」

「乗車状況を送ってくれる？　きみが無事に帰宅したことを知りたいから」

ほらね？　ひどい男がこんな優しいことを言ってくれる？「わかった」

「愛してる」

「わたしも」本気でそう返す。

携帯の画面をタップして通話を終了すると、ホーム画面が光った。午後十時三十五分。まだ早い。潜在的なクライアントと食事をするのはグラントの仕事のひとつだし、正直なところ、今夜はひとりで過ごす時間があったほうがありがたい。どうやって妊娠のことを彼に伝えるべきか。頭がグルグルして考えがまとまらない。水以外口にしていないのに、酔っ払っているみたいだ。

車はきらびやかな街の中心部から遠ざかり、グラントとわたしの住む海辺の町、ブライトンへと近づいていく。誰かがパーティーをしているらしく、メルセデス・ベンツやＢＭ

W、テスラが路上に停まっている。ヘッドライトが角を照らした拍子に、一本の木を背にしてカップルがキスをしているのが見えた。女性のワンピースは太ももまでたくし上げられ、ヒールが芝の上に転がっている。ふたりはライトを浴びてびくりとしたあと、笑いながら太い幹の向こうへ消えていった。

自宅の前で車が停まると、わたしは車を降りた。パーティーが続いている近隣からかすかに音楽が聞こえてくる。きっと両親はモルディヴやドバイで、豪勢な休暇を過ごしているのだろう。金持ちの子どもは、親の目の届かないところで無茶なパーティーを開くものだ。私学を追われる前の自分を思いだす。

ハンドバッグから鍵を取りだし、玄関の巨大な白い二重扉へ向かう。まさに、グラントの家といった感じだ。この家は彼が十年前に購入したもので、サイドテーブルやバーカートなど、選び抜かれたインテリアは、わたしが越してきてすぐにグラントが用意した。ここに住みはじめて一年半になるが、わたしは家のなかを何ひとつ変えていない。いずれ、ふたりの家を買おうと提案するつもりだった。正真正銘、ふたりの家を。わたしのしるしが刻まれた家が欲しかった。とはいえ、不満があるわけではない。この家は広くて居心地もいいし、ここにいると生まれ育った家を思いだす。現代的な利便性と、昔ながらの気品を兼ね備えている。

グラントはとても趣味がいい。

鍵穴に鍵を差しこむと、鍵をまわす前にドアが音を立てて開いた。熱いものに触れたように、とっさに手を引っ込める。どうして鍵が開いているの？　後ずさりし、家のようすに目を凝らす。おかしなところはない。踏みつけられた茂みも、足跡も、誰かがここにいたという形跡は何もない。

わたしの鍵が鍵穴からぶら下がり、ドアの隙間から温かな金色の光が漏れている。玄関の明かりは、いつもどおりついている。外出するときも、つねにつけっぱなしにしているのだ。指先でドアに触れ、大きく開いた隙間から、壁の警報装置パネルを見る。解除されている。

「誰かいるの？」と呼びかける。

返事はない。

背後をふり返る。ウーバーの運転手はとっくに帰っている。唇を嚙み、玄関の前でうろうろしながらこのまま入っても安全かどうかを考える。グラントが鍵を閉め忘れた？　でも警報装置は？　わたしは頭をふった。空き巣をあれほど警戒しているグラントが鍵を閉め忘れるはずがない。それに、彼が家にいないのは十五分前に確認したばかりだ。この家の鍵を持っていて、なかに入るための暗証番号を知っているのは、グラントの姉とハウスクリーニングのスタッフだけだが、清掃員のほうは、現在、家族とともにクイーンズランド州に出かけている。

「サラ?」未来の義姉の名前を呼んでみるが、返ってくるのは沈黙だけ。

どうすればいい?

バッグから携帯を取りだし、グラントを呼びだすがつながらない。続いてサラにもかけるが、留守電になっている。でも室内から着信音は聞こえないから、ここにはいないのだろう。カイリーに電話しようと思ったが、先ほどの気まずいやりとりを思いだして躊躇する。彼女の言葉は強烈だった。一瞬、息が止まるほどに。自分がどれだけ真相に近づいていたか、彼女はわかっていないだろう。

わたしは夫を殺していない。殺してない、殺していない、殺していない。

絶望的な気分でイザベルに電話する。まだ起きているといいのだけど。

イザベルは二度目の呼び出し音で応答した。「もしもし」

「よかった、まだ起きてたのね」わたしはほっとため息をついた。

「さっきのことなら平気だから。あの男は最低だけど、顔のことでひどいことを言われるのは初めてじゃないし。正直『車に轢かれた動物』なんてましなほう」そう言った彼女の声は悲しみに沈んでいた。「あなたがああいう人間を許せない人だっていうのはわかるけど、わたしを悪く言う人全員と闘わなくても大丈夫」

わたしは唇を嚙んだ。立ち向かったのは間違いだったのだろうか? でも、我慢できなかった。イザベルは、わたしの知るかぎりもっとも優しい人間だ。そんな彼女がひどい扱いを受けたら、どうしたって腹が立つ。

「ごめんなさい」ほかになんと言えばいいのかわからず、わたしはもごもごとつぶやいた。

「ううん、あなたが気にかけてくれることは本当にうれしいの」電話の向こうで金属が磁器に当たる音がする。

「あのね……」室内に目を走らす。「お願いがあるんだけど」

「どうしたの？」

「家に帰ったら玄関の鍵が開いていたの」室内に不審な動きや気配はまだないが、なにやら嫌な予感がする。誰かがここにいた。実際、空気中にそれを感じる。香水かコロンのかすかな残り香。どこかで嗅いだことがあるような……。「警報が解除されていて、グラントもまだ帰っていないの。ちょっと不安で」

「そっちに行こうか？」

イザベルの背後でやかんの吹く音が聞こえる。彼女の住まいはスプリングヴェイルで、うちまでゆうに三十分はかかる。

「ううん、大丈夫。ちょっと過敏になってるだけだと思う」と答える。「ただ、家のなかを見てまわるあいだ、電話をつないだままにしておいてほしいの」

「ひとりで大丈夫？」心配そうにイザベルが訊く。「警察に連絡したほうがいいんじゃない？」

警察の反応は容易に想像できる。わたしを見て、被害妄想に陥るくらいしかやることのない、間抜けなトロフィー・ワイフ志望の女だと思うに違いない。冗談じゃない。

「たぶん、グラントが鍵をかけ忘れただけだと思う」と嘘をつく。

「わかった」イザベルは折れたが、納得はしていないようだ。「電話はこのままつないでおくけど、不審なことに気づいたらすぐにこの電話を切って警察に連絡してよ？　いい？」

「わかった、約束する」

わたしは家に入ると、背後でそっと扉を閉めた。玄関を入るとすぐに、玉座を守る衛兵のように、両側にふたつの拱廊《きょうろう》がある。ひとつはリビングに、もうひとつは書斎に通じていて、書斎にはグラントが旅先で集めた美術品や本などが置いてある。その先にはキッチンとグラントの仕事部屋があり、二階へと続く広い木製の階段には、クリーム色のカーペットが敷かれている。

恐る恐るリビングに足を踏み入れる。家を出たときと何もかも同じに見える。コースターに置かれたカップには紅茶が少し残っていて、カップの端からティーバッグのタグが垂れている。書斎に続く廊下で、ヒールがタイル張りの床に当たってカツカツと鳴る。書斎も異常なし。すべてがあるべき場所に収まっている。

この部屋には盗むものがたくさんある。棚には高価なアンティーク時計が鎮座し、サイドテーブルにはグラントのお気に入りのパテックフィリップの腕時計のほか、小さな宝石をあしらったカフスボタンやシニアグラスが置いてある。時計だけで三万ドルくらいするはずだ。盗み目的で侵入したなら、間違いなく奪っていっただろう。

それらが手つかずでそこにあるという事実に、心拍数が上昇する。盗みが目的でないなら、侵入した狙いは何なのか？　不安が募っていく。

「どうかした？」イザベルが緊張した声で訊く。

「ううん、まだ何も」

キッチンへ向かい、万が一を想定してすぐさま包丁を確認するが、なくなっているものはない。あとこの階で残っているのは、グラントの仕事部屋だけだ。はじめ、何の異常もないように見えた。デスクには無造作に書類のたぐいが置かれている。とはいえ、グラントは間違いなく何がどこにあるか把握しているだろう。

だが、デスクに近づくと、三つの引き出しがすべて開いていた。誰かがなかを漁《あさ》ったのだ。紙切れが一枚、引き出しから舌のように垂れ下がっている。ほかにも紙が三枚、カーペットに落ちていた。どうやら請求書のようだ。いちばん上の引き出しに入っていたクリップの容器がひっくり返り、万年筆を載せた革のトレイのなかにこぼれている。ほかにもダブルクリップ、ホッチキスの芯、グラントの読みにくい文字が書かれたふせんがいくつか見える。ふせんの裏には糸くずや埃がくっついて、もうどこかに貼りつけることはできないだろう。

この部屋にはほとんど入らないため、何か盗《と》られていたとしてもわからない。グラントは家で仕事をするよりオフィスに遅くまで残ることが多いから、わたしが外出する週末くらいしかこの部屋は使わない。あるいは、今夜仕事に行く前に、急いで何かを捜していた可能性もある。たとえば名刺やメモなんかを。

いちばん上の引き出しの万年筆が高価なものであることだけは知っていた。万年筆のうちの一本は、彼の父親から譲り受けたヴィンテージのモンブランだ。

「一階は異常ないみたい」わたしはイザベルにそう伝えながら、床に散らばった紙を拾ってデスクに置く。それから引き出しを閉めて部屋を出た。「二階をチェックしてみる。物音は聞こえないけど。ちょっと神経質になってるのかも」

「TSLよりましだよ」

「TSLって?」階段をのぼっていく。

「間抜けすぎて生きていけない《Too Stupid To Live》人たちのこと」イザベルが言う。電話の向こうからスプーンが何かに当たったような、かすかな金属音がまた聞こえる。「ホラー映画で、玄関から出ていけばいいのに、代わりに階段をのぼっちゃう人たちっているじゃない」

その言葉にどきりとし、玄関をふり返るが、そのまま階段をのぼっていく。

わたしの仕事部屋のドアは開け放たれていた。整然としたデスク、スタンドに置かれた

MacBook、部屋の隅に置かれた多肉植物。縁にピンクの口紅がついた水のグラスが、わたしが最近この部屋にいたという唯一の証拠だ。ほかはすべてきれいに片づいている。二階のほかの部屋――メインの寝室と予備の寝室――は、ドアが閉まっていた。

まずはメインの寝室に向かい、金色の取っ手をそっと押す。部屋の真ん中に置かれた大きなキングサイズのベッドは、しわひとつない完璧なベッドメイキングが施されている。枕の場所もいつもどおり。わたしはベッドカバーにアイロンをかけて、しわひとつない状態に整えたいタイプの人間なのだ。

……ベッドの上に何かある。

息を詰めて近づく。鼓動がどんどん速くなる。

どういうこと？

置かれていたのは、小さな靴だった。正確には、女の子のベビーシューズが片方だけ。靴のなかに、折りたたまれた紙切れが入っている。震える手で、その紙に手を伸ばす。

「アドリアナ？」イザベルの心配そうな声が聞こえた。

その声を無視して、電話を置く。目の前のメモのことしか考えられなかった。ゆっくりと、紙切れを広げる。端がガタガタで、罫線《けいせん》の入った、リングノートから破りとったみたいな紙だ。紙面いっぱいに黒いペンで文字が記されていた。

いまのうちに逃げろ

口を開くが、言葉が出てこない。のどがカラカラに渇いている。

「アドリアナ?」イザベルの声のトーンが上がる。ただし、スピーカーにしていなかったので、その声は遠くから聞こえる。わたしは携帯を手に取った。「話して。何があったの?」

「家には誰もいなかった」小さな靴と、その隣に置かれたメモから目が離せない。

「本当に大丈夫?」その声にどこかおかしな響きがあるような気がしたが、わたしはすぐにでも電話を切りたかった。心の片隅で何かが引っかかってはいたが、とてもまともに考えられる状態ではない。

「どうやらグラントが鍵をかけ忘れただけだったみたい」

「泥棒じゃなかったってこと?」イザベルが長いため息をつく。「ああ、びっくりした!彼が帰ってきたらちゃんと話してね。鍵をかけ忘れるなんて、危なすぎる。いくらそこが治安のいい郊外だったとしても」

「そうね」舌が鉛のように重い。うまく言葉が出てこない。息を詰め、イザベルがこれ以上詳しく聞いてこないことを願う。いまにも縫い目がほころんでバラバラになってしまいそうだ。「付き合ってくれてありがとう」

「当然じゃない」イザベルはほっとしているようだ。わたしが震えているとは思ってもいないだろう。「逆の立場だったら、あなたも同じことをしてくれたでしょ。じゃあ、ゆっくり休んでね」

「おやすみ」

電話を切ると、そのまま胸に押し当てた。誰かがここにいた。そしてその人物は、わたしが妊娠していることを知っている。もう一度、メモを見つめた。筆跡は乱雑で、急いで書いたかのようだ。メモ用紙にも、筆跡にもとくに目立った特徴はない。ベビーシューズを手に取り、ひっくり返す。ピンクのサテン地で、真ん中にクリスタルがちりばめられたリボンのついたその靴は、よく見ると、クリスタルのひとつが取れて、接着剤の小さな塊が残っている。

靴底が、履き古された靴のように汚れているのを見て驚いた。それに、なぜ片方しかないのだろう？　そのとき、あることに気がついた。リボンのすぐ横に、赤い染みがついている。それはサテンに染みこんで広がり、色あせた、ぼんやりとした円を描いている。これは……血？

どういうことか、さっぱりわからない。

もう一度グラントに電話をかけるべきだろうか？　それとも朝まで待ったほうがいい？　でもこの件を話すとしたら、例のメールのことも話さなくてはならなくなる。

妊娠のことも。

それはまずい、と直感が告げる。わたしは、ひとまず靴とメモを自分の仕事部屋に持っていくと、デスクのいちばん上の引き出しを開けた。引き出しに手を入れ、天板の底面にあるラッチを探す。ラッチを押すと小さな音がし、二重になっている引き出しの底が解除された。それを持ち上げ、小さな隠しスペースを露出させる。

そこに入っているものは多くない。わたしは自分のことを、パートナーに隠し事をするタイプではないと思っている。

けれど、母親は違った。彼女の遺品を整理しているときに、この隠し場所で見つけたものといったら……。わたしはこの机は取っておくことにしたが、なかに入っていた秘密は残らず捨てた。母親の秘密に悩まされるのはまっぴらだった。

いまここに入っているものは、わたしにとって大きな意味があるものばかりだ。グラントとの生活以上に意味がある。だからこそ、こうして隠してあるのだ。隠しスペースに靴を入れ、代わりにシンプルなバンドデザインの指輪を取りだす。ゴールドの指輪の心地よい重みを手のひらに感じる。最初の夫はものに執着しない人だったから、すっかりくすんでしまっている。

モノは使うためにある、とあの人はよく言っていた。ワードローブに靴がたくさんあっても、履き渋っていたら意味はない。

彼は、特別な日のために何かを〝取っておく〟ことが嫌いだった。彼にとっては毎日が特別だったから。トビーは二十九歳のときに精巣がんの診断を下されていて、初めてのデートで、子どもは持てないと打ち明けられた。さらには、がんのせいで勃起不全にも苦しんでいた。彼にとっては、もちろん言いにくい事実だったと思う。だけど、わたしはうれしかった。母が愛のために耐え忍ぶようすを――父の嘘や、欲深さ、犯罪に巻きこまれてすべてを失ってもなお耐え忍ぶようすを――目の当たりにしてきたからだ。彼女の愛は、けっして報われることはなかった。毒のようなその愛は、ときに母の顔を苦痛に歪めた。その愛は、かつて聡明だった女性を消し去り、意地悪で、空虚な人間に変えてしまった。

わたしは、男を愛したばかりに弱くなるような女には絶対になるまいと心に誓っていた。セックスにしても、どうしてあれほど大騒ぎするのかまったくわからなかった。十八歳を迎えてほどなく寝た男の子は、どうひいき目に見ても期待外れだったし、わたしより自分を満足させることに夢中だった。だからトビーに体の関係はもてないと言われたときも、きみは今後、嫌いな野菜を食べることができないよ、と言われたようなものだった。

何の文句もなかった。

がんを患ったことで、人一倍命を大切にしていた彼は、温かい光をまとっていた。映画で見るようなロマンティックな恋ではなかったが、彼の性分や姿勢には深く感銘を受けた。いつも励まされていた。わたしたちは紛れもなくパートナーだった。

隠しスペースに指輪を戻し、隣にあった封筒を取りだす。この引き出しを開けるたび、胸がいっぱいになる。先ほど見つけたメモとは異なり、厚みのある上質な紙に、黒いインクで文字がしたためられている。手紙は、ところどころ涙で濡れてしわになっていた。書いているときに彼が流したものと、読んでいるときにわたしが流した涙のせいだ。あれから何年もかけて、わたしはさらに涙の染みを重ねてきた。

アドリアナへ

こんなことになって本当に残念だ。ぼくらの結婚が特殊なものであるのはわかっていたし、ふつうの若者が望む形とは違っていたかもしれない。それでも、ぼくはきみとの関係を大切に思ってきた。

でも、もう続けられない。

きみがぼくに求めているのは経済的安定だ。お金のために結婚した、と言うと冷酷に聞こえるかもしれないが、それが事実だ。ロマンティックでなくとも、それが現実だ。きみがぼくを幸せにしてくれたように、ぼくも自分の責任においてきみを幸せにしようとがんばってきた。

でも、ぼくは過ちを犯してしまった。とても後悔している。もうきみが望むものを与えてあげられない。とてもつらい。

ほかに方法があればよかったけど、この状況ではこうするしかない。金目当ての人間の言うことなど聞くべきじゃなかった。

どうか許してほしい。

きみを愛する夫より

鼻孔が広がり、手が震え、涙があふれてくる。まるでわたしを海に引きずりこもうとする波のように、罪悪感がわたしを襲う。この遺書を見つけたときから、わたしは彼の死に責任を感じ、その重荷を背負ってきた。初めて会ったとき、彼はとても強い人だと思った。若くして性的機能を失い、それでも、誰よりすてきな笑顔をおしげなく見せてくれた。温かくて、優しくて、寛大な人だった。そのエネルギーで周囲を満たし、人々を魅了した。

わたしたちは初日から別々のベッドで眠り、一度も肌を合わせることは――試みることさえ――なかった。この結婚は、双方に都合がよかった。彼は、わたしが若いころから恋焦がれていた、快適で贅沢な暮らしを与えてくれた。そしてわたしは、彼が世間に見せたいイメージを、美しい妻を腕に抱き、人がうらやむような生活を送る成功した男というイメージを提供した。

わたしたちはうまくやっていた。欠けていたジグソーパズルのピースのように、互いの人生にぴたりとあてはまった。互いに支え合い、励まし合った。わたしたちは親友だった。彼のがんと、その後の症状についてはある種の秘密だったが、最初のデートで彼がこの件を打ち明けてくれたのは、わたしとの関係を真剣に考えてくれたからだ。三度目のデートでプロポーズされ、わたしは迷うことなくプロポーズを受けた。翌日、彼はわたしをフィッツロイの粗末なシェアハウスから、コリンズ・ストリートのペントハウスへと連れだしてくれた。仕事をやめてもかまわないと言われたが、貯金をしたかったので仕事は続けることにした。

万が一に備えて。

わたしはつねに代替案を、逃げ道を用意していた。わたしは母親より賢いし、彼女の過ちから学んだのだ。

だが、結局、逃げ道は役に立たなかった。彼がふたりの生活を終わらせてしまったからだ——結婚後に引っ越した新居の天井から吊《つ》るされた姿で。わたしたちの銀行口座はほぼ空っぽで、これからどうすればいいのかまったくわからなかった。床にへたりこみ、自分が彼を殺したんだと思いながら、虚空を見つめていたのを覚えている。わたしの理想の生活を維持するためのプレッシャーが大きすぎたのだろうか？　お金はどうしたのだろう？　そもそも本当にあったのだろうか？　経済的な問題があったなら、どうして話してくれなかったのだろう？

数百万ドルの現金が消えていた。自宅を担保にしてローンも組んでいた。わたしは美しい自宅を売り払うと、借金を清算して葬儀代を支払った。手元には、わずかしか残らなかった。彼と出会ったときよりも貧乏になっていた。そんなとき、グラントが現れた。わたしが手助けを必要としていた、まさにそのときに。

手紙をたたみ直し、結婚指輪、ベビーシューズ、今夜見つけた手書きのメモと一緒に隠しスペースに戻す。隠しスペースの中身は、まるで恐怖と疑念の寄せ集めのようだった。

グラントに打ち明けよう……いずれ。

そのときが来たら。

第十四章

カイリー

目を覚ますと、何かがおかしかった。

動けない。体が重く、まるで何かにきつく包まれ、重しをつけられているみたいだ。溺れているような感覚。まばたきをし、眠気をふり払おうとするが、まぶたが重い。

そのとき、酸っぱいにおいが鼻につき、わたしはむせた。

力をふり絞って体を起こし、自分がどこにいるのか確認する。ホテルの一室のようだ。といっても、前にフランシスと来た部屋とは違う。ここは高級ホテルではなさそうだが、一時間いくらの安ホテルでもなさそうだ。壁もカーペットもベージュで、茶色のソファのそばに鏡面仕上げのコーヒーテーブルがあり、その上にシャンパンボトルとグラスが三つ、乱雑に置かれている。

三つ？

両手を頭に置き、手の腹で両目を押す。頭が割れるように痛かった。次の瞬間、我慢できないほどの痛みに襲われ、叫ばないよう呼吸を整える。吐き気がこみあげる。においの原因はこれか。急いで、ベッドから転がり出る。床に広がった黄土色の嘔吐物《おうと》をかろうじて避《よ》け、バスルームに向かう。喘《あえ》ぎながらタイル張りの床にひざをつくと、体中に衝撃が走った。しかしその痛みはすぐに、こみあげる吐き気にかき消される。トイレの便座にしがみつき、すべてを吐きだす。おなじみの、焼けるような酸っぱさが口に広がる。もう一度、嘔吐する。

悲しいかな、わたしはこの状態をよく知っていた。

まるでインフルエンザにかかったみたいに体が痛む。着ている服さえ煩《わずら》わしく感じるほどの、あの痛み。トイレの水を流し、シャワーに向かう。服を脱ごうとして、すでに自分が裸であることに気づく。前回目覚めたときと、まったく同じ状態だ。

シャワーのお湯が温まるのを待つあいだ、バスルームを出て室内を確認する。誰もいない。部屋は荒れている。昨夜の夕食のときに着ていたワンピースと、フランシスにもらった高価なハイヒールが床に落ちている。バッグは開け放たれ、中身が派手に散乱している。ガムの包み紙、ふたの取れた口紅、ペン、丸まったレシート、クランチバーの包み紙、容器からこぼれたチックタックの小さな白いミント。目の前に散らばるありふれた品々は、まさに混沌《こんとん》としたわたしの人生そのものだ。

床の上に携帯電話を見つけた。電源を押してみるが、充電が切れている。昨夜は、まさか外泊することになるとは思わなかったから、モバイルバッテリーは持ってきていない。部屋を見まわし、充電ケーブルがないか探す。ない。財布には二十ドルの現金と、すでに限度額に達しているクレジットカード一枚きり。財布にいくら入っていたか覚えていないが、残りは電話代と昨夜の夕食代に使ったのだろう。くそ。

バスルームから湯気が立ちのぼり、重い足取りでバスルームへ向かう。ぼろぼろの、残骸のような気分で。車に轢かれた動物。昨夜のひどい言葉を思いだし、体をぶるりと震わせる。頭のなかにはドラムが響き、口のなかは紙やすりのようにざらついている。

こんなこと続けてちゃだめだ。

バスルームへ入る直前、サイドテーブルの上に封筒があるのが見えた。顔をしかめてそばに行き、封筒の表書きをまじまじと見る。

中身は……現金だ。

こめかみを揉《も》みながら、シャワー室に向かう。どういうこと? どうしてナイトスタンドに現金が?

フランシスと会う前に、少しだけお酒を飲んだ。シャンパンを。だから、フランシスと会ったときに、多少いい気分になっていたことは間違いない。会ったのは前回とは違うバーだったが、詳細は携帯を見ればわかるだろう。フランシスが住所を送ってくれたはずだ。目をつぶり、シャワーを頭から浴びる。お湯が髪を伝って体を流れていく。記憶が断片的にフラッシュバックする。フランシスがわたしを抱き寄せ、お尻をつかむ。お酒をおかわりし――もうひとり別の男がいる。顔はよくわからない。背が高く、くせ毛の黒っぽい髪……だった気がする。スーツを着ている。その男がわたしの手にキスをしようとして、たしかわたしは手を引っ込めた。どうして、顔が思いだせないのだろう？

女性もいた。見たことがある気がするが、よくわからない。黒っぽい髪をした美人……？

シャワー室の壁にはシャンプー、コンディショナー、ボディソープを置くディスペンサーが取りつけられている。ボディソープを手のひらに出し、体を洗う。あまりに体がだるくて痛むので、本当にインフルエンザにでもかかったのかもしれない、そんなことを考えていたときだった。つっ――手のひらで太ももの内側に触れた瞬間、叫び声が漏れた。

「痛っ！」下を向くと、太ももの内側に痣があるのが目に入った。親指大のものがひとつと、それより小さなものがふたつ。紫色と赤色に変色している。

茫然《ぼうぜん》と見つめる。頭のなかが真っ白になる。こんなけがをした記憶は一切ない。たしかに酔っ払って転ぶことはよくあるし、その際に手首や足首を痛めたり、ひざを打ったりしてもいつもならとくに気にしないだろう。

だけどこれは……。

またもや吐き気がこみあげる。シャワー室の床にぶちまけたが、胃液しか出てこない。シャワーの水と混ざり合いながら排水溝に流れていく。ひざをつき、床のタイルに両手を押し当てる。濡れた髪が肩に垂れ、排水溝に吸いこまれていく水のように、あらゆる感情が心に渦巻く。

これは不注意によるけがではない。誰かにつけられた傷だ。

でも、本当に？　昨夜、フランシスと過激なことをしたのだろうか？　お酒を飲むと、行為のときに多少攻撃的になることはある。たぶん。いや、いつも覚えていないからわからない。そんな気分だったのかもしれない。

なぜ、涙があふれるのだろう？　テーブルの上にグラスが三つあった理由は？　ナイトスタンドにあるお金は？

自分がひどい目に遭ったと感じるのはなぜだろう？

涙が頬を伝う。生活を変えなければ。こんなふうに飲んでばかりいたらもうだめだ。目が覚めて、何も覚えていないなんてひどすぎる。ベッドでだらだらとネットフリックスを見てその内容を覚えていないのと、男と寝たのを――しかも二回も――覚えていないのはまったく次元が違う。どうして太ももに痣ができたのか、その経緯を突き止めなければ。

いや、きっと何でもないのかもしれない。

目を閉じ、本当にそうだろうかと考える。心はそう信じたがっている。でも、頭の片隅で小さな声がする。何かがおかしい、と。以前にも同じような声を聞いたことがある。マーカスが携帯電話を見せないのは何か理由があるのではないか。自分専用の銀行口座にお金を移したほうがいいのではないか。お酒の問題が深刻になってきているのではないか。

わたしはことごとく、こうした声を無視してきた。

「やっぱり、おかしい」わたしのつぶやきは、水音と立ちこめる湯気にかき消された。

「絶対に、何かあったはず」

＊

千ドル。

封筒に入っていた金額だ。わたしは三度数え直し、そのお金がいきなり煙のように消えるのを覚悟した。けれど消えなかった。まっさらな五十ドル札が二十枚。しわひとつない、きれいな新札だ。

お金をナイトスタンドの上に戻し、じっと見つめる。目覚まし時計を見ると、まだ八時半だった。今日は急いでチェックアウトしなくてよさそうだ。少しでもきれいにしようとして、染みになってしまったカーペットの一角に視線を移す。少なくとも、あれはわたしの粗相だろう。

わたしの印象では、フランシスはホテルで吐くようなタイプではない。

三つ目のグラスを見ると気分が悪くなるので、グラスは見えないところに隠した。どうすればいい？　太もものあいだの痣を指で押し、下唇を噛んで痛みをこらえる。どれほどがんばっても、思いだせない。先ほどの断片的な記憶以外、ちらつきもしない。

携帯の電源を入れて、メッセージを見ることができたなら。そうすれば、これが何かの手違いであることがわかるかもしれない。このお金がセックスの対価ではなく、三人目の人物も存在せず、痣ができたのは事故で、前戯で少しやりすぎてしまっただけで、すべて問題ないのだと。

職場でも浮かないワンピースを着てきたことに感謝しながら、服を着る。きらびやかな服装でホテルの部屋を出るなんて、いまのわたしには耐えられない。もう充分に傷ついているのだ。これ以上、自分のバカな行動を人にとやかく言われたくない。

ハイヒールに足を差し入れ、床に散らばった私物をバッグに戻す。そして、先ほどの現金の束をもう一度見つめる。口が乾き、脈が速くなる。あのお金があれば、ずいぶん助かるだろう。ほかにどうすればいい？　幸運な清掃スタッフのポケットに入るよう、このまま置いていく？　わたしはすばやく封筒に手を伸ばすと、バッグに入れた。自己嫌悪に陥っていたほんの少し前より、ずっと自分を嫌いになりながら。

申し訳ない気持ちで床の染みをちらりと見てから、自分の姿を鏡でチェックする。幸いにも、その見た目は気分ほど悪くはない。自然乾燥したせいで赤毛が少々縮れ、化粧っけのない顔はさっぱりして見える。まあ、多少疲れてはいるけれど。ファンデーションがないと、まるでシナモン色の絵の具を散らしたみたいに、そばかすが目立つ。ヘーゼル色の目の下にはクマがある。働きすぎの経営コンサルタントに見えなくもない。

本当にそうだったらどんなにいいだろう。

ため息をついて部屋を出て、静かに扉を閉める。四〇六号室。支払いはきっとフランシスが済ませているだろう。

エレベーターに向かう途中、バスタオルやシーツ、軽食などを積んだワゴンを押す年配の女性とすれ違う。女性がこちらを見て、目を細める。あごに大きなほくろがあり、黒髪の根元が一センチくらい白くなっている。近づくと、何か言いたそうに口を開いたが、結局何も言わずに口を閉じた。もしかして下着が見えているのだろうか？　また何かやらかしているのではないかと不安になり、自分の姿を確認する。問題はなさそうだ。

「こんにちは」礼儀正しく挨拶をすると、彼女は目をそらしてうなずいた。

嫌な予感に胸がざわつく。女性を見たことがある気がしたが、どこで見たのかわからない。廊下の真ん中で立ち止まり、ふり返る。女性はすでに部屋に入り、ワゴンだけが残されていた。

頭をふって、ふたたび歩きはじめる。目の前に、ライムグリーンのストラップを首からかけたスーツ姿の男女の一団がいる。どうやらここは会社の会議で使うホテルのようだ。何かの技術会議だろうか。観光ではなくビジネスの場なら、ホテルの内装がシンプルなのもうなずける。

一方で、ますます不安が募っていく。フランシスは、ビジネスホテルで寝泊まりするようなタイプではない。クラウンカジノホテルのほうが似合っている。

どうしてここに来たことを覚えていないのだろう？

エレベーターの到着を知らせるベルが鳴り、スーツの一団に続いて乗りこむ。ひとりの男がわたしを上から下まで見ているのに気づき、エレベーターの隅で縮こまる。視線を床に落とし、話しかけられないことを祈る。エレベーターが一階に到着すると、わたしはホテルのエントランスをチェックした。クラウンカジノホテルよりはるかに質素だ。壁際にタブチェアがいくつか並び、壁には何色ものベージュを基調にした抽象画が飾られ、受付で退屈そうに立っているスタッフが、ぼんやりとした目で自分の爪を眺めている。

正面の自動ドアをくぐろうとしたところで、わたしは足を止めた。何かが、体の向きを変えるよう訴える。受付まで四歩。わたしが近づくと、スタッフの女性は顔を上げた。愛想笑いを浮かべる。「いらっしゃいませ」

「あの……」なぜ、こんなことを言ったのかわからない。自分の奥深くに埋もれた直感に言わされているようだった。「部屋の支払いが済んでいるかなと思って。四〇六号室なんですけど」

スタッフの女性が画面に目を落とし、長いフレンチチップの爪でキーボードを叩く。カタカタとキーボードを叩く音が頭に響き、こめかみを揉む。コーヒーと、手に入るかぎりの鎮痛剤が必要だ。

「四〇六号室のお支払いは済んでいます」女性がうなずく。

「誰の名前で予約していたかわかりますか?」わたしが訊く。

「フランシス・ジョン様です」

いかにも偽名くさい。

バッグに入れた現金のことを考えてふたたび胃が痛む。とにかく携帯の電源を入れて、昨夜何があったか突き止めないと。

第十五章

イザベル

墓地に来るのは好きじゃない。

だから、ここにはあまり来ていなかった。葬儀の直後に訪れたときは、あまりにむなしすぎて、涙を流すことさえできなかった。あとは、彼の誕生日に一度と、怒りでどうしていいかわからなくなったときに一度。

それでも、墓までの道は覚えている。彼の眠るバラの茂みまで、スプリングヴェイル・ボタニカル・セメタリーの緩やかなカーブに沿って車を走らせていく。

バラが大好きな、少し古風な人だった。

ジョナサンは、レコードプレイヤーやヴィンテージの銀のティーポット、革張りの本なども大好きで、レストランでは必ず椅子を引いてくれた。そういうところが魅力的だった。懐かしい気分にさえなった。わが家の大きな梁《はり》のように、どっしりとかまえている彼といると、安心したし、守られていると感じた。

あの夜までは。

車を降り、ドアをばたんと閉める。最近降った雨のおかげで、夏の芝生は生気を取り戻し、青々と輝いている。まだそこここに茶色い部分はあるものの、もう少し雨が降れば、おとぎ話に出てくるような美しい景色になるだろう。墓さえなければ、だが。

ジョナサンの墓石の前で立ち止まり、レギンスに芝がつくのもかまわず、ひざをつく。地面の銘板に手を押し当てる。

ジョナサン・パーク
愛すべき夫にして　優しい心の持ち主

一瞬、彼の顔が目の前に浮かぶ。漆黒の髪に、力強いあご。韓国人の父親から受け継いだ印象的な黒い瞳、スペイン人の母親から受け継いだ艶めくオリーブ色の肌と温かな微笑み。わたしをからかうときの目の輝きや、ベッドに引き寄せるときの儚《はかな》い笑顔。最高の恋人だった。つねに絶妙な手綱さばきで、けっしてわたしを追いつめず、かといって、わたしを思いあがらせることもなかった。

涙があふれ、頬を流れる。いまでもまだ、彼を恋しく思うあまり、胸に穴が開き、内臓が灰になり、思いだそうとするたびに爆発しそうになるときがある。喪失感に打ちひしがれ、何を食べても味がせず、大気中のユーカリの香りすら感じられないときがある。「いつになったら、つらくなくなる？」ジョナサンに尋ねる。わたしはいつもこんなふうに訊いてばかりいる。

いつになったら怒りが消える？

いつになったら自分のせいじゃないって思える？

いつになったら次に進める？

初めてキスをしたあと、もうきみを担当することはできないと彼に言われた。彼の行動は倫理に反していたし、重大な職務違反だったからだ。たった一度のキスが——軽く唇に触れただけのキスが——状況を変えてしまった。そして性的暴行の被害者を専門に扱う、同業の知人をわたしに紹介し、信頼できる人だから安心するよう言った。

その後、三年間会わなかった。バーで出くわしたのは偶然だった。わたしはまだセラピーを受けていたが、着実に回復していて、彼は離婚したばかりだった。正しい道に導いてくれたお礼にお酒をおごるとわたしが言い、その翌年、わたしたちは結婚した。このうえなく幸せだった。彼は料理上手で、読書家で、ボードゲームとなると負けず嫌いで、わたしは行き当たりばったりだったが、彼はわたしの予測不能なところを楽しんでくれた。

ある夜、何かの受賞式があって、彼はその晩餐《ばんさん》会に出かけることになっていた。普段お酒をあまり飲まない彼は、車で出かけることにした。日が沈んですぐ、職場から会場に直接向かった。彼の勤務先のクリニックは緑豊かな郊外にあり、野生動物、とくにカンガルーが多く生息していた。カンガルーなんて大嫌いだ。長く強い尻尾と、大きな足を持つあいつらは、ヘッドライトに向かってくる習性がある。道路脇にカンガルーがいるのを見た彼は、避けようとして車線を変えた。が、別のものに接触してしまった——死んだカンガルーだ。生きているほうに気をとられて気がつかなかったのだ。急ハンドルを切ると、車の後部が大きなユーカリの木にぶつかった。その衝撃でジョナサンは前方に投げだされたが、シートベルトに引き戻された。

おかげで一命は取りとめた。だけど重症だった。背中が動かなくなり、激しい痛みに苦しむようになった。

それからの一年、わたしは愛する人が壊れていくのを見ているしかなかった。社交的で、正直で、率直だった彼が、机の引き出しに薬を隠し、鎮痛剤《オピオイド》を求めて医者を転々とする人間に変わっていくのを。ジョナサンはひどく怒りっぽくなり、鋭いトゲで柔らかい内側を守るハリモグラのように、自分の殻に引きこもるようになった。

冷たい銘板の表面に手のひらを押しつける。

あの朝、寝室の床に倒れている彼を見つけた。嘔吐物でシャツとカーペットが汚れていた。ぴくりとも動かなかった。わたしは彼の体を揺らし、名前を叫び、力のかぎりその肩を揺さぶった。それから000《トリプルゼロ》に電話をかけて救急車を呼んだ。自分が通りに立ち、救急車に向かって叫び、ヒステリックに腕をふりまわしていたのを覚えている。

そのあとのことはよく覚えていない。彼は助からなかった。

あれが事故だったのかどうかはわからない。手紙も、遺書もなかった。故意の行動だったことを示すものは何もなかった。わかっていたのは、彼が打ちのめされ、痛みで眠ることも、立つことも、座ることもままならなかったということだけだ。だけど、彼は精神科医だ。もしそれほどひどい状態だったなら……。

絶対に、助けを求めたはずだ。

絶対に。

「会いたい」とささやく。目を閉じると、さらなる涙が頰を伝った。「ごめんね。わたしがもっとしっかりしていれば」

彼の出すサインを読みとり、薬の数を把握し、誰かに話すよう説得して、断固とした態度をとることもできたはずだ。でもあのとき、わたしは彼がしてくれたことをしてあげたかった——優しさと、忍耐と、理解を示すことを。彼がわたしにしてくれたように、優しく、穏やかに接してあげたかった。

そうやって、わたしは問題から逃げていた。痛みがあれば人はおかしくなるものだと言い聞かせ、彼にそれが必要なら、不機嫌になったり、怒鳴ったりしてもかまわないと自分を納得させていた。彼の好きなようにすればいい、と。

でも、わたしは反対のことをしていたのかもしれない。わたしが強くいられなかったせいで、はっきりと意見を言わなかったせいで、彼は死んだのかもしれない。

ジョナサンが、わたしの計画を誇りに思ってくれるとは思わない。だけど、ほかにどうすればいいのかわからない。どこに向かえばいいのかわからないし、わたしを縛るものはない。復讐への渇望以外、生きる糧がない抜け殻なのだ。肩を震わせながら、自分の気持ちをすべて吐きだすと、銘板に両手を押し当てたまま、あらためて気を引き締めた。もう、とっくに空っぽになったと思っていた。でも、まだ残っていた。傷も、嫌悪も、疑問も。涙が、雨粒のように彼の名前の上ではじけた。

彼がいないなら、暗い欲望に向かって突き進むしかない。

家に着くと、泣きすぎたせいで顔がパンパンに腫れていた。車を停め、サングラスをかけ、庭で遊ぶ近所の子どもたちを驚かせないようにして、慎ましやかな自宅へと向かう。ジョナサンと住んでいた家とは別の家だ。彼の死後、そのまま元の家で暮らすのは無理だった。だから家を売り、小さな、ありきたりな家に引っ越した。ベージュの壁と、丈夫な賃貸用カーペットと、殺風景なバスルームという、虚無のなかに埋没した。

部屋に入ると空気がこもっていた。昔は、バニラやレモン、セージ、ベリー系のキャンドルを焚《た》くのが好きで、キャンドル専用の戸棚にそれらを入れていた。週に一度は、ジョナサンがギフトショップや専門店で新しいキャンドルを買ってきてくれた。彼はいつも目を輝かせながら、わたしがうれしそうに箱を開け、目を閉じてうっとりと香りを吸いこむのを待っていた。

最近は、残りものの料理のにおいか、前日の夕食を温め直したもののにおいしかしない。デニムジャケットのポケットが震え、携帯電話を取りだす。アドリアナだ。

アドリアナ：昨日の夜はありがとう。結局、何でもなくて、うっかり鍵をかけ忘れただけだったみたい

わたしは眉を上げた。玄関のドアを開けっぱなしにするなんて、うっかりミスじゃすまされない。トラブルを招く。最近、周囲がなんとなくおかしい。あちこちで秘密が渦巻いている。最初は婚約、そしていまは妊娠を秘密にしているらしいアドリアナ……。彼女が、あのメールのことを打ち明けたのは意外だった。でも、彼女の秘密はまだこれですべてではないだろう。カイリーもまた、秘密をいくつか抱えている。たとえば、彼女はなぜここ数週間、連絡に仕事用のメールアドレスを使わなくなったのか。彼女の給料じゃ買えない

ようなデザイナーシューズをどこで手に入れたのか。

とはいえ、人のことは言えない。わたしも彼女たちに言えない秘密をいくつも抱えているのだ。たとえばわたしは何者で、何を企《たくら》んでいるのか。

イザベル：グラントに安全管理についてのレクチャーが必要なら、わたしがじっくりしてあげるから言ってね

アドリアナが笑いの絵文字を送ってくる。

じつを言えば、あの男に言ってやりたいのは安全のことだけではない。でもアドリアナは、私生活に口を出されるのを嫌がるだろう。

ハンドバッグと鍵をキッチンテーブルに置き、カウンターの上の真っ白な封筒をちらりと見る。開ける気力がなくて、一週間前からずっと放置してある封筒だ。何度もくしゃくしゃに丸めて捨ててしまおうと思った。あるいはシュレッダーにかけようと。きれいな文字でわたしのフルネームが書かれたこの封筒が届くたび、毎回同じことを思う。

スザンナ・イザベル・パーク
この名前を見ると、ぞっとする。もう何年もスザンナは名乗っていない。この名前に耐えなければならないのは、この封筒が来たときだけだ。外の世界では〝イザベル〟で通っているし、手続きがこれほど煩雑でなければ、正式に改名したいくらいだった。被害に遭ったあと、自分の名前をつけたのが父方の祖母だったことを知り、それ以来、ずっとこの名前を憎んでいる。

旧約聖書の一書「ダニエル書」に出てくる妻スザンナは、ふたりの男に肉体関係をもつよう迫られる。彼女が男たちの誘いを断ると、ふたりは姦淫罪《かんいん》をでっちあげて彼女を罰しようとする。だが、予言者ダニエルの助けと、男ふたりの証言が食い違ったおかげでスザンナは死刑を免れ、男ふたりが死刑になる。祖母はこの話にいたく感銘を受け——美徳と真実を守り抜くことはとても大切だからね。この子には道徳の体現者であるスザンナの名前をつけるといいよ——この名前をつけるようわたしの両親を説得した。

わたしの人生は、この物語と見事に呼応していた。わたしは誘いを拒んだことで男に罰せられ、その男はさらにわたしを死に追いやろうとし、そしていま、わたしは正義の鉄槌《てっつい》を下そうとしている。わたしはスザンナでありダニエルだ。被害者であり、みずからを救う者なのだ。

封筒を破り開けると、なかには青い目をした幼い少女の写真が入っていた。少女は七歳で、歯と歯のあいだに隙間があり、明るいブラウンヘアは肩より少し長い。彼女の誕生日に写真を受けとるたびに、髪の色が変わっているように見える。赤ん坊のころはブロンドだった。幼稚園に上がるころには淡いキャラメル色になっていた。いまは深みのあるトフィー色で、太陽で明るく見える部分と、父親の黒っぽい髪を思わせる部分が混じり合っている。

同封されていた手紙によると、〝ポピー〟の学校生活は順調で、スポーツが得意な彼女はソフトボールのチームに入ったという。〝ポピー〟は本当の名前ではなく、わたしが心のなかで勝手に呼んでいる名前だ。この子を胸に抱きながら、その名を呼んだことはない。自分で育てるつもりはなかったからだ。娘にはいい家で育ってほしかった。大きな痛みと、苦痛の産物として見られることのないような。

彼女にあの傷を、あの汚点を、背負わせたくはなった。

新たな両親は裕福で、いい人たちだ。わたしが与えることのできた人生より、はるかにいい人生をあの子に与えてくれている。娘のどんなわがままにも応え、州が提供する最高の教育も受けさせてくれる。彼らは娘がもう少し大きくなったら養子であることを伝える予定だといい、娘がなんらかの答えを求めた場合に備えて、わたしとも連絡を取りつづけている。ふたりはわたしが妊娠した経緯を知っている。実際のところ、養母の妹が、わたしとジョナサンが出会ったクリニックの受付で働いており、この養子縁組に手を貸してくれたのだ。

一度も抱いたことのない子どもに関するさまざまなものを保管している鍵つきのボックスに、その写真と手紙を丁寧にしまう。その箱には、ぷにぷにほっぺの赤ん坊から、七歳のプリンセスになるまでの娘の写真がしまわれている。出産した日につけていた病院のリストバンドも入っているし、結局勇気がなくて着せられなかったが、娘に着せようと思って買ったワンジーも取ってあった。

ふたを閉め、冷蔵庫の上部の見えない場所に箱を戻す。

「これは、わたしたちふたりのため」とつぶやく。「あなたのお父さんをやっつけなくちゃ」

第十六章

アドリアナ

三つの薬局へ行き、四つのメーカーの妊娠検査薬を試した。生理が遅れているとわかってから一週間半のあいだに二回ずつ。しつこく検査をするのは、そのうちのどれかが異なる結果を示し、「ああよかった、間違いだった」と言えることを願っているからだ。それなのに、どれだけ水やコーヒーを飲んでも、何度小さなプラスチックのスティックにおしっこをかけても、同じ結果が返ってくる。

わたしは妊娠している。もはやこれは、数日前にみんなでディナーに出かけたという事実と同じくらい明らかだった。

母親になるという事実には違和感しかない。まるでサイズの合わないドレスを着ているみたいに、窮屈で、動きにくい。母親になると考えると、閉所恐怖症を発症したかのように、息苦しくなり、汗が噴き出る。

プレッシャー。批判。期待。

恐怖。

きっと、手本となる母親像を知らないからだろう。わたしの母親は、役割をうまくこなせなかった。努力はしたが——そう、それはわかっている——消耗してしまった。思い出が色あせてしまったいま、いくら色を重ねてみても無理だった。クレヨンや乾いた水性ペンで油絵を描こうとするようなものだった。

便座に腰かけ、サニタリーボックスのなかの丸めたティッシュの下からのぞく鮮やかな青と白の包み紙を見つめる。グラントにどう話せばいいのだろう。

彼は子どもを欲しがっていない。

二十数年前のあの話を聞けば、彼が子どもを望んでないのは明らかだ。子どもの心配をしなくてすむように、パイプカットの話をしたことさえある。

どうしてこんなことになったのだろう？　ピルの効果が百パーセントではないことは知っている。それでも、いったい、どうして……。

頭を抱え、手の付け根で眼窩《がんか》を押さえる。押さえつけると痛かったが、何も感じないよりはいい。何も感じないほうがずっと怖い。

「アドリアナ？」バスルームのドアの下の隙間から、グラントの声が聞こえてくる。

うそ、今夜も出かけると思っていたのに。急いで便座から立ち上がり、下着を引き上げ、サニタリーボックスをつかんで最新の検査結果、包み紙、説明書などを押しこむ。それからティッシュをさらに詰めこんで完全に隠す。グラントにどう伝えるか考えないと。「ちょっと待って」と返事をしながら、トイレを流して手を洗う。気持ちを落ち着けるために必要以上に時間をかけて。

ドアのフックにかかっていた青いシルクのバスローブを手に取って羽織る。大きく息を吐き、気持ちを整えながら、最後にもう一度だけ鏡を見る。ブロンドの髪は乱れ、目の下にはクマができている。青白く、少しくすんだ肌のせいで、鼻がいつも以上に目立つ。ひどい状態だ。

妊娠のことは伝えなくてはいけないが、それは今夜でなくともいい。今夜を無事に乗りきったら、またゆっくり考えよう。

大丈夫、どうにかなる。

寝室に備え付けられたバスルームのドアを開け、寝室に足を踏み入れる。すべてが完璧に整っている。キングサイズのベッドはクリーム色とグレーの豪華な寝具で彩られ、半ダースほどの枕がひとつひとつ完璧に配置されている。白のカーペットは柔らかくふかふかで、特注のナイトスタンドも整然としている。壁に飾られたアート作品はすべて水平を保っている。雑誌に掲載されていてもおかしくない出来栄えだ。

グラントがドアのところに立っていた。まだ仕事用のスーツを着たままだ。髪が乱れているのはいらだっている証拠だろう。いらいらすると髪をかきあげるクセがある。ネクタイの結び目が緩み、シャツの一番上のボタンが外れている。その表情には緊張感がみなぎっている。

「今夜は出かけるんじゃなかったの?」何気ない口調に聞こえることを願いながら、言う。

「キャンセルした」

「何かあったの?」胃がきりりと痛む。このようすからして、何かあったのは間違いない。雲を突き破っていまにも嵐がやってきそうな、空気のひずみを感じる。

まさか。わたしが捨てた妊娠検査薬を見つけたのだろうか? それともわたしの受信トレイの削除済みメールを漁って、例のメールを見つけたとか?

ばかげている。そんなはずがない。望まない妊娠、侵入騒動、不気味なベビーシューズ──こうした秘密を守ることへのストレスが重なり、きっとおかしくなっているのだ。

大丈夫だ、問題ない。いまではアラームも鍵も三重にチェックしているし、あれ以来誰からも連絡はない。冷静になれ。

「仕事が大変でね」グラントが、ぼんやりと答える。よかった、わたしのことではなさそうだ。「それで……いや、何でもない」

「話して」わたしは彼に近づき、その胸に手を押し当てた。「話して楽になるなら、話してほしい」

グラントの表情が和らぎ、わたしの手にその手を重ねる。生まれて初めて、男の人を欲しいと思った。若いころは、セックスは我慢するものだと思っていた。トビーと結婚してからは、行為自体がなかったので比較しようがない。がんによる体の状態とは別に、わたしたちはどちらもセックスにこだわらなかった。そういう関係ではなかったから。だがグラントは、自分の欲望を理解することを教えてくれた。喜びを知ることを。他人に身を任せることの快感を。わたしは溺れた。

一度だって恋をしたいと思ったことはなかった。母親のように、すべてを犠牲にするほど男に夢中になるなどまっぴらだった。実際、わたしはまだその段階にはいたっていない。けれど、グラントはわたしをそこに近づけようとする。ときどき、グラントがわたしの防御を、防壁や言い訳を、いとも簡単にすり抜けてきそうで怖くなる。まるでジャングルを鉈《なた》で切り開くみたいに。

「きみは本当に優しいね、アドリアナ」グラントがわたしの顔を両手で包みこむ。

「そんなの、当然じゃない」背伸びをして、彼に軽く口づけをする。「さあ、何かあるならはっきり言って」

「最近、ぼくたちなんだかしっくりいってないような気がして」

胃が痛む。やはり、侵入の件を知っているのだろうか？　彼の仕事部屋から何かなくなっていた？　わたしのデスクの隠しスペースを見つけた？

のどが詰まる。「そう？」

「あのレストランに出かけてからさ」

「〈イン・ヴィノ・ヴェリタス〉？」顔をしかめる。「どうして？」

「あの場所のことはきみから聞いていたのに、あの店に着いたらきみは動揺して、よそよそしくなった。だから、ぼくが何かやらかしたのかもしれないと思って……そしたら、思いだしたんだ」グラントが息を吸い、わたしを見下ろす。「あの店は、トビーとよく行っていたんだろう？」

わたしは目をしばたたかせた。なぜ、そんなことを知っているのだろう？

「一度、トビーとあの店で偶然出くわしたことがあるんだ。たしかきみとの記念日を祝っていたんじゃなかったかな。彼がきみと一緒に座っているのを見て……」そこで笑いだす。「彼がきみのようなすてきな女性を連れていることに、ものすごく嫉妬したんだ。つまりさ、前にきみをあの店で見たことがあったから、きみがあの店を好きだってぼくに話してくれたんだと勘違いしたんだと思う」

わたしは記憶を探り、夕食の席でトビーの仕事関係者と話したことを思いだそうとした。が、数が多すぎていちいち思いだせない。グラントはその夜、遠くから見かけただけで話しかけてこなかったのかもしれない。

「思いだせないな……」わたしは頭をふる。

「きみたちの特別な夜を邪魔するようなことはしなかったから」グラントが髪をかきあげる。「トイレに立ったトビーがぼくらの席を通りかかったときに挨拶したんだ。今夜は特別な夜だからって言ってたよ。あのとき、きみとは話をしなかった」

グラントと初めて会ったのはトビーの葬儀のときだったはずだが、そういうことならあり得るだろう。あのとき、グラントがわたしと会ったことに言及しなかったのは、悲しみに暮れている妻に言うべきことではないと思ったからかもしれない。それでも、グラントの説明にはなんとなく腑に落ちないところがある。半分だけ、あるいは八割方本当のことを言っているかのような――。

何かが抜け落ちている。肝心な部分が。

「どうしてあの話をこんなに掘り下げなきゃいけないのかわからないけど」そう言ってふたたび髪をかきあげる。どうりで今日は髪が乱れているわけだ。「だけど、ぼくたち、なんだか変な感じだっただろ。だからすっきりさせたかったんだ。あの夜、きみは動揺していたみたいだったし」

「そんなことない。べつにわたしたち、気まずくなんてなかったと思うけど」白々しく嘘をつく。

結婚する前から、わたしたちはすでに隠し事をしている。いい兆候とは言えない。でも、いまはそれどころじゃない。考えることが多すぎる。疑問が、わからないことが多すぎる。

「よかった」グラントはほっとしたようだった。身をかがめて唇を重ね、そのまま激しくキスをする。わたしはそれを受け入れた。「結婚するのに隠し事があるのは嫌なんだ。秘密も嘘もなしだよ、いい？　以前それで失敗しているし、もう二度と同じ過ちはくり返したくない」

「わたしだってそう」

だが、こんな話をしているいまでさえ、自分たちが真実の道から外れ、もつれた網の目へ、わたしたちを待ち構えている破滅の道へ、まっしぐらに向かっている気がして怖かった。

夜中に目を覚ますと、全身から汗が噴きだし、ベッドシーツをきつく握りしめていた。雨のなかを全力疾走したかのように、心臓が胸郭にぶつかり、息が上がっている。目の前に夢がちらつく。キッチンの梁からぶら下がるトビーの姿。その体が前後に揺れ、目が膨れ上がり、肌が紫色に染まっている。わたしは手を伸ばそうとするが、足が床に張りついて動かない。涙が目に沁《し》み、悲鳴がのどの奥を焼く。

そのとき、トビーの頭がくるりとこちらを向き、わたしの名前を呼びながら目を見開いた。その顔がぐにゃりと歪み、じょじょに変わりはじめたかと思うと、やがてグラントのそれになる。わたしは息をのみ、目を覚ました。

とっさにグラントのほうに手を伸ばす。いつもなら絶対にしない行動だ。悪夢はよく見るが、普段はベッドから出て、水を一杯飲み、首の後ろや額を冷やして気持ちを整える。ひとりで、こっそりと。

他人に頼るようなことはしない。とりわけ男には。

でもこのとき、わたしには彼が必要だった。ごろりと転がる。しかし、婚約者に手を伸ばすと、そこには、冷たいシーツがあるだけだった。体を起こし、目が慣れるのを待つ。暗闇に目を凝らしながら、手を伸ばして彼の姿を捜す。いない。暗い部屋のなかに、タンスや鏡や椅子がぼんやりと浮かび上がってくる。

ベッドの端に腰をかけて立ち上がる。足の裏がふかふかのカーペットに触れる。寝室のバスルームから明かりは漏れていない。「グラント？」

返事はない。

音がしないよう、寝室のドアをゆっくり開けると、階段の下に金色の光が見えた。踊り場に出て、手すりからのぞく。グラントの仕事部屋の明かりがついている。ランプの明かりだろうか。薄暗く、柔らかな光だ。

グラントが、小声で誰かと話している。

ベッド脇の時計を見ておけばよかったと思ったが、いずれにしても真夜中であることは間違いない。窓外には漆黒の空が広がり、自分の呼吸さえシンバルを鳴らしたみたいに大きく聞こえる。階段の端に近づき、耳を澄ます。グラントの声はくぐもってよく聞こえない。直感が、そばまで行って聞き耳を立てるよう駆り立てる。

階段を一段、また一段と下りていく。片手で手すりをきつく握りしめ、もう片方の手を心臓に押し当てる。鼓動を静めたかったが、とうてい静まりそうもない。それでも、一歩ずつ階段を下っていく。一階にたどり着くと、足音が鳴らないよう、つま先立ちでそっと移動し、グラントの仕事部屋にたどり着いたところで、耳鳴りがしそうなほどじっと耳を澄ます。

「おまえなのか?」その声は凶悪で、いつものグラントとは別人のようだった。「うちに押し入ったのは?」

知っていたのだ。

わたしは息をのんだ。

「そんなたわごと信じられるか」グラントが鼻を鳴らす。「誰かがこの部屋に侵入して何かを捜していたのはわかってる。俺が知っている人間のなかで、そんなことをするのはおまえくらいしか考えられない」

電話の相手はいったい誰なんだろう。グラントが歩きまわり、本棚がかすかに揺れる。

「アドリアナをこの件に巻きこむな。彼女の名前すら出すんじゃない」

わたしは凍りついた。まばたきも、呼吸さえできない。まさか、あのメモのことも、べビーシューズのことも知っている?

「俺の私生活に口を出すな。これはゲームじゃない」

沈黙はナイフのようだった。空気が切り裂かれ、室内に緊張が流れこむ。耳鳴りがする。グラントがどさりとデスクチェアに腰を下ろす音がし、ガチャンという音がそれに続く。おそらくデスクに携帯を投げだしたのだろう。

グラントに見つかる前にベッドに戻らなければ。

蜘蛛のように静かに階段をのぼり、寝室にたどり着く。グラントは家に誰かが侵入したことを知っていた。それなのに、わたしには何も言ってこない。

やはり、わたしたちふたりは秘密を抱えている。

第十七章

イザベル

いよいよ今日だ。期待で頭がくらくらする。

経営陣が四半期に一度の大きな企画会議を開くこの時期は、いつも残業が続いて憂うつだったが、今回は違う。

普段はギャビーが企画会議の議事録を作成し、部下のアマンダが幹部たちの食事をオーダーしたり、コーヒーを入れたり、その他の雑務をこなしながら、会社にかかってくる電話対応をしている。

だけど今日、アマンダは子どもの学芸会を見に行かねばならない。だから勤勉な従業員であるわたしは、アマンダの代わりを志願した。つまり、役員たちが何時間もオフィスにこもっているあいだ、わたしはこの場所を好きなように使えるというわけだ。

それがなぜ、重要か？

社長のオフィスに侵入して、弱みを探すことができるからだ。

ギャビーから破綻した高級マンションの話を聞いて以来、それについてずっと考えていた。わたしには、一度気になると、そのことばかり考えてしまうクセがある。脳に絡みついてふり払えなくなるのだ。

だから、考えに考えて考え抜いた。

夫はこれを〝侵入思考〟と呼んだ。あの当時、夫が優秀な精神科医で、わたしが壊れた人形だったころ、わたしはこうした強迫的な思考に取り憑かれていた。あの夜、街の路地でわたしを襲った男を見つけることだけを考えつづけていた。わたしの人生を、夢を、顔を台無しにした男のことを。男の姿を捜して、血眼になりながら何時間もパソコンの前に座りつづけた。もちろん、たいした手がかりは得られなかった。はっきりと覚えていたのはあの顔だけだ。垂れ目で高い鼻梁、左頰にほくろがあり、きれいにそろった歯のなかで、右上の前歯がほんの少し欠けている。あの顔は、脳裏にくっきりと焼きついていた。

あの男に執着しているかぎり、あの夜から解放されることはない、とジョナサンはいつも言っていた。前に進みたければ、あの男のことは忘れなさいと。

わたしはそのとおりにした。少なくとも、自分ではそう思っていた。毎週、ジョナサンの診察室のソファに座って穏やかな声を聞くうちに、じょじょに壊れた心から引き離され、気づくと心の檻《おり》をコントロールするすべを見つけだし、加害者に「出ていけ」と言えるようになっていた。九二年、あの顔を夢で見ることはなかった。

けれど、ジョナサンはわたしを置いて死んでしまった。彼が教えてくれたこと——自分の人生を取り戻す方法、少しずつ前へ進む方法、ゆっくり改善していくことの大切さ——は、あの事故のあと、彼のなかからすっかり消えてしまった。慢性的な痛みが彼を別人に、猛《たけ》り狂う獣へと変えてしまった。薬が唯一の逃げ場だった。やがて彼は、わたしよりも薬を大切にするようになり、わたしのなかの悪魔がふたたび顔を出すようになった。あの男は、わたしの心の檻に舞い戻ってきた。

ジョナサンが床に倒れているのを、すでにこと切れ、みずからの嘔吐物のなかに倒れこんでいる姿を見つけたとき、彼のあとを追わないようにするには、もはや復讐しかないと思った。

だから、そう、わたしはこの手がかりを追ってどこにつながるのかを見極める必要がある。暴力に訴えようとは思わない。勝てない勝負を挑んでも仕方がないからだ。それより、社長の完璧なイメージを打ち砕くようなものを見つける必要がある。彼の大切なものをひとつ残らずぶち壊してやる。

いまが、そのチャンスだ。

「ねえ、ギャビー」手紙の束を手に、笑顔で彼女のデスクに近づく。三時十五分。オフィスがなんとなく浮き足立っている。働きバチたちが今日の仕事を終える準備をしているのだ。「郵便配達の人が来たよ」
「ありがとう、イザベル」ギャビーが顔を上げる。太い眼鏡フレームの奥の瞳がどんより
と曇っている。
「大丈夫？」と尋ねる。「何だか……」
ギャビーがため息をつく。「疲れてるみたい？」
「ストレスが溜まっているみたいって言おうと思ったんだけど」同情するように眉をひそ
める。「最近、残業続きなんでしょ」
なぜ知っているかというと、最近出社してメールを開くと、午後十時すぎに彼女からの
メールが届いていたりするからだ。
「いまだけだよ」と言って手をふる。「大丈夫。来月には休暇をとる予定だし、いまはト
ンネルの向こうに光が見えてきた感じ」
「へえ、すてき。どこに行くの？」ギャビーのデスクに寄りかかり、彼女に少し近づく。
ギャビーの信頼を得るのは簡単ではなかったが、わたしの特技のひとつは、人から信頼を
得ることだ。
あまり急いで、距離を詰めすぎてはいけない。人との関係は、時間をかけて少しずつ構
築していくものだ。重要なのは忍耐だ。そして、わたしほど忍耐強い人間はいない。待つ
ことも、好機をうかがうことも、次の動きを計画することも得意なのだ。一緒に飲みに出

かけて以来、ギャビーはわたしに心を許している。

「ゴールドコーストに」ギャビーがうっとりと答える。すでにそこにいるような、つま先を砂にうずめ、足元には波が打ち寄せているような顔をして。「娘ふたりと一緒に行って、向こうで妹と合流するの。すごく楽しみ。まあ、ドリームワールドの行列は勘弁してほしいけど。でも、ありがたいことにあそこに行くのは一日だけだから」

わたしは彼女の引き出しに目をやった。以前にも何度かおしゃべりをしながらようすをうかがったが、これまで彼女がわたしの前で引き出しを開けたことはない。だが、今日は開けてもらわないと困る。

「ねえ、ガムかミント持ってない?」そう言って、恥ずかしそうに口元を隠す。「ランチに食べたパニーニのアイオリソースがちょっと多すぎたみたいで」

「あそこのイタリアンデリの?」ギャビーが頭をふる。「わかる。わたしも前食べたときにそう思った。そういえばあの日の午後は、誰も話しかけてこなかったっけ」

彼女の手がデスクの引き出しに触れる。引き出しの鍵穴には鍵が差さっていて、鍵にキラキラした小さなキーホルダーがぶら下がっている。うちの会社はセキュリティ対策として、退社時に私物を全部引き上げて引き出しに鍵をかけることになっている。これまでわたしが彼女の引き出しをこっそり探ることができなかったのもこのためだ。一度ピッキングに挑戦したが、あれはユーチューブで見るほど簡単ではない。

「キャンディかガムがあったと思う」ギャビーが引き出しを開けながら言う。

キャンディの容れ物がすぐそこに見えた。ということは、ガムをもらったほうがよさそうだ。引き出しのなかは思いのほか乱雑で、わたしは意外に思った。ギャビーは何事もきっちりしているように見えるのに。少なくとも、外からは。しかし、その人の外面が、あえて内面を語らないパターンをわたしは誰よりもよく知っている。

「ガムがあったらうれしいな。ありがとう。本当に助かる」

ギャビーが書類の下を探るあいだに、引き出しの中身に目を走らせる。あった。きらりと光る金属の物体。もうひとつの鍵だ！　それにはタグがついていて、なんと書いてあるかまでは読めないが、社長のオフィスのスペアキーであることは間違いない。これでこの鍵が彼女のデスクの引き出しにあることは確認できた。

ギャビーはガムを見つけると、わたしのほうへ差しだした。一枚もらう。

「ありがとう」笑顔でそう言うと、彼女もにこりと笑った。

「お礼を言うのはこっちのほうだよ。アマンダからもよろしくって。あなたに借りができたって言ってたよ」

「これくらいどうってことないよ」にこやかに手をふる。「でも役に立てたならうれしいな」

誰にも気づかれずに自分のデスクに戻ると、わたしは計画を練りはじめた。

終業時間が近づき、人々が帰り支度をはじめる。五時半には、オフィスはほぼ無人になっていた。

会社の代表電話をどこの席でも受けられるよう設定してから、会議室に行き、会議の準備が整っているかをチェックする。水差しときれいなグラス、まっさらなホワイトボード、ボックスティッシュ、空のゴミ箱。頭上では蛍光灯のひとつがかすかにちらついている。大きな楕円のテーブルの両端にミントを入れたボウルを置いたら、あとは、一時間後に会社のクレジットカードで料理を注文し、スタッフルームにある皿とカトラリーを並べて、料理を運べばいい。

すべて確認し、会議室を出たところで重役たちがやってきた。メンバーは十人。全員五十代以上の男で、ラップトップとコーヒーカップを持っている。長時間デスクに座っているせいかシャツにはしわが目立つ。そろってお腹がベルトを押し返し、肌は青白くて乾燥している。財務部門のトップはたしか七十歳に近く、手の甲が染みだらけだ。

誰ひとりとしてわたしと目を合わせようとしない。

「本当にありがとね」ギャビーはわたしに言うと、ラップトップの電源を抜いて片腕に抱えた。

「たいしたことじゃないから」ギャビーの目を見て微笑む。彼女が自分の持ち物をまとめるあいだ、わたしはそばで待っていた。引き出しの鍵は開いている。

「議事録をとるのってほんと退屈」ギャビーが声を落として言う。「会議室に来たときにわたしが寝てたら起こしてね」

わたしは声を上げて笑い、すぐに口を覆う。ギャビーはウィンクすると会議室へ入っていった。会議室は、社長のオフィスやギャビーの仕事場と同じくこちら側のフロアにある。つまり、会議室から人が出てきたら、彼女の引き出しを漁っているところをたちどころに見られてしまうということだ。すばやく、ひそやかに行動しなければ。と同時に、全員が会議に集中するまで、ペンや充電器を忘れたと言って出入りする人が確実にいなくなるまで、忍耐強く待つ必要がある。かと言って、トイレ休憩の人とかち合ってしまうほど長く待ってはいけない。

わたしは息を詰め、遅れた人たちがばらばらと会議室へ入っていくのを待った。

オフィスをうろうろして時間をつぶしていると、最初の十五分で会議室に二度呼ばれた。一度目はCFOの汚れたグラスを交換するためで（実際は汚れていなかった）、二度目はある役員の椅子の高さを調整するためだ。六桁以上の収入があるいい大人が、椅子の調整すらできないなんてどうかしている。ギャビーもそう思ったのか、同情するようにわたしを見たが、その手は休むことなくキーボードを叩き、事業開発部長の単調なプレゼンテーションを記録していた。

ミスター・フレンチマンは上座に座っていた。この日は気温が高く、エアコンの効きも悪かったが、その服装に乱れたところはない。シャツはしわひとつなく、ネクタイもきっちりと結ばれ、白髪交じりの髪も完璧に整っている。自信に満ちあふれていた。ときどき、周囲の注目を集めるこうした能力は、どこから来るのだろうと思うことがある。わたしはずっと真逆のタイプだった。おそらくこの先もずっと。

椅子の調整が終わり、会議室を出たところで、会社の電話が鳴った。複数のデスクで響くせいで、こだまとなって聞こえる。この時代に卓上電話があること自体どうかと思うが、この会社は技術の最先端をいっているわけではない。走ってギャビーのデスクに向かい、電話を取る。誰かが会議室から出てきても、これなら怪しまれることはないだろう。だが、部屋から出てくる者はいない。海外の大口クライアントからの伝言をふせんに書き留め、ギャビーのデスクトップに貼りつける。

会議室をちらりと見る。扉のしまった部屋から聞こえるくぐもったやりとりから、会議が滞りなく進行しているのがわかる。ようやく全員が会議に集中しはじめたようだ。

ギャビーの引き出しを開け、乱雑な中身を見つめる。下のほうにタバコの箱が見える。興味深い。ギャビーが職場でタバコを吸っているのを見たことはないし、タバコのにおいをふりまいていた記憶もない。最近吸いはじめたのだろうか。おそらくは、ストレスのせいで。このモノが詰まった引き出しから、音を立てないよう、できるだけ静かに鍵を捜すのは至難の業だった。一瞬、わたしが気づかないうちにギャビーが持ちだしたのかもしれないと思った。だが、あった。

鍵だ。

鍵を取りだし、引き出しを閉め、会議室をふり返る。くぐもった会話が続いている。すりガラスの向こうに見える人影は、ほとんど動いていない。心臓の鼓動がドラムの音のように高鳴り、一瞬すべての音がかき消える。鍵を握る手が汗ばむ。

いましかない。

急いで受付に向かい、自分の仕事用のバッグのサイドポケットに入れておいたUSB外付けハードディスクドライブを取りだす。それを、今日はいている黒のゆったりとしたパンツ——自分のワードローブのなかで唯一、ハードディスクを隠せるだけの深いポケットのあるもの——にしまい、社長の名前が書かれた扉に向かう。鍵をそっと差しこむ。社内に監視カメラはない——以前、親しくなった技術担当者がそう言っていた。会社の監視カメラはどれも、トラック置き場や、高価な道具や部品が保管されている修理工場に向けられている。あとは、誰が建物へ出入りしたかを把握するために、大通りに面した入り口と、受付付近を映すカメラがあるだけだ。

社内に盗む価値のあるようなものは何もない。わたしのように何か企んでいないかぎりは。

もう一度背後を確認し、肚《はら》を決める。鍵はすんなりまわった。カチリと小さな音を立て、ロックが解除される。ドアを押し開けて室内に滑りこみ、すぐに扉を閉める。もし誰かが捜しにきたら、トイレに行っていたふりをしよう。この会社の性差別的な習慣を思えば、役員の男たちがわざわざわたしを捜しに来るとは思えないから、わたしを捜しに来る可能性があるのはギャビーだけだ。

社長のオフィスは完璧に整理整頓されており、かすかにコロンのにおいがした。何年も前の、あのときのコロンと同じにおいに、胃が締めつけられ、記憶が雪崩《なだれ》を起こす。だめだ、いまは余計なことを考えている場合じゃない。わたしにはやるべきことがある。

デスクの上はがらんとしていて、大型モニターとラップトップスタンド、革製のペン立てと、おそろいの革の未決トレイがあるだけだ。トレイのなかに伏せられた数枚の書類には、色とりどりのふせんが貼られている。部屋の隅にはコート立てがあり、そこには、裏地のチェック柄から高価なものだとひと目でわかるトレンチコートがかかっている。デスクの下には、壁際に押しこまれるように、黒い革のカバンが置かれていた。

カバンの横にしゃがみこみ、金具を開けてなかをのぞく。わたしが会社で使っているものよりはるかに薄く、高価なラップトップが入っている。

「ビンゴ」

息を止め、じっと耳を澄ます。異常なし。近づいてくる足音も声も聞こえない。息を吐きだし、ふたたびカバンに目を戻す。いましかない。

ラップトップを取りだして床に置き、カバーを開く。床にしゃがみこんだまま、電源を入れる。驚いたことに、パソコンはスリープ状態になっていたようで、すぐにログイン画面が表示された。大きく息を吸う。

ここが、わたしの計画がうまくいくかどうかの瀬戸際だ。社長が個人セキュリティをそれほど重視していないことを願うしかない。そうでなければ、詰んでしまう。

お願い、お願い、お願い。

数カ月前、全社でパスワードの監査を実施した。その結果、六十三パーセントの人間がパスワードに個人名を使用しており、さらに八十二パーセントが、促されても十二カ月以上パスワードを変えていないことがわかった。その後、六十日ごとにパスワードを強制的に変更させるプログラムが導入されたが、その際、技術チームに取り入るために（実際にはどうでもよかったが）職場のセキュリティに関する危機意識を高めるにはどうすればいいかと尋ねると、哀れな技術担当者たちはため息をついてこう言った。

ときどき、何の意味があるんだろうって思うよ。こっちがみんなにやらないでくれって言っていることを、会社のトップがやっているんだから。社長に文字以外のものも使わせるためにパスワードの設定を変えなきゃいけなかったんだ。もっと慎重になってほしいよ、まったく！

この話を聞いて、社長は個人のラップトップにも脆弱《ぜいじゃく》なパスワードを使っているんじゃないかと期待した。

社長のパートナーの名前を入力する。画面に小さな赤いメッセージが点滅した――パスワードが違います。そんな。絶対これだと思ったのに。今度は社長の名前を入力してみる。これもだめだ。ロックがかかったらまずい。誰かが侵入しようとしたことがばれてしまう。子どものころに飼っていたペットの名前とか、学生時代のあだ名とか、たぶんそういう単純なものだろう。あるいは……娘の名前。ピアスを買った日にギャビーから聞いた名前を入力する。きつく目を閉じ、スペルが合っていることを願う。これが違ったら万事休すだ。

こわごわと片目を開け、喜びのあまり叫びそうになる。やった、入れた。

ハードディスクを取りだして差しこむ。さあ、何が見つかるか。

ラップトップの中身を調べ、有益な情報を探す。ときどき手を止めて耳を澄ませるが、オフィスは静まり返っている。スクリーンの時計によると、あと三十分ほどで役員たちの夕食の注文をとりに行かねばならない。今夜は日本食だ。

ロジカルに配置されたフォルダは、どこに何があるかを正確に教えてくれた。だが、いくら整頓されていても、弱みを見つけられなければ意味がない。いや、絶対に何かあるはず。これだけ待ったのだ、失敗はできない。あいつのもとで働き、ギャビーと信頼関係を築いて情報を得たのは、すべて、警察が果たしてくれなかった正義を果たすため。わたしの人生をぶち壊した男に復讐するためだ。

わたしをレイプした男。養子に出した娘の父親。わたしの顔をこんなふうにした犯罪者。

あいつが堕《お》ちていくところを絶対に見届けてやる。

もしかしたらここには何もないのかもしれないとあきらめかけたそのとき、〝保険〟という名前のフォルダを見つけた。保険の書類か何かが入っているのかと思ったが、すぐに歯科や眼科の保険ではないことがわかった。

　これは使える。

第十八章

アドリアナ

グラントの電話の相手が知りたかったが、グラントは携帯電話をつねに上着やズボンのポケットに入れていた。電話会社に連絡してみても、わたしの名義ではないので教えられないという。彼のｉＰａｄさえ、わたしが知らないパスワードでロックされている。これまで気にしたことはなかったが、結婚を控えたふたりがパスワードを共有しないのはふつうのことなのだろうか？　長く交際していたらふつうは共有しているもの？　こんなのただの考えすぎだろうか？　でも、だとしたら、匿名のメールや深夜の電話、わたしと前夫との関係を思っていた以上に知っているらしいという事実は？

絶対に考えすぎなどではない。

今日は水曜日。グラントは朝からクライアントや業界の人たちとゴルフに出かけている。今朝はつわりがひどかったから、グラントが早朝に出かけてくれて助かった。つわりのせいで震えが止まらず、バスルームの床でうずくまりながら、会社に病欠の電話をかけた。またしても。

妊娠のことを伝えなければならないのは、グラントだけではない。上司も疑いはじめている。

階段の下に立ち、グラントの仕事部屋を見つめる。広く、静まり返った室内。表からはオウムとカササギの声に交じって、芝刈り機の音が聞こえてくる。生活の音だ。

今夜は結婚式のヘアメイクトライアルの予定だったが、腹痛を理由に日にちを変えてもらった。うまく嘘をつくなら真実を少し交ぜたほうがいい、と母はよく言っていた。

いまは、結婚式のことを考えるのも耐えられない。結婚をする前に、グラントが何を隠しているのか知る必要がある。わたしの父は、母とわたしに何年も隠し事をしていた。その秘密は、岩の下から虫が一斉に飛び立つように明るみに出たが、父が手錠をかけられ、連行されるまで何も知らなかった母親は、なすすべもなく、泣きながらそのようすを見守った。そして近所の人たちは、カーテンを開け、携帯電話を耳に当て、忍び笑いを漏らしながら、せっせとうわさを広めてまわった。うちの家族がバラバラになるのをうれしそうに眺めながら、人の不幸をケーキのように貪り食ったのだ。

前からどこか変だと思ってたんだよね。

だから成金は信用できないんだって。

わたしだったら絶対気づいたのに。

うちのパーティーに来て料理を食べ、株式のポートフォリオや不動産投資で父の助言を受け、母を嘲笑し仲間外れにしながら、彼らはそう言った。

わたしは絶対に母のようにはなりたくなかった。

キッチンの椅子に置いた携帯電話が鳴った。カイリーだ。

「どうしたの?」携帯電話を耳と肩で挟みながら言う。「元気?」

「うん」声が少し遠い。電話をスピーカーにして離れたところにいるみたいだ。「どうしてるかなと思って」

カイリーと話すのは、あのぎこちないディナー以来だ。

「あのさ……」電話を耳に当てたのか、カイリーの声が近くなり、明瞭になる。「このあいだのこと、本当にごめんね。シャンパンを飲みすぎちゃって、冗談のつもりだったんだけど、よりによってあんなこと言うなんて」

「カイリー、もういいよ。冗談だってわかってるから」

「ううん、よくない」その声に後ろめたさがにじむ。口調が湿っぽくなり、いまにも泣きだしそうだ。「こんなバカなことばっかりして、まだ友だちでいてほしいなんて図々しいよね」

カイリーの飲酒問題については、なんと言っていいのかわからない。たぶんわたしたちには最悪の状態を隠して、ほろ酔いの楽しいカイリーだけを見せているのだろう。悪くしても、二日酔いのパーティーガール的醜態までを。だが、依存症で見えているのは、たいてい氷山の一角だ。見え隠れする氷の先端は、舞台裏で起きていることのほんの一部にすぎない。

そう思うと怖かった。わたしたちの知らないところで、彼女はいったい何に対峙《たいじ》しているのだろう……。

「わたしは、あなたが健康ならそれでいい」一言一句、本心だった。「このあいだのことはもう忘れて。べつに怒ってないし。ただ――」

「わかってる。お酒はやめなきゃいけないって」涙声になっている。

「ひとりで抱えこまないで、そういうミーティングに参加してみたらどうかな」わたしは優しく提案した。いちばん助けが必要なときに、ひとりぼっちだと思うことだけは絶対に避けてほしかった。「そういう集まりに部外者が行っていいのかわからないけど、もし友人同伴でもかまわないなら、喜んで一緒に行くよ。必要なら隣に座って手を握っててあげる」

「ありがとう」カイリーが洟をすする。「わたし、本当にバカみたい」

「そんなこと言わないで。誰の人生だって完璧じゃない。でも、そのために友だちがいるんでしょ。相手がつまずいたときに手を貸すために。カイリーだって、わたしのために同じことをしてくれるはずだよ」

いまの言葉は、あの夜、誰かがうちに侵入した日に、イザベルから言われたものだ。わたしたちは、仲間のためなら何だってする。

そう思って、ふと、お腹に視線を落とす。もしそうなら、どうして彼女たちに妊娠のことを話さなかったのだろう？　どうしてグラントに対する疑念や、誰かが家に侵入したことや、ベビーシューズのことを隠しているのだろう？　わたしは偽善者だ。結局、本当のことを告げるより、秘密にしておくほうが楽なのだ。

「もちろん、あなたが困っていたら、わたしだって同じことをする」とカイリーが言う。それが本心だと感じられる。「わたしに我慢して付き合ってくれてありがとう」

「我慢なんかしてない。そんなふうに思ったことはないよ、カイリー。わたしはあなたと友だちでいたい、それだけ。友だちじゃなくなるなんて嫌」

「じゃあ、結婚してもこのグループを抜けたりしない？」カイリーが小さな声で訊く。

「え、やだ。絶対に抜けたりしない」彼女から見えないにもかかわらず、わたしは激しく頭《かぶり》をふった。「わたしたちは、夫を亡くした者同士だから一緒にいるわけじゃない。少なくとも、いまは。きっかけはそうだったかもしれないけど、いまはもう本物の友だちでしょ。結婚したからって、いきなり『もう、わたしはあなたたちとは違うから』とか思うわけない」

電話の向こうでカイリーが息を吐き、いまの言葉で彼女がほっとしたのがわかった。ところが、それからしばらく奇妙な沈黙が続き、電話の向こうで緊張が高まっていくのを感じた。まるでカイリーが何か言い淀《よど》んでいるような……。カイリーは何を隠しているのだろう？

「わたし、このグループがなかったらどうなっていたかわからない」ようやく、カイリーはそれだけ言った。

「何かあるなら遠慮せず言ってね。イザベルもわたしもあなたの味方だってこと、忘れないで」

「わかった。ありがとう」

それからしばらく雑談を交わし、最後に、今度一緒にバレエクラスへ行く約束をして電話を切った。早速、グーグルカレンダーにバレエクラスの予定を入れる。その後もしばらく、ぐずぐずと携帯電話を手のなかでこねくりまわしていたのは、わたしの胸中の表れだ。あの深夜の電話が心から離れない。

グラントの仕事部屋に入り、何を捜しているのかもわからないまま、周囲を見まわす。ほとんど何も変わっていない。部屋の中央にデスクが置かれ、その両脇には重厚な木製の本棚、背後の窓からは裏庭に広がる緑が見渡せる。デスクチェアが机から少し離れたところにあり、まるで何か考え事をしているみたいに本棚と向き合っている。部屋の隅には金色のスタンドにグリーンのシェイドのフロアランプ、窓の向かいの壁にかかった大きな絵にも似たような色味が使われている。それはモダンで飾り気のない作品だが、同系色の緑や青がちりばめられているせいか、妙な落ち着きを醸している。

ひとつ気になるのは、グラントのデスクが整頓されすぎていることだ。ほとんど物が置かれていない。普段は、少なくともデスクに数枚の書類があり、メモが書かれたふせんがデスクランプの台座に貼られ、請求書や仕事関係の書類、未開封の手紙などが革製のトレイに積まれている。ところが今日は、トレイのなかに紙が一枚入っているだけで、机の上には何も置かれていない。

柔らかなカーペットを横切り、トレイのなかをのぞきこむ。入っていたのは、車のディテーリングを頼んでいる会社からの請求書だった。グラントは昔気質《かたぎ》で、いつも紙の請求書を欲しがる。電子メールで届いたものさえ、わざわざプリントアウトして大きな書類棚にしまう。それらの書類は、税金関係で必要がなくなるまで保管され、期限を過ぎるとガレージにある棚の箱に移される。

時代遅れの奇妙な習慣だと思う。

手を伸ばし、デスクの引き出しを開けようとして、怪訝《けげん》に思う。引き出しが開かない。しゃがみこんで調べると、これまで知らなかったが、いちばん上の引き出しに鍵がかかっていた。引き出しは個別に鍵がかかるのではなく、どうやらこの上の鍵だけで、三つすべての引き出しがロックされるようだ。どんなに揺すっても、ヘアピンを使ってみても、引き出しはびくともしなかった。その場にぺたりと座りこみ、茫然と引き出しを見つめる。

いつから鍵をかけていたのだろう？

ひょっとしたら、この前の侵入者がまた戻ってくることを心配しているのだろうか。そう思ったとたん、急に不安がせりあがってきた。ふり返って背後の人影を確認する。誰もいない。

一度も開けたことのない書類棚に目をやる。家に関する支払いはすべてグラントが管理している。わたしがこの家に来る前からそうしていたし、わたしは一セントも支払っていないので当然といえば当然だ。わたしがやっている書類仕事は自分の税金に関するものだけで、それらの書類は二階のわたしの仕事部屋に置いてある。それ以外は、一切触ったことがない。書類棚の引き出しのひとつに手をかけると、鍵がついているにもかかわらず、簡単に開いた。書類棚には五つの引き出しがあって、それぞれハンギングフォルダが入るだけの深さがあり、フォルダにはきちんとラベルが貼られている。金属のラベルに指を触れ、グラントの読みにくい字に目を走らせながら、ひとつひとつ確認していく。光熱費、携帯電話の請求書、住宅ローンの明細書、住宅保険、家財保険、自動車保険、旅行保険、健康保険……。

いたってふつうだ。

彼の高級時計コレクションに関する書類（保証書、取扱説明書、鑑定書など）を収めたフォルダもある。別のフォルダには、大型家電の保証書と取扱説明書が入っており、さらに別のふたつのフォルダには、所有している複数の自動車に関する書類（整備履歴、登録情報、スピード違反の違反チケット数枚）が収められている。

引き出しのひとつは、時系列に並んだ過去七年分の税務署類に丸々占領されていた。たいした発見はなさそうなので、残りふたつの引き出しは放置して、鍵のかかったデスクの引き出しに集中しようかと思ったが、はじめた仕事は最後までやり遂げたい主義だ。残りふたつの引き出しも開ける。

ここの引き出しも似たり寄ったりだった。厚生年金に関する書類のフォルダ、父親の資産に関する検認済みの遺言書の入った分厚いフォルダなど。だが、フォルダを確認していると、指先が何かに触れた。引き出しの奥に何かある。フォルダの金属部分がこすれる音に身震いしながら、フォルダを手前にかき集め、奥に手を伸ばす。冷たくて硬いものに指が触れる。

取りだしてみると、それは小さなブリキの箱だった。コンビネーションロックが取りつけられている。

いったい何なの？

コンビネーションロックの数字に触れる。箱を開けるには六桁の数字が必要だ。９２３

910……いまはランダムの数字が並んでいるようだ。だが、あの人のことだ、これは適当な数字などではない。他人が触れたらわかるように、特定の並びにしてあるはずだ。誰かがこの家に侵入し、彼の周辺を探っていた事実を考えれば、グラントはさらに慎重になっているだろう。

ペンを見つけ、手のひらに数字をメモする。こうしておけば書類棚に返す前にこの数字に戻すことができる。彼の椅子に座り、数字の組み合わせを考える。わたしの誕生日、結婚式、記念日、最初のデートの日、最初に出会った日、つまり元夫の葬儀の日。鍵は開かない。

苦肉の策で123456と並べてみるが、もちろんうまくいかない。

まるでわたしの不安が詰まっているかのように、箱はずしりと重く、いらだちのあまり泣きそうになる。例のメールに返信し、夫が危険だという理由を詳しく聞くべきだったかもしれない。もしあれが本気の警告なら――。

バイブレーションの音がした。デスクの引き出しから聞こえてくる。

箱を置き、デスクの引き出しに耳を近づける。いちばん上の引き出しで鳴っている。間違いなく、携帯電話の音だ。わたしは木製の引き出しに手のひらを当て、振動を感じた。

グラントは携帯を忘れていったのだろうか？

バイブレーションが止まり、数秒後、ボイスメッセージの通知を知らせる短い音が鳴る。

胃が締めつけられるような感覚に陥りながら、ポケットから自分の携帯電話を取りだし、グラントの番号にかける。呼び出し音は鳴るが、引き出しから音は聞こえない。そのまま留守電につながり、思わず意味不明なメッセージを残してしまう。今夜の夕食は家で食べるかどうかをメールしてほしいと伝えたのだ。グラントが家を出る前に確認済みだというのに。

わたしは引き出しを見つめた。グラントは携帯電話を二台持っている。

一瞬、ブリキの箱を窓から投げ捨ててやろうかと思ったが、すんでのところで思いとどまる。二十まで数え、ゆっくり深呼吸をくり返し、これまでどおり感情をのみこむと、周囲の期待を裏切らない、完璧で、光り輝く女性の仮面をかぶった。

とはいえ、心のなかは燃えていた。怒りに震えていた。

愛する男が、まさか目の前で見知らぬ人間に変わっていくなんて。これでは母の二の舞だ。

いや、わたしの思いすごしかもしれない。箱に入っているのは、子どものころの写真や思い出の品々で、引き出しにあるのは仕事用の携帯電話かもしれない。そう、きっと何でもないことを勝手に騒ぎ立てているだけだ。

真実を知る方法はひとつだけ。

わたしはふたたび数字の組み合わせを考えた。000001、000002、0000

03と順番に回していき、00565までいったところであきらめた。手のひらが汗ばみ、胃がむかむかする。元の数字に戻そうかと思った、そのときだった。アザミの茂みにティッシュが引っかかったように、何かが記憶に引っかかった。

家の警報装置の暗証番号。

正確には、複数ある番号のうちのひとつだ。彼の使っているものと、わたしの使っているもの、そして緊急事態に備えて彼の姉に教えてある番号と、清掃スタッフ用の番号。わたしの番号は母親の誕生日で、これはここへ越してきた日に、グラントに言われてわたしが選んだ。どうして暗証番号がいくつも必要なの？　とわたしは訊いた。奇妙に思えたからだ。わたしの育った家にも警報装置はあったが、みんな同じ番号を使っていた。いまでもその数字を覚えている。

やりすぎだと思うかもしれないけど、と彼は言った。安全のためなんだ。万が一きみに何かあった場合、きみがいつこの家に出入りしたかっていう情報を、清掃スタッフや姉と混同することなくきちんと把握できるようにしておきたいんだ。

それを聞いてわたしは笑ったのを覚えている。なんて心配性なんだろう。考えすぎだ。もしわたしに何かあった場合って、いったい何があるっていうのだろう？　だが、グラントが冗談で言っているわけではないことがわかると、わたしは笑うのをやめた。

昔、母親が誘拐されたことがあるんだ、とグラントは言った。うちのリビングから。あの日、祖父がわが家にやってきて自分でセキュリティを解除して入ったせいで、警察は時系列を間違えてしまった。祖父はその場にいなかったって言い張ったんだ。そのすぐあとにわかったんだけど、祖父は認知症がはじまっていたみたいでね。ともかく警察は正しい情報を得られなかった。母が無事で本当によかったよ。

幸いにも、グラントの母親は四十八時間後に発見された。震えてはいたが、少なくとも身体的には無事だった。身代金目当ての誘拐は失敗に終わった。グラントの父親は裕福な実業家だったが、その仕事ぶりはきれいとは言いがたく、おかげでこんな事態になってしまった。その後、家族全員に暗証番号が割り当てられ、各自の出入り時間がわかるようになった。グラントはその習慣を守ろうとしていたのだ。

各自が番号を持っているので、グラントはわたしに暗証番号を知られていないと思っている。わたしが彼の番号を知る必要はないからだ。でも、彼が暗証番号を入力するところを何度か見たことがあるし、あの数字には何か意味があるのだろうかと思ったことがある。

２５１１８０。

何の数字かわからないが、きっと意味のある数字なのだろう。１９８０年11月25日──日付だろうか。きっと、グラントにとっては何か重要な意味があるに違いない。

その数字を試してみる。開いた。

目を細め、震える手で恐る恐るふたを開ける。だが、変わったものはない。入っていたのは、さまざまな形状やサイズの写真だけ。わたしが生まれる前に撮られたような、黄ばんで色あせた写真がいくつもあった。そのなかに、薄青色のスーツにそろいのベストを着て、幅広のネクタイを締めた男が、黒髪のくせ毛の赤ん坊を抱いているものがある。同じ夜に撮影されたらしい写真では、その男性と、ゴージャスな黒髪のウェーブヘアを肩に垂らした女性が写っている。

グラントの卒業式の写真では、彼と父親が誇らしげに笑っていた。ふたりとも長身で、肩幅が広く、四角いあごと立派な鼻が印象的だ。グラントの隣には小柄な母親――漆黒の髪に、情熱的な黒い瞳、明るいオリーブ色の肌をした細身の女性――が佇《たたず》み、背後には、太陽に照らされた、緑豊かな大学の構内が広がっている。

ほかにも、いくつかポラロイド写真があった。友人と飲んでいるグラント、初めての車の隣に立つグラント、姉の結婚式で盛装して花婿付添人を務めるグラント、幼い少女を抱いているグラント。

この少女は姪《めい》のキラだろうか。彼女はいま十七歳だ。写真を裏返して日付を確認する。隅のほうに六月二十一日とあるが、西暦はない。

写真の幼い少女は金髪をひとつに結って、淡いピンクのチュチュタイプのスカートをはき、キラキラした文字の書かれたTシャツを身につけている。白い靴下にはフリルがついていて、靴を片方なくしたようだ。グラントのほかには、フレームから少し見切れたところにひとりの女性が立っており、たくさんのピンクとシルバーの風船が写っている。女性の顔は、カーリーヘアとあごの一部しかわからない。幼い少女はグラントを見上げている。すてきな写真だ。その写真を箱に戻そうとして、あることに気がついた。

女性がベビーシューズを持っている。写真の幼い少女が蹴って脱いでしまったものだろう。少女が履いている靴は角度的に靴底しか見えないが、女性が手にしている靴はデザインまでよくわかる。ピンクのサテン地、リボン、クリスタル……。

それは、二階の引き出しに隠している靴と同じデザインだった。

第十九章

カイリー

ビジネスホテルで目を覚ましてから一週間ほど経つが、いまだに何があったのかさっぱりわかっていなかった。太ももの痣はどぎつい紫色から濁った緑色に変わり、その痣をつつくたびに、これが記憶を呼び起こすボタンだったらいいのにと思う。携帯電話の電源を入れても、謎は解き明かされなかった。唯一見つかったのは、わたしとフランシスがキスをしようとしている写真で、つまり第三者がわたしの携帯でこの写真を撮ったか、誰かの携帯で撮ったものを送ってきたということだが、それらしいメッセージは見当たらない。誰かがエアドロップで送ってきたのだろうか？　わからない。

写真では、わたしたちはバーにいる。彼のマティーニグラスはお酒で満たされているが、わたしのほうはほとんど空っぽだ。彼は片手でわたしのひざに触れ、もう片方の手でわたしの顔に触れている。一見したところ、わたしは幸せそうだ。だがよく見ると、何かがおかしい。その店は彼と待ち合わせたバーではなかったし、そこへ行った記憶がまったくない。わたしのひざに置かれた手も、指先がわたしの皮膚にめりこんでいるように見える。

このせいで痣ができたのだろうか。

あれからフランシスは何度かメールを寄こした。何事もなかったかのように、親密に、親しげに。わたしのほうも、よせばいいのになぜか返信していた。ただし、昨夜の飲みの誘いの電話は、新しい職場の同僚と出かけるからと言って断った。もちろん嘘だが、相手にそれを知るすべはない。フランシスは機嫌を損ねたようで、わたしの返事を聞くとそっけなく電話を切った。

でもいい、今日はこの件は考えない。

わたしには、ふつうの感覚を取り戻す時間が、友だちと出かけ、どうでもいいおしゃべりを、天気や交通事情、テレビ番組『マスターシェフ・オーストラリア』や『ザ・ブロック』などの話をする時間が必要なのだ。

トラムに揺られ、流れゆくメルボルンの街並みを眺める。まだ外は明るく、反対車線を走る車のフロントガラスに黄金色の光が反射してカメラのフラッシュのように閃く。高いビル群が歩道脇で揺れる緑の木々に姿を変え、小型犬を連れた人やベビーカーを押す人々が行き交い、チェック柄の制服を着た少女たちが手をつないでスキップしている。ふつうの夕方だ。

この痣以外は。

わからないことは無視して、前向きなことを考えようとする。ヘアサロンにはこれまで三回出勤したが、いまのところ気に入っている。同僚は気さくで、お客さんも――年配で裕福な女性が多い――感じがいい。初日には、店で使っているヘアケア用品のサンプルまでもらった。シフトにそれほど入れるわけではないし、経営学の学位も、会社で出世するとっかかりを得るために費やした年月も恐ろしく無駄にしている気はしたが、少なくともわたしには仕事がある。やるべきことがある。

この穴から抜けだしてみせる。

それに、胸に渦巻く不安をこのまま無視するつもりもない。前回ホテルで目覚めたときのように。マーカスのときのように。心の奥底で不安が低いうなりを上げてはいたが、わたしは久しぶりに自分をコントロールできている気がした。もう一度、自分を取り戻したい。自立して、誰にも恥じることのない生活を送りたい。マーカスが五年前に初めて脳腫瘍の診断を受けて以来、こんな基本的な望みさえ、持つことを忘れていた。

マーカスが死んだとき、わたしの一部も死んだ。彼を失ったうえに、最後の十八カ月間、彼のためにすべてを犠牲にしてきたからだ。身を粉にして働き、生活費を稼ぎ、彼のために楽観的でありつづけ、彼のニーズを最優先するために自分の望みはすべて手放した。

診察の予約、投薬、気まぐれ、爆発。

彼が亡くなった夜、わたしはマーカスのそばに座り、手を握っていた。彼はわたしにこう言った。きみはこの世の誰よりすばらしい女性だ、ぼくより強い人で本当によかった、と。まさに試練の日々だった。だから彼の死は、ある意味救いだった。急速に腫瘍に蝕《むしば》まれていく彼を見ているのはあまりにつらかったからだ。

傷が癒えるのに時間がかかることはわかっていた。だがまさか、その傷が化膿するとは思わなかった。元気だったころのマーカスが、足を開く人なら誰とでも寝て、それをノートに書き留めていたなんて、そんなことを知るはめになるなんて、思ってもみなかった。わたしはすべてをかけて愛したのに、彼はそれを裏切った。

トラムの電子音声が次の停車駅を告げた。緑のポールに手を伸ばし、降車ボタンを押す。トラムの速度が緩やかになり、数人が席を立って出口へ向かい、わたしも彼らに続いて通りに出る。わたしにふさわしくない場所があるとしたら、それはトゥーラックの高級ショッピング街だろう。そこで一週間分の交通費より高いバレエのクラスに通うことだ。

とはいえ、いまはありがたい〝お試し月間中〟なので、登録してもお金が発生する前にキャンセルすればいい。カレンダーのリマインダーをすでに設定してある。高いだけあって、スタジオは高級感にあふれていた。真珠のような光沢のある真っ白な壁。受付には淡いピンク色の鉢に植えられたモンステラが青々と茂っている。待合室にはピンクのベルベットのソファが三つ並び、水筒に水を満たす給水機と、無料のミントや個包装のビスケット、消毒液くさくないお洒落なハンドジェルが置いてある。奥の壁には、洗練された黒のレオタードに身を包み、モダンなポーズをとるバレリーナたちの白黒の写真。どうやらこのスタジオには、本格的なダンスクラスと、女性全般を対象にしたエクササイズ用のクラスがあるようだ。壁の張り紙によると、若いときにバレエを習っていて、もう一度再開したいと思っている大人を対象としたバレエ教室も最近はじまったらしい。

胸の奥がうずく。わたしもまた踊りたい。

クローゼットには、ひと組のトゥシューズが眠っている。サテンもシャンク（インソールのこと）もリボンもまっさらなまま、薄紙に包まれている。袋に一緒に入っているレシートを見ると十年ほど前に買ったものであることがわかる。ときどき取りだして履いてみては、自分で丁寧に縫いつけたリボンやゴムの具合のよさにほれぼれする。床の上でつま先立ちをしても、カーペットの上なので傷《いた》むことはない。これは、わたしが手放しきれなかった過去のひとつだ。手放しきれなかったわたしの一部だ。

椅子に座っているアドリアナを見つけた。全身〈ルルレモン〉に身を包んだアドリアナは、まるでインスタグラムの写真から抜けだしてきたようだ。ポニーテイルできるほど長くないブロンドをハーフアップにまとめ、化粧っけのない顔は健康的に輝いている。小さなダイヤのピアスと婚約指輪が室内の灯りを反射している。

ところがアドリアナは、眉間にしわを寄せ、下唇を噛みしめながら、不可解な表情で宙を見つめていた。ちらりとお腹に目をやるが、いつもどおり洗濯板のようにぺたんこだ。よく見ると目の下にクマができ、太ももを指でトントン叩いている。

「アドリアナ」とわたしは呼びかけ、彼女の隣に腰をかける。

暗い路地でいきなり呼びかけられたかのように、アドリアナが飛び上がる。「びっくりしたー!」

「驚きすぎじゃない?」わたしは笑うと、腰をかがめて、白というより灰色に近いボロボロのコンバースのスニーカーを脱いだ。ネットで勧められた滑り止めつきの靴下にはき替えるためだ。アドリアナはすでにはいていた。

バッグを開け、中身をかきまわして靴下を捜す。あとで食べるために持ってきたバナナ、スキットルズの袋、チューインガムの箱や包み紙、背表紙やページが折れた姉のペーパーバック、開けるのが怖い二通の郵便物、散乱したポケットティッシュ、いくつかのリップグロス、いつから入っているのかわからない香水のサンプル……。

「あなたのカバン、ひどすぎない?」アドリアナが鼻にしわを寄せる。「いや、真面目な話」

「何が?」靴下を取りだしながら聞き返す。この乱雑さとは、何年もかけて折り合いをつけてきた。マーカスと暮らしているときも、家中の引き出しがこんな感じだった。いつも中身を出すのを忘れるし、帰ったら整頓しようと心に誓っても、肩からバッグをおろした瞬間に忘れてしまう。とはいえ、数あるわたしの欠点のなかで、これを改善する優先順位は高くない。

「ぐちゃぐちゃじゃない」

わたしはアドリアナをふざけたように睨む。「悪いけど、あなたみたいに便通まできっちり記録するタイプじゃないから」

アドリアナが鼻を鳴らす。「そんなことしてない」

「どうかな」とつぶやく。

すると今度は、アドリアナがからかうような視線を向けてくる。「久しぶりのバレエで興奮してるんじゃない？　うん、絶対そう。じゃなきゃカイリーが時間どおりに来るはずないし」

「ちょっと！」アドリアナをひじで小突く。「失礼なこと言わないでよ」

「あら、本当のことでしょ」彼女は肩をすくめて笑う。返す言葉がない。そのとおりなのだ。

「でも久しぶりすぎて」と言いながら、メインスタジオのガラスのドアをちらりと見る。どうやら前のクラスが終わったようだ。「ほとんど覚えていないと思う」

これは嘘だ。

ひとつ残らず覚えている。

かつて、グラン・ジュテで舞台を横切ったときのあの感覚。完璧なフェッテターンを連続で決めたときの快感。グラン・アダージョを行ったときの力強さ。まめの痛み、筋肉痛の充実感、舞台袖で出番を待つ緊張感。更衣室でメイクや着替えを手伝うダンサーたちの仲間意識、部族のドラムのように胸に鳴り響く万雷の拍手、オーディションの直前にタイツが破れたときの悔しさ。すべて、覚えている。

「きっとカイリーがいちばんうまいでしょうね」スタジオから生徒たちが出てくるのを見て、アドリアナが立ち上がる。「行こう。窓際を確保しなくちゃ」

真っ先にスタジオに入っていくアドリアナを慌てて追いかけ、足がもつれて転びそうになる。バレエダンサーが、スタジオの外でも優雅だというのは大嘘だ。スタジオに入ってくる生徒たちに向かって手をふる先生は、黒の長袖のレオタードの上にスウェットパンツをはき、それをひざまでまくりあげ、柔らかなバレエシューズを履いていた。すべてのバレエダンサーが無意識にやってしまうように、彼女の両のつま先もかすかに外側を向いている。

「ようこそ、みなさん」先生が微笑みながら言う。「わたしはイレーナ。今日のクラスを担当します。空いている場所に移動してください。隣の人とぶつからないよう床に印がつけてあるので、適切な距離をとってくださいね」

「ここにしましょ」アドリアナに促され、通りを見渡せる大きな窓の前に立つ。まばゆい夕日が差しこみ、わたしの顔を温める。

「外から見られても嫌じゃないの？」床に置いた水筒とバッグを足元から遠ざけながら、アドリアナに尋ねる。滑らかな木製のバーに手を滑らせると、ぱっと脳裏に記憶がよみがえる。

初めてのトゥシューズ。初めてのソロパフォーマンス。客席で誇らしげに微笑むベスの顔。その隣で退屈そうにしている父親の姿。奨学金の継続ができなくなったとわたしに伝える校長の憐《あわ》れむような瞳。

「どうして？　わたしはあなたの真似をするだけだもん」アドリアがウィンクを寄こす。

「わたしはお手本になんかならないって」

けれどバーの横に立ち、腕を軽く曲げ、つま先を外側に向けるファーストポジションをとると、昔の自分に、夢と希望と野心に満ちた少女に戻った気がした。生きていくうえでの節目や、将来の計画がある人間に。心の底からそんな自分に戻りたかった。

「経験者かどうかは手のポジションを見ればわかるのよ」先生が笑いながら近づいてくる。

「ターンアウトもいいですね」

顔が赤くなる。「ありがとうございます。でも久しぶりなので」

「どこで習ったの？」

「メルボルン・インスティテュート・オブ・ダンスです」その後、奨学金を得てどこに進学したかは言いたくない。

彼女はうなずいた。「このクラスに来てくれてうれしい。もしまた練習したくなったら、大人の教室もあるから」

「ありがとうございます」

それから先生は、次の生徒たちに挨拶に向かった。わたしは体に沿って両手を下ろした。今日は、昔の〈ブロック〉のレオタードを着てきた。七分袖で、Vネックのところにギャザーが入った栗色のものだ。その上から柄入りの黒いレギンスを履いている。トゥーラックはわたしがいるべき場所じゃないにもかかわらず、このスタジオには歓迎されているような気がした。まるで……昔のわたしに戻ったみたいだった。

「ほらね」アドリアナがにやけた顔を向けてくる。「絶対上手だと思った。あなたの隣にいると、自分がひょろ長いキリンの赤ちゃんになったみたい」

「嘘ばっかり」

アドリアナは、何をやらせてもうまくこなせる、厄介なタイプの人間だ。以前みんなで、お酒を飲みながら絵を描く〝ペイント&シップの会〟に参加したことがある。イザベルとわたしの絵は幼稚園児が指でお絵描きしたような散々な出来だったが、アドリアナの絵は、アートギャラリーに飾っても違和感がないほどだった。

「わたしに頭を蹴り飛ばされないように気をつけてね」アドリアナが首をすくめて言う。

「前にグラントに、きみは左足が二本あるんじゃないかって言われたことがあるから」

　軽い冗談とは裏腹に、その声はなぜか暗く沈んでいた。アドリアナにどうかしたのかと尋ねようとしたそのとき、音楽が鳴りはじめた。見えないスピーカーから静かなモダンクラシックが流れてくる。興奮のあまり、背筋がぞくぞくする。

「それじゃあ、まずはウォーミングアップから」イレーナの号令とともに、おしゃべりがやむ。「両腕を上げて、トゥー、スリー、フォー、下げて、トゥー、スリー、フォー」

　スタジオの正面を向いて立ち、シンプルな動きをくり返す。スタジオは地上階にあり、視界の隅に行き交う人々の姿が見える。視線を感じ、ふと顔を向けると、目を輝かせたひとりの少女が、細い腕を伸ばして笑顔でこちらを指さしていた。

　クラスがはじまって十分もすると、すっかり肩の力が抜けていた。音楽がはじまると同時にすべての問題を忘れ、慣れ親しんだ美しい場所へ戻ってきたようだった。過去、この場所は、父親の癇癪《かんしやく》や飲酒、母を失った喪失からの逃避場所だった。いつもついていけないと感じていた学校や、友だちをつくるのに苦労した遊び場からの逃避場所だった。いままでは、飲みたくなる衝動からの、酔ったときにバカなことを言ってしまった後悔からの逃避場所。自分は失敗ばかりしているという黒い感情からの。

　ここでは、ありのままの自分でいられる。

　次のステップでバーに向かい、耳から遠ざけるように肩を下げ、両手を軽くバーに添える。まるで懐かしのわが家に戻ってきたようだ。きつすぎた靴を脱ぎ捨てたように、ほっとする。自由だ。

片側に寄りかかると、窓の外を歩いていたひとりの男がぴたりと足を止めた。長身で、黒髪のくせ毛、がっしりとしたあご、眉にある小さな傷は人相を悪く見せている。男がわたしをじっと見つめ、わたしも見つめ返す。どこかで見たことがある気がするが、確証はない。ヘアサロンのお客さんだろうか？　それとも前職のクライアント？

クラシック音楽が流れるなか、わたしは凍りつき、手の届かない記憶のなかで宙づりになる。どちらの選択肢もしっくりこない。仕事関係の知り合いではない。直感がそう告げている。やがて男は信じられないというふうに首をふり、頭を下げ、肩を丸め、急いで窓から離れていった。自分の心が、泥にはまったタイヤのように空回りする。

そのとき、脳内で何かがはじけた。

意識が薄れていく。わたしはカーニバルの乗り物に乗っていた。ただし、明かりはなく、綿菓子のにおいも、ライ・ビーチの潮風のにおいもない。暗くて、温かい。柔らかい。まるで流砂をかき分けているみたいな……。

ここはどこ？

「カイリー」誰かが体を揺する。

わたしは目をしばたたかせた。暗闇は自分がつくりだしたものだった。けれど、ふたたびまぶたが下がり、暗闇がすべてを消し去ろうとする。もう一度、まばたきをする。一回、二回、三回。世界はぼんやりと濁っている。

「カイリー、目を覚ますんだ」フランシスだ。こちらに身を寄せ、片手をわたしの肩に置いて揺すぶっている。

眠たい。この暖かいベッドのなかで、まどろみに誘われるまま現実世界から離れたい。眠っているほうがいい。安全だ。それなのに、誰かが両腕を引っ張り、手首をきつく握る。太ももにひんやりとした空気を感じ、何かがおかしいと感じる。あの温もりのなかに戻りたい。

「なに……?」口のなかが乾き、変な味がする。「やめて」

体を押され、引っ張られる。脚に大きな圧力がかかる。痛い。

無理やり目をこじ開けると、目の前にふたつの顔がある。フランシスと、別の男……。くせ毛で眉に傷がある。

三つ目のシャンパングラスの男。

わたしははっと息をのみ、窓に張りつくようにして、男が雑踏のなかに消えていくのを見守った。

第二十章

イザベル

社長のパソコンに侵入したあの日から、わたしは例の建設プロジェクトの情報を整理していた。家具を脇に押しやってできたスペースに、Kマートで購入した巨大なコルクボードを置き、ハードディスクからプリントアウトした膨大な資料をすべて張りだしていく。印刷には何時間もかかった。途中でプリンターのインクが切れたので、すぐに新しいカートリッジを買いに行き、ふたたび作業に戻る。

プリンターの音と、印刷されたばかりのインクと温かな紙のにおいが室内を満たしていく。カラフルな画びょうの容器を空にし、スープボウルに移して取りだしやすくする。蛍光ペンも用意した。読みながらメモを取り、重要な資料を画びょうでボードに留めていく。電子メール、契約書、テキストメッセージのスクリーンショット、フェイスブックのDM、物件リスト。見こみ客の調査、銀行の報告書、審理の記録、苦情の手紙、殺害予告、土地の評価、図面、チェックリスト……。

わたしは陰謀論者すれすれの偏執症《パラノイア》だ。

プロジェクトの全容は次のとおり――メルボルンの北西郊に建つ高級マンション。空港にほど近く、ファーストクラスから自宅のソファまで二十分。近隣には緑豊かなブリムバンク公園やマリバーノン川。非現実的な計画、派手なパンフレット、金持ちの顧客をつかまえれば、ファイナンシャルプランナーや仲介業者がぼろ儲け。こうした〝投資セミナー〟が豪華な会場で幾度も開催され、特別なケータリングのほか、男性投資家を引っかけるために不動産会社の社員としてグラマラスなモデルが雇われていた。

ふざけている。

この壮大なプロジェクトには、それにふさわしい名前がついていた。〝D'Or《ドール・》 Prime《プライム・》 Residences《レジデンシズ》〟――高校で習った初歩のフランス語力で訳すと、〝プレミアム・ゴールド・レジデンシズ〟あるいは〝ゴールデン・プレミアム・レジデンシズ〟。はっきりと訳せないのは、単に聞こえのいい言葉を並べただけだからだろう。人々が現実ではなく、ビジョンを買うことをわかっているから。

なんという皮肉だろう。

ワンルームのマンションでも安くて百万ドル、ペントハウスなら三百五十万ドル。館内にはヨガスタジオ、インフィニティプール、禅の庭（それが何であれ）、お洒落な映画館、空港シャトルサービス、二十四時間警備の貴重品保管庫が完備され、ワイン貯蔵庫まであるという。まるで芸術品のようなマンションだ。こうした夢のような生活に魅了される人がいるというのは容易に理解できる。

最終形態。富をきわめた人の住まい。

だが、完成間近の実際の建物の写真は、パンフレットのイメージとはまったく異なるものだった。庭はコンクリートで舗装され、禅というより、ショッピングセンターの駐車場のようだ。マンションの内部も貧相で、変なところに暗がりや柱があり、壁のあちこちに亀裂が入っている。〝最高級〟の部品もうまく取りつけられていなかったようで、いくつかの苦情の手紙によると、部屋のサイズ自体間違っていて、予定の三分の一の広さしかないプライベートテラスもあったらしい。

そのうち、すぐ下の通りにホームレスシェルターが建設された。ある電子メールによると、ホームレスシェルターの建設を知った建設業者たちは、建設を阻止するために全力を尽くしたが、それが無理だとわかると、シェルターの建設を少しでも遅らせる方向にシフトチェンジし、ニュースが広まる前に顧客に契約させようとした。別のメールでは、シェルター建設によって近隣の住宅の価値が十パーセント下落するという統計（未検証）が示されていた。これは実際の犯罪率がどうこうということではなく、人々の偏見によって導かれた結論だと思うが、結局のところ、金銭的価値というのは人々の偏見で決まるものだから、あながち間違ってはいないだろう。

ロックアップ期間に入ると、マンションの価値は購入者が支払った金額をはるかに下回っていた。そして二〇二〇年、新型コロナウイルスが大流行し、株式市場は急落した。不況が迫りつつあった。マンションの価格は低迷した。マンションを転売しようと計画していた人たちは、損をしてでも劣悪な物件を手放すか、賃貸で貸し出して生き延びるかという難しい選択を迫られた。持ち家から引っ越そうとしていた人々もまた、支払ったお金をあきらめるか、支払った金額に見合わない物件に引っ越すかといううきつい選択を迫られた。

いくつかの電子メールによると、〝ドール・プライム〟の購入者は必ずしも不動産に詳しい人たちばかりではなく、むしろ、こういう生活が送りたいという夢を買った人たちも多く、そういう人々はすべての資金をかき集めてぎりぎりで購入していた。

経験豊かな投資家たちは、おそらくこれが〝はりぼて〟だと見抜いていたはずだ。

わたしは床にあぐらをかき、散らかった室内を眺めた。ボードには主要な情報がまとまりつつあり、残りの情報はカテゴリー別にフォルダに収められている。建設業者たちはペーパーカンパニーの陰に隠れて責任を回避し、窮地に陥ると都合よく破産した。

しかしわれらが愛すべき社長は、その几帳面さゆえに証拠をすべて保管していた。

この情報をどう使うかはまだ決めていない。ここで言えるのは、彼らはこの物件で、はじめから詐欺をもくろんでいたわけではないということだ。わたしが最初に疑ったように、詐欺目的でこのプロジェクトを立ち上げたという証拠はどこにもない。それでもどこかの時点で、高級マンションの夢が脆くも崩れはじめたことを理解したはずだ。実際、社長とビジネスパートナーのひとりは、事態が悪化し、赤信号が灯りはじめると、自分たちのためにとっておいた部屋をさっさと売り払っている。

だがこれは、わたしの望む復讐ではない。こんな程度ですますわけにはいかない。建設業者が購入者を騙したり、請負業者が現金を持ち逃げしたりする話は、ドキュメンタリー番組『カーレント・アフェア』でよく取り上げられているが、結局どうにもできないのだ。契約というのは略奪的で、ほとんどの人は自分が何を手放すのかよくわからないまま、権利を放棄してしまう。そして事態が悪いほうへ転ぶと、ペーパーカンパニーは消えてなくなる。

手詰まりだ。

だが、わたしの直感がここにはまだ何かあると告げている。もっと深掘りしなくては。

ヨガ教室に出かける時間になったので、一旦調査を打ち切った。〈ヤング・ウィドウズ〉の集まりを除けば、週に一度の大事なイベントだ。そこで一時間、頭を完全に空っぽにする。過去のことも、復讐のことも、ジョナサンのことも、何も考えない。

わたしだけの時間。

コミュニティセンターのフィットネスルームで静かな音楽を聴きながら、仰向けに寝転び、目を閉じて、ゆっくりと呼吸をくり返す。体の下に敷かれたマットが下へ下へと沈んでいき、虚無のなかへと落ちていく。すべてが薄れ、体が浮かび、溶けて、消えていく。

ああ、気持ちがいい。

「イジー?」肩に手が置かれ、優しく揺すぶられる。

目を開けると、ハンナがわたしを見下ろしていた。「ああ……」

「一瞬、気を失ってたみたいだけど」

周りの人たちはすでに立ち上がり、マットを丸めて荷物をまとめていた。ライトの明るさに目を細める。うたた寝から引き戻され、頭がぼんやりする。

「やだ」と言って照れ笑いをする。「ちょっと疲れてるみたい」

「もし気分が乗らなければ、このあとのコーヒーはなしにする?」ハンナが心配そうに眉根を寄せる。

ヨガ教室のあと、コーヒーを飲みながら甘いものを食べるのがふたりの恒例になっていた。通りの向こうにあるかわいいカフェは、値段も手ごろで、チョコレートパウダーをたっぷりのせた、わたし好みのおいしいカプチーノを出してくれる。

「ううん、行こうよ」そう言って立ち上がる。「コーヒータイムはヨガ教室と同じくらい大事だから」

ハンナの顔がぱっと輝く。「わたしも」

タンクトップの上からジャンパーを羽織り、荷物をまとめる。スタジオを出る際にヨガの先生に挨拶をすると、手をふって「また来週」と笑ってくれる。居心地のいい場所だ。控えめで、気取りがなく――値の張る〈ルルレモン〉のウェアを身につけている人はいない――クラスの大半は五十代以上の男女だ。誰かと競い合うこともなく、ポジションを変えるときに自分のお腹の段々を気にする人もいない。

自分にぴったりの場所だ。

ハンナとわたしは、向かいのカフェに入った。

「何かあった？　教室に来たとき、ちょっと元気がなさそうだったけど」

「ああ、あれ」ハンナが首をふる。後ろでひとつに編まれた茶色の髪が片方の肩にかかっていて、いつもよりさらに幼く見える。「家でいろいろあって」

「へえ？」わたしは眉を上げる。

ハンナの家の事情はあまり知らない。何度か尋ねたことはあったが、あまり話したくないようだった。けれど今日は、胸のつかえを吐きだしたいと思っているようだ。

「子どものころ、クランボーンで祖父母に育てられたの。お母さんはわたしが赤ちゃんのときに死んじゃって、お父さんは一緒に住んでいなかったから。でも、わたしが十二歳のときにおじいちゃんが死んで。おじいちゃんが亡くなったあと、おばあちゃんひとりじゃ家を維持できなくて引っ越すことになったの」ハンナがちょっとうつむく。「そのときお父さんに連絡を取って、一緒に住めないかなって思ったんだけど、向こうはそんな気はまったくないみたいだった。血がつながっていれば、たとえ離れていてもそこには愛があるはずだって思っていたけど、それは間違いだった」

「それはつらかったね」わたしは頭をふる。わたしの娘もいつかこんなふうに思うんだろうか。あの子はわたしを捜すだろうか？　わたしのことを知りたいと思うだろうか？　養子に出したきり連絡も取らなかったことに憤りを感じるだろうか？　「わたしも祖母に育てられた。けど……まあ、うまくいかなかったかな」

極端な話、祖母があれほどわたしに影響を与えなければ、いったいどうなっていただろう。ハンナとは異なり、わたしには両親がいたけれど、生活費とわたしの学費を稼ぐためにふたりとも複数の仕事をかけもちしていたから、ほとんど家にはいなかった。ふたりの望みは、わたしがきちんとした教育を受け、自分たちよりいい暮らしを送ることだった。そのために、ふたりはすべてを犠牲にした。それなのに、わたしはあいつのせいで、大学を中退することになった。

両親がわたしを責めたことはない。それでもときどき思うのだ。自分たちの努力が全部無駄になったと思っているのではないか、と。

「難しいよね」ハンナがため息をつく。「父親と話すと、いまだに自分が子どものような気がする。向こうはわたしの意見なんてちっとも聞いてくれない」

「よくわかる」手を伸ばし、ハンナの手を握る。「祖母も同じだから」

だから、わたしは祖母にもう一年以上会っていない。母親はいつも一緒に会いに行こうと誘ってくれるが、どうしてもその気になれない。あの人はいつも、ジョナサンが薬物依存に陥ったなどとひどいことを言い、わたしにもちゃんと顔の傷を治して新しい夫を見つけるよう言ってくるのだ。

たしかに過ぎてしまったことはどうにもならないが、水に流すには怒りや恨みが多すぎる。

「これまでずっと、人生で何より重要なのは家族なんだって思ってた。自分の家族を大切にできないなら、何の意味があるんだろうって。集団の一員になれないなら、この世に存在する意味なんてないんじゃないかって」

「わたしは、集団っていうのは血縁がすべてじゃないと思う。自分で見つけた仲間は、実際の家族と同じくらい、ううん、場合によってはそれ以上に大切なものになる。カイリーとアドリアナは、わたしにとってそういう存在だから」

「本当に？」ハンナが、まるでわたしの秘密を見透かすように、じっと見つめてくる。

背筋に冷たいものが伝う。自分の行動によって生まれ、いつのまにか蓄積された不安のしずくが。いや、彼女がわたしの秘密を――カイリーやアドリアナさえ知らない秘密を

――知っているはずがない。明るみになれば、わたしがようやく見つけた家族を引き裂きかねない秘密を。

わたしの傷ができた経緯よりも恐ろしい秘密を。

「たしかに、血縁より強いつながりもあるよね……結婚とか」そう言って、物思いに沈む彼女を見て、わたしはほっとした。

考えすぎだ。

朝から晩まで復讐のことばかり考えていると、ほかの人たちも何かを隠していて、何かを企んでいると考えるようになる。だが、ハンナはそうではない。彼女は複雑な家庭で育ち、わたしと同じく夫を亡くした悲しみを抱えている、それだけだ。わたしは彼女に自分の問題を投影しているのだ。

少なくとも、そのときのわたしはそう思っていた。

第二十一章

カイリー

どうやってアドリアナを説得して、ひとりで帰ってきたのか覚えていない。あの男を見て、脳内で何かが割れ、記憶があふれだしたとたん、スタジオから通りに飛びだしていた。しかし男はすでにいなかった。そもそもあの男は、本当にあそこにいたのだろうか？　それともわたしが生みだした想像の産物？　あの記憶は本物だろうか？　たぶん、記憶は本物だ。そんな気がする。

心配してわたしのあとを追ってきたアドリアナには、何かの動物が車に轢かれそうになっていたからと嘘をついたが、もちろん彼女は信じていないだろう。なにしろわたしは、低体温症のようにブルブルと震えていたのだ。アドリアナはわたしをクラスに連れ帰ることはせず、荷物をまとめてカフェに行こうと言った。そこでひとまず水でも飲んで何か食べようと。

それから一時間後、どうにか気をとり直したわたしは、ひとりでトラムに乗って長い道のりを帰ってきた。トラムのベルが背後で鳴り響き、わたしを降ろした金属の獣が滑るように交差点を駆け抜けていく。姉のアパートは角地に建つ低い茶色の立方体で、通りに面した小さなベランダには、カラフルなガーランドのように洗濯物がはためいていた。鍵を手にエントランスに向かい、エレベーターではなく階段で二階まで上がる。おんぼろのブリキ箱に閉じこめられるリスクを冒すより、階段を使うほうがましなのだ。

姿は見えなくても、玄関に入った瞬間、ベスが家にいることがわかった。取っ手の欠けた青いマグカップから湯気が立ちのぼり、ティーバッグのタグがカップから垂れ下がっている。夕食の準備をはじめているのだろう。キッチンカウンターには木製のまな板と包丁が出してあり、ブロッコリーが一房と肉のパックが置いてある。おそらくいちばん安い鶏肉だ。

「ベス？」と呼びかける。狭い室内で彼女がいそうな場所はいくつもない。

玄関のすぐ隣にあるベスの部屋をのぞいてみる。誰もいない。ここから洗面所も見えるが、そこにもいない。ふいに嫌な予感がして、自分の部屋へ向かう。以前そこは彼女の仕事部屋だったが、マーカスが死んで以来わたしが使わせてもらっている。

わたしが部屋に入るより先に、顔を真っ赤にし、眉間にしわを寄せたベスが出てきた。その手には、札束の入った封筒が握られている。顔がかっと熱くなり、視界がかすむ。まずい。

「ふざけないで、カイリー」

姉は乱暴な言葉を使う人ではない。

ベッドの上に高価なショッピングバッグがあるのが見えた。わたしの欠点をあえて強調するかのように、花柄のポリエステルの寝具に中身が散乱している。

「勝手に人のものを触らないでよ」恥ずかしさが先に立ち、怒った口調にすらならない。

「あんたに貸したトップスを捜してたの、赤いやつ」現金が彼女の手のなかで、レンガほどの重みを持っているように見える。一瞬、ベスはわたしにそれを投げつけるのではないかと思った。「明日、大事な会議があるから着ていこうと思って」

「いま、クリーニングに出してる」

「知ってる、伝票を見つけたから」

ごくりと唾をのむ。クリーニングに出したのは、酔っ払ってタクシーで帰るときに、吐いて汚してしまったからだ。ベスにばれる前にこっそりクローゼットに戻しておくつもりだったのに。だけど、いまはそんなことはどうでもいい。プライバシーを侵害されたことに憤る気持ちと、そうされて当然だと思う気持ちがせめぎ合う。

わたしは居候で、彼女の食料を貪り、彼女の善意を食い物にし、家賃すら払っていない。体内で恥ずかしさが咆哮《ほうこう》を上げ、屈辱の炎が灼熱地獄のように立ち上がる。

「どれだけわたしに嘘をつけば気がすむの？」姉の声が震えている。怒りと、悲しみと、絶望の表情を湛えた彼女は、母親そっくりだった。「あんたのものを勝手に見る前にわたしが何をしたか知ってる？　コーヒーでも一緒に飲もうと思って、あんたの職場に行ったのよ」

最悪だ。

「そしたら、何週間も前にクビになったって言うじゃない」その声は言葉を発するたびに大きくなり、脳に突き刺さるほど高まっていく。まるでステーキナイフで頭蓋骨を刺されているみたいだ。「何週間も前にクビになってたんでしょ。それなのにあんたは、わたしにはひとことも言わずに仕事に行くみたいな格好で毎朝出かけて。このあいだだって、会議で遅くなるから帰りにスーパーに寄れないって言ったよね」

姉は文字どおり、怒りに震えていた。彼女の周囲の空気が歪み、わたしは小さくなって、そのまま床のなかに消え去ってしまいたかった。

「ベス――」

「それで今度はこれ。あんたのクローゼットの奥からショッピングバッグとこの現金が出てきた。もう自分が何に怒っているのかわからない。お金があるのにあんたが家賃を払ってないこと？　それともこのお金が明らかに違法なものだって事実？　少なくともわたしに話せないような経緯で手に入れたってことでしょ。ああ、それからクラウンカジノホテルで散財したんだっけ？　デザイナーブランド？　正気？　こっちが必死で生活費を稼いでいるのに、バカなティーンエイジャーみたいにわたしにたかるつもり？」

ベスの猛烈な怒りが次々とあふれだし、その目にはダイヤモンドのように涙が光っている。怒りは受け入れられる。人の怒りを買うことには慣れている。それは急激に燃え上がり、しばらくすると静まっていく。しかし失望は違う。いつまでも消えずに残る。けっして小さくなることはない。それどころか、放っておけば大きくなる。大切な観葉植物に水をやるように、ベスもわたしへの失望をせっせと育ててきたはずだ。

「ドラッグ？」頭をふりながらベスが訊く。「売春？　ううん、知りたくもない。あんたがそういうことをしてるって考えるだけで……」

どうしたら姉の質問に答えられる？　わたしは床に視線を落とした。穴があったら入りたい。ベスの視線が、まばゆい松明《たいまつ》のように頭上に注がれているのを感じる。その胸中には、夏の嵐のようにさまざまなものが渦巻いているに違いない。そう思うといたたまれず、胸が引き裂かれ、かろうじて保っていた自尊心がばらばらとほどけていく。

「もらったの」それが事実か自分でもわからぬまま、もごもごとつぶやく。

「お金は？」

「それも」視線を上げると、ベスは疑わしげにわたしを見ていた。

「誰から？」

「いま付き合っている人」わたしに青痣をつけた可能性のある男。夜中、わたしが気を失っているあいだに姿を消す男。会いたくないと言うと激怒する男。「フランシスっていうの」

「本気?」

「お金はベスに渡そうと思ってたの……本当だよ」

「正直、いま、あんたの口から出る言葉を信じていいかわからない」そう言って、封筒をこちらに突っ返してくるが、わたしは受けとらない。「あんたは仕事のことでわたしに嘘をついた。カイリー、あんたの上司は心配しているみたいだった。仕事の席で飲みすぎたんでしょ。あんたには助けが必要だって、そう言ってた」

「ちょっと待ってよ。わたしをクビにした人間が、本当に心配していると思う? あいつはわたしを助ける気なんてさらさらなかった」嘲るように言う。

あのクソ野郎は、わたしの問題を姉にばらし、わたしの体を心配しているふりをして大喜びしたに違いない。あいつのオフィスに呼ばれたとき、わたしを心配するようすなど微《み》塵《じん》もなかったし、わたしに「きみのような人間は社会の害悪で、こんな醜悪な問題を抱えた人間を自分のチームに置いておくわけにはいかない」と言い放ったのだ。不当な差別を理由に訴えることもできたかもしれないが、正直言って、もう闘う気力が残っていなかった。

「いま、その人のことは関係ない。問題は、助けが必要だって言うから手を差し伸べたのに、これまであんたが自分で自分を助けることも、状況を改善することもしなかったってこと。あんたがお酒を飲むことは知ってる——うちの家族は全員そうだから。でも、状況は以前より悪くなってる。まあ、もしかしたら、うちの〝ふつう〟がおかしいのかもしれないけど」ベスが頭をふると、色あせて、銀髪が交ざった赤いくせ毛も一緒に揺れる。

「いずれにしても、これ以上甘やかすのは、あんたのためにならない」

「そんなことない」と言い返す。〈ヤング・ウィドウズ〉の仲間とともに、わたしが深い絶望に転がり落ちないよう守ってくれたのはベスだ。彼女が一緒に暮らそうと言ってくれなければ、どうなっていたかわからない。

姉は誰よりも大切な肉親だ。

「ううん、あんたには飲酒の問題があって、仕事をクビになって、気前のいい〝彼氏〟がいる。これはわたしの思う〝ふつう〟なんかじゃない」そう言って、唇をきつく結ぶ。

「どうしてこんなことになってしまったのかわからないけど、これ以上あんたを助けるわけにはいかない」

「お金は、本当に渡そうと思ってたの」封筒を指さしながら言う。絶望が四方から迫ってくる。ベスもそれに気づいているだろう。わたしの必死なようすに、かえって引いているのがわかる。「それは姉さんのものだから。取っておいて」

ベスがちらりとわたしに視線を走らせ、さらに顔をしかめる。彼女の失望を見るのは、実際にこの身を切りつけられるように痛い。脚の青痣のように痛い。魂が傷つくほどつらい。ベスはこれまでずっと、わたしにまっとうな道を歩かせようとがんばってきた。母が死んでから、多くのことを犠牲にしてわたしの面倒を見てくれた。それなのにわたしは、彼女の親切につけこむ嘘つきになってしまった。

マーカスがわたしにしたように。

そう思って、胃がむかむかする。

「自分で住む家を探して」ベスはそう言うと、現金をベッドに放り投げた。それからわたしを押しのけ、玄関に向かう。「そのお金は最初の月の家賃にすればいい。できるだけ早くこの家から出ていって」

玄関のドアがバタンと閉まる。わたしは床にしゃがみこみ、目に涙を浮かべて、お金の入った封筒を胸にかき抱いた。

その夜、ベスは家に帰ってこなかった。たぶん近所に住む友人の家に泊まったのだろう。ベスがいないと、アパートはまるで墓場のようだった。これまで幾夜も、借りものの寝室に閉じこもり、壁の向こうから流れてくるつまらないリアリティ番組の音を聞きながら、こっそり買いだめしたワインを飲んで過ごしてきた。これまで何度、静寂を願ったことだろう。『バチェラー』や『ラブ・アイランド』の音を消すために、何度音楽のボリュームを上げたことだろう。

いまはそのすべてを――ベスの静かな笑い声、電子レンジでポップコーンがはじける音、テレビに出るために自分を卑下する愚かな女たちの甲高い声を――聴きたくてたまらない。

わたしに彼女たちを批判する権利なんてない。自分だっておんなじだ。

ピノ・ノワールのボトルネックに指を引っかけ、口に近づける。頭がぼんやりして、味もよくわからない。顔が動かなくなり、忘却の彼方《かなた》へ沈みこんでいく感覚がようやく訪れる。ようやく。ようやく。最近は、この状態になるまでに、以前より酒量も時間もかかる。わたしは、床に散らばったフランシスからの贈り物の下着を身につけ、ルブタンを履いていた。

青痣を見つめる。

最初は親指の痕に見えたものが、もう曖昧になっている。

そのとき、携帯電話が鳴った。ベスかと思って電話に手を伸ばす。ベスにはあれから何度も電話をかけた。けれど応答はなく、わたしは「帰ってきてほしい」と懇願する哀れなメッセージを送っていた。だが、ベスじゃなかった。フランシスだ。

フランシス：今夜、何してる？

わたしはもうひと口ワインをあおり、携帯電話を見つめた。涙で潤んだ瞳の前で画面が揺れる。目を細め、揺れを抑えようとする。酔っ払って、傷ついていたわたしは、きっとトラブルを探していたのだろう、フランシスにテキストを返す代わりに電話をした。

フランシスは三度目で電話を取った。

「やあ、カイリー」その声は上等なウイスキーのように滑らかで、温かく、心地よい。さらなる忘却を誘う。

背後からくぐもった音、笑い声、音楽が聞こえる。レストランにいるようだが、派手な場所ではなさそうだ。あるいはもっと高級な、お忍びで行くような静かな店かもしれない。

「どこにいるの？」と訊く。

「友だちと食事をしてるんだ」フランシスが席を立ったのか、背後の音が小さくなる。

「でも退屈でね。またきみに会いたいと思って」

残酷な気持ちが湧き上がってくる。「じゃあ、友だちはつまんない人ってこと？」

フランシスが笑う。「まあ、面と向かっては言えないけど……」

もうひと口ワインを飲む。すでに胃がむかついている。今日は何時間も前に仕事の十分休憩でピザロールをひとつつまんだきり、何も口にしていない。少し気分が悪い。ワインのせいか、それともフランシスの声のせいかはわからない。わたしの直感は、彼と会ってはだめだと叫んでいる。

「どうしてベッドサイドにお金を置いていったの？」理性が赤い海に押し流され、言葉が勝手に滑り出る。

沈黙が流れる。電話を耳から離し、まだつながっているかを確認する。つながっている。

「フランシス？」

「あのお金は……」フランシスは言い淀んでいるようだ。珍しい。もし彼がお金を置いていったなら、その理由を用意していないなんてことがあるだろうか？「プレゼントだよ、ダーリン」

「靴やドレスと同じってこと？」自分の声がぐらぐらと揺れる。彼の言うことを信じたい。

「そう、そのとおりだよ」フランシスが自信を取り戻し、わたしの脳がふたたび警戒する。やはり、この状況はよくない。わたしには見えていない何かがある。「失業したって聞いていたから、助けになればと思って」

そんなことまで話しただろうか？

「それってまるで……」こんな言葉は使いたくない。「ねえ、援助交際の相手を探しているわけじゃないよね？」

「お金を払わないといけないほど、相手には困ってないよ」フランシスが少し嘲るように言う。「それにきみだって援助交際するほど若くないだろ」

「気持ちは若いけどね」少しろれつが怪しい。

フランシスは笑ったが、わたしの質問にいらだっているのか、その声が少しこわばっているのがわかる。滑らかなウイスキーの下に、怪物が潜んでいるかのような闇を感じる。電話を切りたい衝動と闘う。

「ああ」フランシスが言う。「たしかにそうだ」

これは褒め言葉ではない。

「年のせいかな、前回出かけたときのことを覚えてないのは」

「この前はバーで何杯か飲んで、ホテルに行って、楽しいときを過ごしただろう」まるでそれが事実であるかのように、淡々と言う。

しかし青痣を見ると、やはり信じられなくなる。心がホテルの部屋に引き戻される——例のお金、床の嘔吐物、三つ目のシャンパングラス。

「合流したお友だちは？」と尋ねる。

くせ毛で傷のある男の顔が目の前にちらつく。

「友だちって？」フランシスの口調が鋭くなる。何かを探るような、不穏な緊張感が漂う。

「部屋にグラスが三つあったから……」

「ああ、そのことか」と鼻で笑う。「グラスが汚れてたから、新しいのを持ってきてもらったんだ。ぼくたち以外誰もいなかったよ」

それなら、なぜ汚れたグラスを片づけなかったの？　フランシスは嘘をついている。

「どうしてきみを誰かと共有しなきゃいけないのさ？」フランシスの口調が滑らかさを取り戻す。とはいえ、ねっとりとした滑らかさだ。それはわたしにまとわりつき、流砂のように引きずりこもうとする。

信用できない。この男を信用してはだめだ。

「ぼくを見捨てないでくれよ」彼が言う。「絶対、楽しいから。お金のことで怖がらせたならごめん。ただ、助けたかっただけなんだ」

一瞬、フランシスの言葉を信じそうになる。寛大すぎる恋人というのは、ほかの可能性よりずっといい。もしかしたら飲みすぎて、ちょっと乱暴なセックスをしただけの話かもしれない。傷のある男とはバーで会っただけかもしれない。あるいはあの人は、ホテルに向かうときに乗ったウーバーの運転手だったのかもしれない。

全部、単なる思いすごしだったとしたら？

「何を着ていけばいい？」誰かに抱きしめられたいという欲求が勝ち、意志の力が弱まっていく。わたしを出来損ないだと思わない誰かに。「セクシーな服？」

「ああ」ヘビの噴気音のような声。「あのセクシーな赤い下着がいいな。ベッドの上でデザートみたいになっているきみが見たい」

あの夜から床に積まれたままの、汚れた衣服をちらりと見やる。ブラジャーとおそろいのアンダーウェアが山のてっぺんにのっている。どちらも黒だ。
わたしは、赤い下着を持っていない。

第二十二章

ハンナ

今週の集まりは、いつもと趣が違う。暖かくなってきたし、カフェではなく、ロイヤル植物園でピクニックをしようということになったのだ。そこは、緑豊かな敷地、葉の茂った大きな木々、鮮やかな花々、探検できそうな場所がたくさんある、わたしのお気に入りの場所のひとつだ。実際、いつかここで結婚式を挙げたいと思っていたが、デイルと一緒に田舎に引っ越したことで、その夢は見送られることになった。

デイルはこの街を嫌っていた。けれど、わたしのこの場所への愛は変わらない。

待ち合わせ場所に向かう途中、セント・キルダ・ロードで、折悪《おりあ》しく結婚式が行われている場面に遭遇した。純白のドレスに身を包んだ女性が有名な花時計のそばに立ち、その両横に、裾の長い、淡いライラック色のドレスを着た四人のブライズメイドがふたりずつ並んでいる。フラッタースリーブ、アシンメトリーのネックライン、肩にリボンのついたもの、胸元の開いたVネック――ドレスのデザインは微妙に異なっている。きっと、それぞれのブライズメイドたちに似合うものを選んだのだろう。アシンメトリーの女性は、たぶん〝ユニーク〟で〝クリエイティブ〟なタイプ。フラッタースリーブは少し保守的で、グループの母親的存在、リボンの人は口紅の色をみんなにアドバイスするかわいい女の子タイプ。そしてVネックの女性はたぶん、グループのなかで唯一の独身者で、新郎の友人との出会いを期待している。

彼女たちから視線をそらし、黙々と歩いていると、危うく見覚えのある人物にぶつかりそうになる。アドリアナだ。人気のパン屋の名前が入った薄いピンク色の箱を片手に持ち、キャンバス地のトートバッグを反対の腕にかけている。バッグからはソフトドリンクのボトルがのぞいている。

その美しさに思わず目を瞠る。街でよく見かける、唇をふっくらとさせ、まつ毛エクステを施した人工的な美人よりはるかに印象的だ。少し間隔の離れた目に、健康的に艶めくブロンドヘア。眉を見れば、もとはブルネットであることがわかるが、根元に染めた形跡は一切ない。彼女が二十八歳だと聞いたときは驚いた。外見がそれより年上に見えるわけではないが、この年齢でこの自信はなかなか醸しだせるものではない。はっきりと、芯が一本通っている。彼女がレストランで最低な男たちに立ち向かったあの姿……つねづね自分もあんなふうになりたいと思っていた。確信と自信を持ち、自分や自分の大切な人を傷つけようとする相手に毅然と立ち向かえるように。

わたしもいつか、あんなふうになれるだろうか。

「大丈夫？」アドリアナが尋ねる。まるでわたしが泣きだすのではないかと心配するように、わたしと、さっき通りすぎた結婚式のほうを交互に見比べている。

ふいにデイルのことを思いだし、唇が震えだす。わたしの誕生日に花束をくれたこと。年老いた犬を安楽死させなければならなかったときにきつく抱きしめてくれたこと。週に一度のムービーナイトで、ソファで一緒に丸くなったこと。自分のつくった夕食をテーブルに並べるときの目の輝き、わたしが喜ぶものをつくれたという誇らしげな表情。こうした思い出は、いつになったら悲しみを伴わなくなるのだろう。一生無理かもしれない。自分の名前がわたしに悲しみをもたらしていると知ったら、デイルはきっと打ちのめされるだろう。

デイルはいつも、わたしに幸せでいてほしいと願っていた。

「ああ、えっと……」頭をふり、言葉を探す。「なんでもない」

「ここって、土曜だと結婚式が多いんだよね。もっと考えて場所決めればよかったね」

「アドリアナはここで結婚式を挙げるんじゃないの？」ふたりで並んで歩きだす。胃が締めつけられ、彼女が「違う」と言ってくれることを願う。自分の夢の場所で友人の結婚式が行われ、そこに参列すると思うと……。

いや、まだ招待されてもいないのに、先走ってはだめ。

「通りがかりの人たちにじろじろ見られるようなこの場所で？　やだ、しないよ」そう言って首をふる。「知らない人たちから祝福されて有名人気分を味わうとか、そういうのが好きな人もいるのはわかるけど、でもわたしは嫌。絶対に」

「スポットライトを浴びるのが嫌なの？」すれ違うジョガーや、ベビーカーを押す母親たちの邪魔にならないよう、端に寄って歩いていく。

「すごく嫌」と言って苦笑する。「ハンナは？」

わたしは首をふった。「わたしも苦手。夫にはいつも、ヤドカリを擬人化したらきみみたいになるだろうねって言われてた」

アドリアナが笑う。「何それ、かわいい」

「あの人はいつもそういうおかしなことを言うの」前方の小道に視線を落とし、肩にかけた緑色のショッピングバッグの位置を直す。焼き菓子や甘いものを少し持ってきすぎたかもしれない。バッグが重い。

金品で人に取り入る必要はない、とデイルはいつも言っていた。ただ、ありのままのきみを見てもらえばいい。そうすれば、ぼくがそうだったように、みんなもきみを受け入れるから。

状況的にそう言うしかなかったのかもしれないが、それでもその言葉を聞いてわたしはうれしかった。学校でも、大学でも、職場でも、デイルと越してきたキングレイクの小さなコミュニティでも、わたしはいつも浮いている気がしていた。どこにもなじめなかった。ひどく内向的で、デイルのように他人を引きつける温かさもなくて、当然カリスマ性も魅力もなかった。

メルボルンでやり直すというのは、かなりの冒険だった。ともすれば、まだ生々しい傷をえぐられかねない。だからこそ、若くして夫を亡くしたほかの女性たちに受け入れられたいのかもしれない。彼女たちに受け入れられれば、あらゆる不快感も意味のあるものに感じられるから。

アドリアナの結婚式に招待されたら、わたしはこのグループに受け入れられたことになるだろう。だけど、わたしはけっして自分からそのことに触れないし、尋ねたりしない。そんなことをするのは見苦しいし、祖母の言葉を借りれば、無作法だからだ。祖母はこの言葉をよく使った。

「ドレスはもう買ったの？」わたしはアドリアナに訊いた。どうしても結婚式から離れられない。

「ええ。二回もドレスを着るなんて変な感じだけど……」そう言って下唇を噛み、視線を遠くへさまよわせる。「一度目の結婚式でやりたいことは全部やったから、なんか二番煎じみたいになっちゃって。人生の第二段階で、自分は何を望んでいるんだろうって」

「ふたりはどうやって出会ったの？」

わたしはその答えにひどく興味があった。

イザベルの話によると、イザベル、アドリアナ、カイリーの三人は、夫を三、四年ほど前に亡くしたという。その間、イザベルとカイリーは——隠しているのでなければ——新しい恋人をつくっていない。けれどアドリアナは相手を見つけ、ふたたびバージンロードを歩こうとしている。ずいぶん展開が速い気がするし、新しい関係の主導権を握っているのがアドリアナなのか、相手のほうなのかも気になる。

「偶然のめぐりあわせってやつね」アドリアナが言う。ふたたびこちらに向けられた視線は、しかし先ほどとは変わって、わたしを閉めだそうとしているようだ。わずかに気だるそうな口調からは、これ以上の質問を歓迎していないことが伝わってくる。「いわゆる運命ってやつよ」

曖昧な答えだ。わたしに批判されると思っているのだろうか？　そんなことしないのに。男の人がどれほど説得力を発揮できるか、わたしは知っている。キングレイクで暮らしたほうがいいとデイルに言われなければ、わたしはメルボルンを離れることはなかっただろう。

「そうそう、結婚式と言えば」アドリアナがふいにトートバッグをごそごそと探って、何かを取りだす。真珠のような繊細な光沢を帯びた白い封筒。わたしは息をのんでそれを受けとる。「あなたを招待していいかわからなくて、イザベルにも聞いてみたんだけど……まあ、とにかくそれはわたしの結婚式の招待状。まだ無理だって思ったら気にしないで、絶対来なきゃいけないってわけじゃないから。わたしも夫を亡くしたばかりで人の結婚式に行こうなんて思わなかっただろうし……」

わたしは舞い上がりすぎて、アドリアナの気まずそうな表情を危うく見逃すところだった。彼女の表情についてはあとでじっくり考えよう。でもいまは、彼女たちの輪のなかに入れてもらえたことがうれしくてたまらない。

「ありがとう」まるで金塊を手渡されたみたいに、彼女を見上げる。いや、わたしにとって、これは金塊よりも価値がある。「絶対に行くね」

第二十三章

アドリアナ

待合室のふかふかの椅子に背中を預け、壁に貼られたポスターをじっと見つめる。妊娠期間中の胎児の発育を示すものだ。すべてに違和感しかない。ここに座って見るかぎり、今日来院しているのは大半が女性だ。このクリニックには、ふたりの一般医《GP》のほかに、週に一度、不妊治療の専門医がやってくる。

だから、木曜日には来ないようにしていた。

しかし、わたしのかかりつけ医であるフォン医師は予約がいっぱいで、この先二週間で空いている日が今日しかなかった。だから今日、予約を取った。黒の細身のワンピースに、仕事ができそうに見える、かっちりとしたジャケットを羽織り、つま先の尖った黒のハイヒールを履いたわたしは、膨らんだお腹、むくんだ脚、柔らかそうな顔をした女性たちに比べると、まるで死神のようだ。

これほど不安を感じたことはなかった。これほど場違いに感じたことも。

向かいの席の女性の電話が鳴り、小声で話しはじめる。その顔が、すぐにいらだったように歪む。「スウィーティ」と鋭く呼びかけるその口調から、電話の相手が夫だとわかる。怒った母が、よく父に同じような態度をとっていた。父はそうやって母を怒らせるのが好きだった。母が怒り、その怒りを自分が鎮めることで、自分の力を実感できたからだ。父は感情の放火魔で、炎が見たいがために、火をつけてまわっていた。

わたしもそんな目に遭うのだろうか？　歴史はくり返すのだろうか？

あの写真を思いだす。寝室のベッドに置かれた靴とそっくりな靴を履いた赤ん坊を抱いているグラントの姿――。何ひとつ、意味がわからない。それでも結婚式は間近に迫り、早く招待状を送るよう彼にせっつかれながら、わたしは機械的に準備を進めている。

昨夜、グラントが仕事部屋に保管している昔のアルバムをめくり、彼の姉と生まれたばかりの姪の写真を確認した。姪があの靴を履いている写真も、グラントがあの幼い少女を抱いている写真も見つからなかった。かりにあの少女が姪だとしたら、なぜほかの家族写真のようにこのアルバムに貼りつけず、あの写真だけ鍵のついた箱にしまったのだろう？

「アドリアナ・ガロさん」わたしの名前が呼ばれた。フォン医師が廊下の向こうで温かい笑みを浮かべている。わたしはいまも結婚前の姓をそのまま使用している。トビーと結婚をしたときに、自分で選んだこの姓を手放さないことに決めたのだ。

そう、ガロは、わたしの母方の姓だ。十八歳の誕生日を迎えた翌日、わたしは役所に駆けこみ、正式に名前を変更した。これ以上、父親の姓を名乗るのは耐えられなかった。父の痕跡を人生から消し去りたかった。免許証を提示するたびに、彼の遺産に見つめ返されるのが嫌だった。

わたしは、自分の意志でアドリアナ・ガロという名を選んだ。

フォン医師に促され、机がひとつと椅子が二脚、使い捨てカバーで保護されたベッドの置かれた小さな診察室に入る。机の前に腰かけた医師が、わたしにもうひとつの椅子を勧める。「検査結果が戻ってきたのでお知らせします。妊娠です」

わたしはうなずいた。彼女がすぐに「おめでとうございます」と言わないことに感謝しながら。そう言われていたら、きっとうまく反応できなかっただろう。医師のこうした物言いを、冷たいとか感情がないとか言う人がいるかもしれないが、フォン医師は余計なコメントを排することで、患者が自分の物語をコントロールできるようにしてくれている。女性であることの複雑さを、この医師は深く理解している。こうしたちょっとした気遣いから、それがわかる。

社会がどう考えているかは別として、わたしたち全員が幼いころから母親になることを夢見てきたわけではないのだ。

「問題ないか確認したいので、一般的な血液検査を予約しますね。血球数や感染症のマーカーなどもチェックします。それから、放射線科クリニックを紹介しますので、超音波検査も受けてください」

うなずいて下唇を強く嚙むと、舌に血の金属的な味が広がった。

「摂取したほうがいいビタミンに関するガイドラインもプリントアウトしておきます。知っておくべきことはいろいろありますが、ゆっくり目を通していただいて、質問があればおっしゃってくださいね」

フォン医師の口調は、プロフェッショナルでありながら温かい。きっちりとひとつに結われた黒髪、安定した手つき、こちらをまっすぐ見据える視線、こうしたすべてから、彼女の有能さと気遣いが伝わってくる。彼女の落ち着きや、秩序だったアプローチを見ていると、すべてうまくいくんじゃないかと思えてくる。

「妊婦検診にはいくつかの選択肢があります。受診したい産科医がいる場合はそちらへ行っていただけばいいですし、とくにいない場合は、病院と連携して一緒に決めていくこともできます」

「ええと……はい、わかりました」

医師がちらりとこちらを見る。気づかれただろうか。長年この仕事をしていれば、わたしがこの新たな事態に必ずしも興奮していないことがわかるかもしれない。

パニックが押し寄せる。

「大丈夫ですか？」額に小さなしわを寄せて、医師が尋ねる。

「夫は、子どもが欲しくないんです」思わず口走り、言った瞬間、後悔した。まるで、誰にも見られたくないものをさらけだしてしまったような気分だった。とくに、フォン医師のような立派な人には。

「予定外に妊娠すると、ショックを受けることもあります」医師が優しい口調で言う。

「あなたはどう感じていますか？」

「わかりません」正直な答えだ。母親になる自分を想像したことはないし、ほかの人のように子どもを切望したこともない。わたしは母親タイプでも、人の面倒を見るタイプでもない。自分の母親と同じく。そしてそれが……怖かった。「たしかに予定外でした」

フォン医師がうなずく。「お望みであれば、気持ちを整理するのを手伝ってくれる専門家を紹介します。状況を整理したいと思うのはふつうのことですし、専門家に相談して楽になったという患者さんはたくさんいます。ここにあなたを裁く人間はいません」

少しだけ、肩の荷が下りた気がした。「ありがとうございます」

「あなたがどんな選択をしたとしても、わたしは主治医としてサポートします」そう話す医師の目に、遠くで光る稲妻のような、小さな懸念が閃く。「パートナーは妊娠のことをご存じですか？」

「まだ、です」小さくつぶやく。

「伝えることに不安がありますか？」

ある。でも医師が思っているような意味ではない。グラントがわたしに暴力を振るうことは絶対にない。この質問をされるだけでも悲しくなる。

「彼が子どもを望んでいないのを知っているから、話したら気まずくなると思って。それが不安なんです。自分の身は心配していません」と答える。「でも、心配してくれてありがとうございます」

医師がうなずく。「仕事ですから」

そうだろうか。フォン医師の口調は、ただの事務的なものではなく、本当に相手を気遣う響きがあった。実際のところはわからないが、少なくともわたしにはそう感じられた。

「では、血液検査の予約を入れましょう。超音波検査も受けていただきたいので、放射線科クリニックと、あとは妊婦カウンセリングの専門家にも紹介状を書いておきますね。こちらもできるだけ早く予約を入れてください」

わたしはうなずく。

フォン医師はもう一度検査結果を確認すると、妊娠中のビタミンに関する情報の一覧をプリンターのトレイから取り上げ、各ビタミンについての説明をはじめた。しかしわたしは、未来の夫が書類棚に隠している写真と、鍵をかけた引き出しに入れている携帯電話のことで頭がいっぱいだった。

とはいえ、自分の秘密を棚に上げて、隠し事をしている彼に腹を立てる権利があるだろうか？　その答えは、いまのところ持ち合わせていない。

それから数日間、グラントの顔をまともに見られなかった。顔を合わせるたびに、自分のしたことを打ち明けてしまいそうになるからだ。だから、急な仕事が入ったふりをしたり、いつもの仲間の誕生パーティーに出かけるふりをしたりして、全力でグラントを避けていた。実際に何をするかは、家を出てから決めた。

加えて、父から何度も電話がかかってきた。結婚式の招待状を受けとったのだろう。正直、父に招待状を送ったことは後悔している。なぜグラントが父を結婚式に呼びたがるのか、さっぱりわからない。あの男は犯罪者で、嘘つきで、人を操る人間だ。やはり、グラントの説得に応じるべきじゃなかった。いまは、父からの電話に出る気力もない。だから、いつも留守電にしている。

そんなわけで、わたしにはとにかく気晴らしが必要だった。そこで前回途中で帰ってしまったバレエのクラスに、カイリーをなだめすかしてもう一度参加することにした。前回のセッションで、突然通りに飛びだしたカイリーは「何かの動物が車に轢かれそうになっていたから」と言っていたが、カイリー以外にその場面を見た人はいなかった。もはや、カイリーに何かが起こっているのは間違いない。

今回、わたしたちは最後までクラスに参加した。エクササイズのあいだ、カイリーは輝いていた。優雅で、落ち着きがあった。バレエを続けていたら、きっとすばらしいダンサーになっただろう。けれど、スタジオの入り口でシューズを履き替える段になると、カイリーはまた自分の殻に閉じこもってしまった。外に出ても、ひと言も口をきかず、どこか遠くを見つめている。両手がかすかに震え、唇を嚙んでいる。一瞬、ある種の禁断症状が出ているのかと思った。あるいはもっとひどい何かが。もう、お酒だけでは対処できなくなっているのかもしれない。

「ねえ、何があったの？」トラムの停車場に向かいながら、わたしは尋ねた。だが、カイリーにはわたしの声が聞こえていないようだった。彼女の腕に触れると、深く暗いどこかから引っ張りだされたみたいにびくりと身を震わせた。

「いろんなこと」その目は、不気味なほど虚《うつ》ろだ。「いろんなことが起こってる」

「まずはひとつだけ、話してくれない？」

母が負のスパイラルに陥ったとき、わたしはよくこう訊いた。母はストレスから、問題をごっちゃにすることが多かった。自分を悩ませる問題をひとつひとつ挙げては、それらをひとまとめにして、手に負えないほど肥大化させた。そこから抜けだすには、少しずつ状況を解きほぐし、個々の問題と順番に向き合って対処するしかない。

「ベスがわたしを追いだす気なの」カイリーが瞳を潤ませ、自分の手に視線を落とす。その声には恥ずかしさがにじんでいる。教会のベルのようにはっきりと。「来月までに出ていけって」

「そう」わたしは言う。「でも、いずれお姉さんの家を出てひとりで住むつもりだったんでしょう?」

「うん」こくりとうなずく。彼女の赤毛は乱れ、あちこちから毛束が飛びだしている。まるで、ひと晩中寝返りを打ったあげく、起きてからもセットする気力がなかったかのようだ。目の下のクマを見ると、あながちこの考察は間違っていなそうだ。カイリーは華のある美人で、小ぶりで愛らしい鼻、そばかす、人形のように大きく表情豊かな瞳の持ち主だ。しかし今日の彼女は、やつれた顔をしている。爪を嚙んだ形跡があり、片方の手の甲に小さな火傷の痕まで見える。「でも、自分で出ていくのと、追いだされるのとじゃわけが違う」

「それはそうだけど、そもそもどうしてそういう話し合いをすることになったの?」

カイリーが自嘲するように唇の端を上げる。「話し合いなんていいもんじゃなかったけど」

どうにかしてカイリーを励ましてあげたかった。痛みのにじむ声も、肩を落とし、うつむき、指を絡める姿も見ていてつらかった。だけどわたしは、優しく抱きしめてあげるようなタイプではないし、イザベルのように誰かを温かく気遣う方法も知らない。手を伸ばして、彼女の背中を叩いてみる。それすら硬く、ぎこちない。まるで宇宙人が人間の真似をしようとしているみたいだ。

こんな調子だから、母親になるのが不安なのだ。

「少し前に仕事をクビになって……それが、バレたの」

「クビになったから出ていけって?」それは厳しすぎるのではないだろうか。カイリーの話を聞くかぎり、ベスは寛大で、きっと本当に妹を大切に思っている。

「ううん。わたしが嘘をついて、ずっと働いているふりをしていたから」

「ああ」それならまだ納得できる。「なるほど」

「自分でも何を考えていたのかわからない」カイリーが顔を上げてわたしを見る。その瞳から涙がこぼれる。「毎朝ジャケットを着て、いつもどおり家を出て、一日中図書館にいた。パブに行くこともあった。ううん、正直に言えば、パブにいるほうが多かった。本当のことを言わずに、給料の支払いが遅れているって嘘ついて、家賃を全部払ってもらってた」

ため息をつきそうになるのをこらえる。〝カイリー〟と〝適切な決断〟は、水と油のようなものなのだ。ほかに選択肢があるとは思いもせずに、泥沼のなかをさらに悪い方向に突き進んでいくのは、わたしの知人のなかではカイリーだけだ。

「それで、あの人とデートするようになって……」その瞳がまたもや虚ろになる。まるで周囲から切り離されたみたいに。「彼はお金をくれたんだけど、それをどうしたらいいのかわからなくて、そうしたらベスがそのお金を見つけて――」

「ちょっと待って」両手を上げる。「ちょっと確認させて。あなたは誰かと付き合っていて、その人がお金をくれたの？　何のために？」

カイリーがごくりと唾をのむ。吐きそうなのを我慢しているみたいに首の筋肉がこわばっている。カイリーから彼氏の話を聞いたのはこれが初めてだったが、あまりうれしそうではない。もう別れたのだろうか。あるいは軽い付き合いだったとか。カイリーは以前、夫にされたことのせいで、この先恋愛はしないと言っていた。

「気がついたら、そこにあったの」ぼんやりとした声。

「どういうこと？」

「朝目を覚ましたら」そう言ってふたたびわたしを見る。顔から血の気が引いている。「ベッドサイドのテーブルに、封筒に入ったお金が置いてあったの」

事情はさっぱりわからないが、カイリーの表情を見ているだけで、胃がむかむかしてくる。「彼にお金が欲しいって言ったの？　つまり貸してほしいとか、そういうことを」

「言ってない」カイリーが首をふる。「一度も。そんなこと恥ずかしくて頼めないし、それに、彼とはほんの数回しか会ったことがないの。真剣な交際とかではないから」

「じゃあ、お金をくれたのは彼じゃないのね？」

「彼は、自分が置いていったって……でも、変なの」下唇が震える。「きっと……何かが起きている」

胃のむかつきが強くなる。「どういうこと？」

「彼は、わたしに何かしていると思う。何かよくないことを」

一瞬、言葉に詰まったが、すぐに荒々しい感情が湧きあがってくる。「どうしてそう思うの？」

「彼と一緒のときは、毎回、飲みすぎて意識を失うの。それだけなら、ここ最近のわたしにはよくあることかもしれない。でも、翌朝いつもホテルの部屋にいて、何も覚えていない。お金を見つけた朝は、すごく気分が悪くてたくさん吐いた。それでシャワーを浴びているときに、あれを見つけて……」ふうっと息を吐く。「太ももの内側に痣があったの。それに部屋にはシャンパングラスが三つあった。でも彼はわたしたちのほかには誰もいなかったって。どうやってホテルに行ったのかも覚えていない」

吐き気がし、思わず胃を押さえる。この話はどう考えてもおかしい。頭のなかで警鐘が鳴り響く。

「思いだせればいいんだけど、思いだそうとするたびに頭のなかが真っ白になって」カイリーが唇を震わせる。「お酒を控えなきゃいけないのはわかってるんだけど」

「もしその人があなたに何かしたなら、悪いのはその男。お酒を飲んでいようがいまいが、あなたは何も悪くない。依存症は病気なの、カイリー」彼女を批判しているわけではないとわかってほしかった。彼女を大切に思い、支えたいと思っている仲間がいることを知ってほしかった。「弱いとか愚かだとか、そういうことはまったく関係なくて、ただ、あなたには助けが必要なの」

「家の近くで、ベスの家ってことだけど、断酒会《AAミーティング》をやっているのを見つけたの」そこで息を吸い、頭をふる。「もうこんなこと続けたくない。自分を危険な目に遭わせたくないし、そのせいで姉を失うなんて耐えられない。姉は……ベスは、すごくがっかりしてる」

カイリーが声を詰まらせるようすに、胸が押しつぶされそうだった。

「お姉さんは、いまは怒っているかもしれないけど、状況はきっとよくなる。あなたが飲酒の問題に本気で向き合うなら、絶対に」そう言ってうなずきながら、もっと彼女の力になれればいいのにと思う。一方で、これは彼女がひとりで立ち向かうべき問題だとも感じる。「それで、その彼とはもう付き合ってないんだよね？」

カイリーが首をふる。「この前、また連絡があって、最初は行こうかと思ったんだけど……悩んだすえに断ったの。彼はめちゃくちゃ怒ってた。それから何度も何度も電話がかかってきて、あんまりにもしつこいからブロックした」

「なんか、ヤバそうな感じだね」

「うん、ヤバい人だと思う」カイリーはポケットからティッシュを取りだすと、涙を拭った。何かが吹っ切れたのか、顔色が戻っている。「あの夜何が起こったのか、どうしても知りたいと思う自分がいる。でも、彼には二度と会いたくない」

わたしに手伝えることはあるだろうか。依存症は経験がないし、とてもデリケートな問題だ。うっかり間違ったことを言って、これ以上彼女に孤独を感じさせたくはない。

トラムの停車場に着いた。頭上の電光掲示板によると、彼女が乗るトラムが来るまで、まだ数分ある。

「あの朝、ホテルを出るとき、ルームサービススタッフのひとりが、わたしのことを訝《いぶか》しげに見ていたの。もしかしたら前日の夜、彼女はわたしを見たのかもしれない」カイリーが声を落とし、まるで保護者を求めているみたいに、わたしのそばに立つ。「ホテルに戻って話を聞こうかとも思ったんだけど……もし売春婦か何かだと思われてたらどうしようって不安になって。記憶がないまま男とホテルに来て、人に何があったか訊くなんて、いったいどんな女だって話でしょ」

わたしは何も言わなかった。カイリーが自分を厳しく責めていることはわかっていた。彼女はわたしの答えは求めていない。カイリーが求めているのは友人だ。聞いてくれる人間だ。批判ではない。「一緒に行こうか？」

彼女の瞳が輝く。「本当に？」

「もちろん。友だちじゃない」わたしはうなずく。「何でも言って」

「ありがとう」カイリーはほっと息を吐くと、肩の力を抜いて、表情を和らげた。「すごくうれしい」

「わたしたちは仲間だよ。あなたと、わたしと、イザベルは」ふと、ハンナを入れなかったことに罪悪感を覚える。「あと、ハンナもね。みんなで支え合わないと」

「絶対、いまよりまともになる」カイリーがうなずく。その声には力が感じられた。もし今後つらい状況になっても、いまの気持ちを忘れないでほしいと心から願う。おそらくカイリーは、これから台風の目に向かうことになる。そんな予感がする。いや、カイリーだけじゃなく、わたしたち全員が。「もうお酒は飲まない」

「まずはできることからだね」断酒への道は、着実に前進できるとはかぎらない。それくらいは知っている。「そのうち、答えが見えてくるはず」

第二十四章

イザベル

職場での時間は、まるで濃厚な蜂蜜のようだった。時間は遅々として進まず、いらだちが募っていく。早く、例のプロジェクトの調査に戻りたい。状況はまったくもって不自然だった。騙された購入者、倫理に反する行いをした社長とパートナー、社長たちを守った理不尽な契約書――。横道にそれたプロジェクトも、損をした人々の話も、デベロッパー業界では珍しくないだろう。

それでもひとつ、引っかかることがあった。

一通のメール。時間があるときに見返せるよう、携帯電話で写真を撮っておいた。いまがそのタイミングだ。四時十五分、オフィスは静まり返っている。経営陣は、信頼形成と企業文化を強化する活動を学ぶとかいう、しょうもないオフサイドミーティングに出かけている。社内にいるのは、ギャビーやわたしのような働きバチと、カスタマーサービスチーム、IT技術者だけ。携帯電話を眺める時間はたっぷりある。

メールを表示する。送り主の名前はピーター・ディアコス。

フォックスワースの件はどうする？　今日、やつの姉からヒステリックな留守電が入っていた。彼女は過失致死と精神的苦痛で訴えると脅している。

状況は深刻になってきている。

社長がラップトップに几帳面に保存していた売却記録を調べたところ、スタンフォード・トビアス・アーチボルド・フォックスワース三世という買い手を見つけた。大層な名前に、思わず目をまわしそうになる。金持ちってやつは……。

ネットで調べても、情報はほとんど出てこなかった。社会的プロフィールもなければ、仕事に関する記事もなく、社会的ゴシップもアナウンスもない。まるで幽霊だった。それでも、この電子メールは重要な気がした。

過失致死と精神的苦痛。

建設現場で誰か重傷を負ったのだろうか？　それなら、きっとニュースになっただろう。あるいはもっとタチの悪いこと？　事故に見せかけた殺人とか？

ギャビーと飲みに行った日の話を思いだす。

あるとき、男が会社に怒鳴りこんできて、詐欺にあった、刑事告訴してやるって騒いだことがあってさ……彼女はたしかそう言っていた。

あれは、フォックスワースだったのだろうか。ひょっとしたら騒ぎすぎたのかもしれない。問題を大きくしすぎたのかも。汚職や犯罪取引を隠すために沈黙を強いられるのはよくある話だ。そして、建設業界と組織犯罪にはつねにつながりがある。

顔を上げる。オフィスに人が出入りする気配はない。受付の予定表も空白だ。人に挨拶したり、サインをもらったりしなければいけない社外会議ももうない。

わたしは椅子から立ち上がると、ギャビーを捜した。給湯室に、彼女の鮮やかな黄色とオレンジ色のワンピースを見つけ、そちらに向かう。背を丸め、電気ケトルのお湯が沸くのを待ちながら、携帯電話をいじっている。後ろで束ねたお団子が少しほつれ、ヘアピンのひとつが落ちそうになっている。

「おつかれさま」彼女のそばに行き、戸棚のマグカップに手を伸ばす。「お湯、二杯分ある？」

「あるよ」言いながら、ギャビーが携帯電話をワンピースの深いポケットにしまう。ワンピースの色味に目がチカチカする。おそらく〝ボーホーシック〟を狙ったデザインなのだろうが、失敗した子どもの工作みたいに見える。

彼女の目の下にクマを見つけ、わたしは眉をひそめた。「どうしたの？」

「娘たちのせい」いらだったように言う。「悪いことは言わないから、子どもはつくらないほうがいい。とくに女の子は」

手遅れだ。

「何があったの?」

「ときどきね、娘たちのネットの検索履歴をチェックするの。変なものを見ていないかどうか。ペアレンタルコントロール機能で有害サイトはブロックしてるから、ポルノやなんかを見ることはないんだけど、下の娘が〝豊胸〟とか〝リップフィラー〟とか〝まつ毛エクステ〟とか検索してたのを見つけちゃって。まだ十三歳だよ。信じられない」

わたしは同情するような声を出す。「ネットのせいで子どもの成長がどんどん早くなっちゃうね」

「十三歳のときなんて、母親のハンドバッグからこっそり拝借した口紅を学校につけていくだけで大ごとだと思ってた。制服のスカートをウェストで折って短くもしてたけど……美容整形?」ギャビーが手で顔をこする。「昨日の夜、娘と話そうとしたんだけど、プライバシーの侵害だってカンカンに怒っちゃって。わたしのことをヘリコプターペアレントだって言うの。しかもそのあと、なんて言ったか知ってる?」

ギャビーの声がじょじょに大きくなっていく。

「聞いたほうがいい?」首をすくめる。

「『ブーマー世代はうるさいな』って。ブーマーって！（ベビーブーム時代。一九四六年～一九六四年ごろに生まれた世代）。あたしはまだ四十三歳で、六十三歳じゃないっての。あんのクソガキ」

わたしは笑いを噛み殺した。ギャビーはたぶん、子どもが豊胸について調べていた事実と同じくらい、年齢を侮辱されたことに腹を立てているのだろう。「ネットで見たことを言ってみただけじゃない？」

「ほんとにさ、娘なんて持つもんじゃないよ」ギャビーが悲しそうに首をふる。「あたしのくだらない話はもうおしまい。そっちはどう？　忙しかった？　ああ、早く帰りたい」

ケトルのスイッチが切れ、ギャビーがふたつのマグカップにお湯を注ぐ。

「ねえ、ずっと気になってたんだけど。前に飲みに行ったときに、あのいかがわしい建設プロジェクトをめぐって、ここに怒鳴りこんできた人がいたって話をしてくれたでしょ」

ギャビーが給湯室のドアのほうを見る。誰もいない。「そうだっけ？」

「うん、で、建設業界の非倫理的な慣行に関する記事を読んでいたら、何人かが取材を受けていたのね。それで、もしかしてその人もメディアに出たことがあるのかなと思って」

自分の席で暇を持て余しているときに練習した台詞《せりふ》をひと息に言う。ギャビーなら、酔った勢いで自分が何を話したかが気になって、わたしがいま言及した架空の記事については突っこんでこないだろう。少なくともそう願っていた。「ひょっとして、その人の名前を憶えていたりしない？」

「その話はするべきじゃなかった」彼女は首をふり、お湯のなかでティーバッグを強めに揺すって色を出す。「なんであんなに酔っ払ったのかわからないけど、もうあんな飲み方は二度としない」

わたしも、紅茶を入れることにする。強引に聞きだそうとすれば、口を閉ざしてしまうだろう。だが、ギャビーは沈黙が苦手だ。居心地が悪いのだ。会話中に鼓動ふたつ分以上沈黙が続くと、目に見えてそわそわし、不要な会話で沈黙を埋めようとする。

わたしのスプーンがマグカップの側面に当たる音だけが響く。こちらをちらりと見たギャビーは、まだティーバッグをいじっている。わたしは何も言わない。

「ねえ、ミスター・フレンチマンには言わないよね？」ギャビーが懇願するように言う。

「言うわけないよ。わたしたち友だちでしょ。友だちは絶対に裏切らない」

ほっと肩の力を抜いたギャビーは、少し顔色がよくなったようだ。うれしそうな顔。ギャビーは何より、注目と好意を欲している。そしてわたしは、いまの台詞で飛び越えるべきちょっとした信頼のハードルを提示した。わたしたちが、彼女が望むような本当の友だちなら、彼女はわたしの質問に答えなければならない。

ずるいやり方だというのはわかっている。でも母はいつも言っていた。目的を達成するには多少の犠牲がつきものだ、と。それに、この話をギャビーから聞いたということは絶対に口外しないつもりだ。彼女を窮地に追いこむ必要はない。

「わたし、好奇心が強いから」ギャビーにミルクを手渡す。穏やかに、さりげなく、クールに、落ち着いて。「あなたっていろいろ面白いこと知ってるじゃない?」

ふいに、ギャビーの不安と後ろめたさが優越感に取って代わる。「たしかその人、代々お金持ちの家系の人だったと思う。たぶん名門校とかに通ってるタイプ」

ということは、名前の最後が〝三世〟で終わる誰かさんと一致しそうだ。

「でも、いきなりオフィスに突撃してきたわけじゃないよ」とギャビー。「最初は電話をかけてきた。何十回も、ミスター・フレンチマンと話がしたいからって。だけど、わたしは電話をつながないよう言われていたし、まあ、結局のところ、会社とは関係ない話だからね。会社と社長の個人的な投資は完全に別物なわけで。でもその人は、建設会社に連絡が取れないことにうんざりしたのか、このプロジェクトの関係者を個人的に追及しはじめたみたいだった」

なるほど。どうにもならないと感じたら、当然、別の道を探すだろう。

「一度、銃を持っていくからって言われてさ」ギャビーが下唇を嚙む。「だから警備を強化しなきゃいけなくなって、何カ月もガードマンが入り口に立ってた」

「で、男が現れた」とわたし。

ギャビーがうなずく。「そう、ひどい状態で」

「どんなふうに?」

「スーツは高価なんだけど、シャツのボタンを全部掛け違えている、みたいな感じ。お酒も入ってた。もしかするとドラッグか何かだったかも。バンシーみたいに叫んでね」そこで身震いする。「怖かったよ。あの人、何かするんじゃないかと思って」

「それで、どうなったの?」

「警備員が外に連れだして、警察に電話するって脅した。結局、自分から去っていったけど、あの状態で運転なんてさせちゃいけなかったと思う」ギャビーが頭をふる。「正直言って、気の毒だった。本当に必死だったから」

ギャビーはまだ、その人物の名前を明かさない。

「ミスター・フレンチマンはものすごく怒ってた。その人を異常者だって呼んで。接近禁止命令も出すとか言ってたな」ギャビーが、乳褐色になった液体からティーバッグを引きあげ、ゴミ箱に捨てる。「『あいつが自分のお金を管理できないのも、自分の頭で考えられないのも、わたしのせいじゃない』って」

ギャビーの物真似は、社長が話すときに胸を膨らませるようすまでよく似ていた。

「ここだけの話、建設業者は約束したものを提供しなきゃいけないと思うんだよね」そう言って顔をしかめる。「最初から騙そうとしたわけじゃないにしても、結局は騙したことになるわけだし。ひどい話だよ。ミスター・フレンチマンはこの一件のあと、ずっと弁護士に相談してたみたい。仕事中に急に姿を消したり、会議の予定を変更して電話もつながないよう指示してきたり。社長、訴えられたのかなって思ったけど、あるとき急に電話もこなくなって、それっきり」

なぜ、急に電話がかかってこなくなったのか……。

過失致死？　精神的苦痛？　死人は電話をかけられない。

「ええ、じゃあその人……、えっと、なんて名前だっけ？」ギャビーの話に夢中になっているようなふりをして、さりげなく水を向ける。

「はっきり覚えてないんだけど」ギャビーが鼻にしわを寄せる。「なんか、やたらと長い名前だった気がする。フォックスリー？　フォックスベリー？　フォックスなんとかだったと思う」

ビンゴ。

第二十五章

カイリー

仕事のあと、アドリアナとわたしはホテルで待ち合わせした。コリンズ・ストリートを走るトラムに乗り、メルボルンの中心街パリスエンドから、スペンサー・ストリートの停車場を過ぎたあたりにあるホテルを目指す。途中、街の景色は一変する。世界遺産に登録された建造物が近代的な建物に変わり、左手にヤラ川の景色が開けてくる。トラムのベルが、クラクションや街の喧騒と交ざり合う。駅のそばの停車場でスーツ姿の労働者やバックパックを背負った学生たちが大勢降車し、目的地に着く前にトラムはほとんど空っぽになった。

ホテルはとりたてて変哲のない、シルバーと黒の長方形の建物だった。正面にガラス張りの回転扉があり、黄色いタクシーが短い列をなしている。トラムを降り、警官がいないことを祈りながら車のあいだを縫うように道路を渡っていく。

アドリアナがすでにホテルの入り口に立っていた。タイトなグレーのペンシルスカートに、青と白の格子柄のブラウス、ヌードカラーのエナメルのハイヒールを履き、ラップトップの入ったバッグを肩からかけている。ブロンドのボブヘアは上品なパールの髪留めで片側にまとめられ、その髪留めと重厚なパールのピアスが見事にマッチしている。

いつもどおり、一分の隙もない装いだ。

手をふりながら近づいていく。「来てくれてありがとう」

「準備はいい？」

彼女がそばにいてくれれば、きっと乗りきれる。

わたしはうなずいた。「準備万端」

回転扉を抜け、ホテルのロビーに入る。日の光の下で見ると、ここがビジネスホテルであることは一目瞭然だった。空港シャトルや長距離電車／バスが発着するサザンクロス駅にほど近く、ほかの公共交通機関のアクセスもいい。メルボルン会議場と展示場も川を渡ってすぐのところにある。

首からストラップを、肩からビジネスバッグをかけた一団が通りすぎていく。彼らはリラックスしたようすで、どこに飲みに行こうかと話している。すれ違うときに、ひとりの男がこちらをじっと見てきたので、胸の前で腕を組む。

フロントデスクに行くと、若い男性が立ち上がって笑みを浮かべた。「チェックインですか?」

「いえ、その……」緊張で声がうわずり、落ち着けと自分に言い聞かせる。何か手がかりが見つかればラッキーだし、見つからなければ……そのときに考えればいい。「ちょっとお尋ねしたいのですが、清掃スタッフとお話しすることは可能でしょうか?」

男性スタッフが困惑した顔になり、やがてその顔が訝しげな表情へと変わる。

「彼女、最近ここに泊まったんですけど、家族から受け継いだ大事なものをなくしてしまったんです」アドリアナが話を引き継ぐ。この場を取り仕切るような、堂々とした話しぶりだ。男性スタッフはちょっと背筋を伸ばすと、アドリアナに視線を向けてうなずいた。

「とても大切なものなんです。部屋を清掃したスタッフがそれを見なかったどうか、話をさせてもらえるとありがたいのですが」

わたしは、感謝の念をこめてアドリアナを見た。

フロントの男性がうなずく。「そういうことでしたら、データで忘れ物を確認してみますね。お泊まりになったのはいつですか?」

「五月十八日です。予約の名前はフランシス・ジョン」

「なくしたアイテムは?」

しまった。どうしよう。

そこまで考えていなかった。

わたしは咳払いをした。「ブレスレットです。ゴールドの。ええと、パールのついた」

嘘がへたすぎる。

男性がキーボードを叩き、目の前のスクリーンに目を通す。「その日に見つかったアクセサリーはないようですね。念のため、ほかの日にちも確認いたします」

男性が確認しているあいだ、わたしはロビーをチェックした。エレベーターはロビーの端、トイレサインのそばにあり、その横にはバーがある。ここから見えるバーの店内は、少々寂しい感じがする。この建物自体が比較的新しいため、古くはないが、何の個性もない。数人の客がラップトップを開き、ビールやワインのグラスを片手に座っている。そう、ここは遊ぶ場所ではなく、仕事をする場所なのだ。

飲んでいる人たちから目をそらすと、おなじみの欲望の糸がわたしを引っ張るのを感じた。アドリアナに禁酒宣言をしてから、二十四時間と経たないうちに破ってしまった。ベスが帰宅して、家のなかが緊迫して……耐えきれなかったのだ。またしても、自分との約束を守れなかった。

それでも、近々断酒会には参加する。絶対に。

「申し訳ありません。ブレスレットはこちらでお預かりしていないようです」男性スタッフが申し訳なさそうに肩をすくめる。

「あの日、部屋の清掃をしたスタッフに話を聞くことはできませんか?」わたしは食い下がった。

「申し訳ありませんが、それはできかねます。クリーニングの際に見つかった物品はすべて管理事務所に集められ、データ入力されます。このリストになければ、当ホテルにはないということです」

がっくりと肩を落とす。この男が譲らないのは明らかだ。

「そうですか。お手数おかけしました」わたしは無理やり笑みを浮かべた。

こうなることは予想していた。きっと何があったかわからないままだろう。

「お手洗いに寄ってから出ましょう」アドリアナが言う。それからフロントの男性のほうを見てにこやかに笑ってみせる。「家まで遠いから」

彼はうなずいたが、その注意はすでにわたしたちの後ろに並んでいる人々に向けられていた。

訝しげなわたしの腕を取り、アドリアナがトイレサインのほうへ引っ張っていく。トイレに着くと、アドリアナが背後をふり返る。その視線を追うと、フロントの男性が次のゲストの一団に対処しているのが見えた。アドリアナが方向転換し、エレベーターのほうへわたしを連れていく。エレベーターとロビーを隔てる壁に身を隠し、エレベーターのボタンを押す。

「ちょっと、何してるの？」誰かに見られていないか周囲を見まわしながら、尋ねる。誰にも見られていない。

「答えを見つけるの」とアドリアナ。すぐにエレベーターがやってきて、ドアが開く。「さあ、その清掃スタッフを捜しに行きましょう」

アドリアナが一緒で本当によかった。彼女はどんな状況にあっても、やるべきことに向かって堂々と行動する。アドリアナのこういうところには、いつも感心させられる。たとえ困難にぶつかっても、ひるむことなく世界に対峙し、顔を上げ、背すじを伸ばし、自分の主張を伝える準備ができている。

わたしも彼女みたいに振る舞えたら、と思う。

いや、わたしも自分の人生を取り戻す。

アドリアナが言ったみたいに、できることからひとつずつ。

エレベーターに乗りこむと、アドリアナが最上階のボタンを押す。「上から順番に探していこう」

「オーケー」

彼女がわたしを見る。その視線に、一瞬動けなくなる。「カイリー、あなたは強い。自分ではそう思ってないかもしれないけど、本当よ。あなたには強さがある」

自分ではわからない。まったく実感がない。ここ最近は、粘着テープと、ウォータープルーフマスカラと、インスタグラムの心に響く言葉で、粉々に砕けた心をかろうじてつなぎ合わせている状態だ。とはいえ、自己憐憫《れんびん》は何の役にも立たなかった。わたしには答えがいる。目標が必要だ。自分に嫌気が差している場合ではない。

最上階でエレベーターを降りると、そこには誰もいなかった。たいていホテルの最上階は高級エリアになっている。ここもたしかに部屋数は少ないが、内装を見るかぎり、まったく高級な感じはしない。ほかの階と同じ変な渦巻き模様の茶色とベージュのカーペットが敷かれ、壁にはごくふつうの絵が飾られ、全体的に精彩を欠いている。

廊下を右に向かい、ドアが開いている部屋や清掃中の部屋がないかを捜す。ない。階段でひとつ下のフロアに向かい、同じことをくり返す。その次も、その次も。ホテルは二十五階建てで、わたしはぺたんこ靴を履いてきたことに感謝した。アドリアのヒールが、階段を下りるたびにカツカツと鳴り響く。

二十一階、二十階、十九階。

十八階で、ようやく人に出会えた。だが、わたしの記憶にある女性ではない。目の前にいる女性は五十歳くらい。小柄で、赤茶けた髪に、団子鼻、口元には喫煙者特有のしわがある。ガムを嚙み、鼻歌を歌いながら、新しいタオル一式を部屋に運びこむと、やがて使用済みのタオルを持って戻ってきた。カートの洗濯かごに突っこむ。

「すみません」笑顔で声をかける。彼女は顔を上げたが、その顔に笑みはない。「五月十八日にここで働いていた人を捜しているんですが。年は五十代後半から六十代前半で、黒髪、根元が銀髪の方です」

「ここで働いている女の大半は、そのくらいの年齢で白髪があるよ。それじゃあ、わからないね」その女性は、わたしがなぜこんな質問をするのか、それすら興味がないようだった。フロントの男性とは大違いだ。「何か失《な》くしたんなら、フロントで訊くといい」

「いえ、その……そうじゃないんです」捜している女性の特徴をもっと詳しく思いだそうと記憶をたどる。そのとき、あることを思いだした。「あごのところに大きなほくろがありました。ここのところに」そう言って自分の顔を指さす。女性がうなずく。

「それならカテリーナだね」

「その方、今日は働いていますか？」アドリアナが訊いた。

「ああ、下の階でタオルの交換をしているはずだけど、もしかしたらもう終わってるかもね。もうじきシフトが終わる時間だから」

「どの階ですか？」声がうわずる。

「一階から十階のどこか」

「ありがとうございます」

アドリアナとわたしはエレベーターに急ぎ、何度もボタンを押してエレベーターを呼んだ。

「その人、上から下に行ってると思う？　それとも下から上？」とアドリアナ。

「わからない。でも十はわたしのラッキーナンバーだから、十階からはじめよう」

エレベーターはなかなか来ない。それでも、階段で八階分おりるよりは早いだろう。ようやくエレベーターが来て、ふたりで乗りこむ。先に、三人の男性とひとりの女性が乗っていた。男性陣はスーツ、女性はひざ丈のワインレッドのワンピースの上にツイードのジャケットを羽織っている。ひとりの男がわたしをまじまじと見ているのに気づく。どこかで見たことがあるような気がするが、わからない。記憶の奥に手を伸ばしても、何もない。考えすぎだ。

十階に着き、エレベーターを降りる。ほかの四人は地上階まで行くようだ。廊下の先にドアが開いている部屋が見えたので、そちらへ向かう。人が出入りしている気配はない。ひょっとしてドアを閉め忘れたのだろうか。と思ったそのとき、タオル台車が壁際に置かれているのが目に入り、大きな白い袋を抱えたひとりの女性が部屋から現れた。関節がこわばっているのか、歩き方が少しぎこちない。

「彼女だ」わたしは息を弾ませて言う。「すみません、カテリーナさんですか?」

女性は足を止め、訝しげにこちらを見た。

「お仕事中すみません。少しお伺いしたいことがあって。五月十八日にこちらのホテルに泊まった者ですが、もしかして、カテリーナさん、わたしのこと見かけていませんか?」

言葉が、滝を落ちる水のように口から飛びだし、目の前の年配女性が面食らったように大きく目を見開く。「あの、じつはあの夜、何があったか覚えていなくて、でも翌朝、あなたが怪訝そうにわたしを見ていたので、ひょっとしたらわたしが誰といたのか知っているんじゃないかと思って」

しばらくのあいだ、彼女は何も言わなかった。やがて下唇を噛み、わたしから目をそらした。「ごめんなさい、英語話せない」

わたしは目をしばたたかせた。完全に言葉に詰まる。今日は、ここまでさまざまなことを体験してきたが、これはまったくの予想外だった。

肩を落としてアドリアナを見る。

「シニョーラ、イタリア語は話せますか？」アドリアナがイタリア語で言うと、女性は目を輝かせてうなずいた。「お仕事中お邪魔して申し訳ありません……」

アドリアナの口から出てきたのは、流れるように美しいイタリア語だった。カテリーナがそれに対して何かを答え、身ぶりを交えながらわたしを見たかと思うと、ふたたびアドリアナに視線を戻す。彼女の声のトーンが上がり、アドリアナの眉間にしわが寄る。やがて、会話が途切れた。

「彼女が言うには、あなたはふたりの男とここに来ていたって。午後九時ごろに。彼女はあの日、臨時でシフトに入っていて、夕食のあいだにベッドメイキングをしてほしいっていう客の部屋に向かっていたところだったらしい。あなたは酔っ払っているみたいで、ふたりの男に抱えられていた。目はつぶっていたそうよ」アドリアナがカテリーナをちらりと見る。カテリーナは両手をぎゅっと組んでいる。「彼女が言うには、男たちのあなたを見る目は嫌な感じだったって。ふたりで笑っていたけど、何を話していたかはわからない」

「彼女、そのふたりの見た目は覚えている？」わたしが訊く。

ふたたびイタリア語が飛び交う。

「ふたりとも背が高くて、黒っぽい髪だったって。両方ともスーツ姿で、ひとりは眼鏡をかけていた。お金持ちそうだったから、どうしてもっといいホテルに行かないのか不思議に思ったみたい」

「彼らはわたしに……ひどいことをした？」言葉がのどに詰まり、カテリーナが心配そうな顔をする。

アドリアナが通訳すると、このときカテリーナは言葉少なに、両手も横に垂らしたままで応じた。話しているあいだ、ずっとわたしから目をそらさなかった。

「それはわからないけど、ふたりの男は感じがよくなかったって。悪い人間に見えたそうよ」アドリアナがため息をつく。「でも彼女が見たのは、ふたりがあなたを抱えて部屋に行くところだけ」

「ありがとう、カテリーナさん」彼女の目を見て言う。「グラッツェ」

アドリアナはバッグから財布を取りだすと、きれいな五十ドル札を二枚、カテリーナに差しだした。彼女が戸惑ったようにわたしを見たので、うなずいて受けとるよう促す。アドリアナのお金を受けとるよう促す権利など、わたしにはまったくなかったけれど。彼女は手を伸ばして紙幣を受けとった。その手は乾燥してひび割れ、爪は短く切り揃えられていた。それからわたしのほうに手を伸ばし、ぎゅっと握る。

「グラッツェミッレ」アドリアナも穏やかにお礼を言う。

カテリーナは紙幣をシャツの隙間に滑りこませると（たぶん、誰にもばれないようにブラに挟んだのだろう）、大きなリネンの袋を持ち上げた。それから壁際のカートに向かって歩いていく。アドリアナとわたしはエレベーターに向かった。

「ねえ……」アドリアナがわたしをちらりと見る。「警察に届けたほうがいいんじゃない？」

「それで、警察になんて言うの？」わたしは両手をふりあげた。「わたしには飲酒の問題があるんですけど、ある日目を覚ましたらホテルのナイトテーブルにお金があって、太ももには暴行の痕だと思われる痣があったんですって？　自分の記憶すら当てにならないのに？　そんなんじゃ警察は動いてくれない」

自分が暴行を受けたかもしれないと口に出して認めると、肩の荷が下りたような、さらに深い穴に落ちていくような気がした。

「これが単なるラフなセックスで、わたしが飲みすぎたせいで覚えていないだけだったら？　そう、ひょっとしたら自分で望んだのかもしれない」こんな仮定を言い聞かせたところで、わたしの心はそうじゃないと告げている。あの夜何があったにしろ、それはわたしの望んだことではなかった。直感がそう告げている。「警察がこの話を聞いてどうすると思う？　何の確証もないうえに、唯一証人になりそうな人は、ふたりがわたしを支えて歩いているところを見ただけ。とくにまずいことは目撃してない。警察はあきれた顔で、今後はあまり飲みすぎないようにしてくださいねって言うだけだよ、きっと」

「そんなのわからないじゃない」アドリアナが静かに言う。

でも、わたしにはわかっていたし、きっとアドリアナもわかっていただろう。

一瞬、床にうずくまって泣きたくなった。もう感情がぐちゃぐちゃで、まるで渦のなかに引きずりこまれたかのようだった。ものすごい勢いで回転し、もはやまともに考えられない。どちらが上かもわからないし、次に何が待ち受けているのかもわからない。いったい、どうやってこの混乱から抜けだせばいいのだろう？

お酒が飲みたくてたまらなかった。だが、そんなことをすれば、ますますドツボにはまってしまう。

「どうせ警察は何も調べてくれない」感情がこみあげてくる。「こんなことしても意味なかったんだよ。きっと何があったかは一生わからない」

エレベーターホールに到着すると、アドリアナが完璧なネイルの施された爪でボタンを押した。どうしてわたしは彼女のようになれないのだろう？　強くて、自信にあふれ、自分を破壊するようなことは絶対にしない。さっきホテルに着いたときより、さらに気分が滅入っていた。わたしは自分を危険な立場に追いこんだ。そのせいで、どんどん自分が蝕まれていくのがわかる。エレベーターの扉が開き、誰も乗っていないことにほっとする。このまま止まらず地上階まで行ってほしい。さっさとここから出ていきたい。降下していくエレベーターのなかで、わたしはじっと床を見つめていた。

「あなたがこの件をどうするにしても、わたしは味方だから」アドリアナはすぐそばに立っていたが、触れてはこない。彼女はもともと身体的な愛情表現を示すタイプではない。しかしその口調や言葉、何よりいまここに一緒にいてくれる事実に、思いやりを感じた。

「ありがとう」そうささやくと、涙があふれそうになる。まばたきをして涙を払う。

「ちゃんと対処するって約束してくれる？　叫んでも、泣いても、誰かと話しても、日記をつけても、何かを殴ってもいい。ただ、この一件にむざむざその身を蝕まれないでほしい」

　彼女が味方でいてくれるなら――たとえ自分で自分が信じられなくなっても、彼女がわたしを信じてくれているなら――わたしはまっすぐ立っていよう。彼女の支えは、ひざから崩れ落ちそうになるのを止めてくれるボルトだ。顔をまっすぐ上げておくための副木《そえぎ》だ。

腹のなかで燃え上がる小さな炎だ。
絶対に蝕まれたりなどするものか。絶対に。負けてなるものか。

第二十六章

監視する者

アドリアナが放射線科クリニックから出てきた。下を向き、両腕を胸の前できつく組んでいる。今日、彼女は忙しい。まず朝七時にブライトンの緑豊かな通りを走り、シャワーを浴び、自宅のリビングで仕事の電話をかけた。家で仕事をするときは、たいてい二階の自室で仕事をしているが、今日は髪をタオルで包み、お茶を片手にソファに座っていた。ビデオ通話のカメラをオフにしているに違いない。

昼になると、彼女はふたたび外出し、カフェでコーヒーとマフィンを買ったあと、自宅から十分ほどのところにある小さなメンタルクリニックに向かった。その後、放射線科クリニックへやってきた。

彼女の上司はこの状況をわかっているのだろうか。アドリアナは、普段は堅実で信頼のおける人物だが、最近は欠勤が多い。おそらく妊娠していることは気づかれているだろう。

とはいえ、彼女のお腹は平らで、見ただけではわからない。まだ妊娠初期なのだ。わたしはすでに何カ月もバレることなく、これほど近くで彼女を監視してきた。なぜそんなことができたのか？　簡単だ。周囲に溶けこんでいるからだ。キャップやニット帽で髪の毛を隠し、オークリーのサングラスで瞳を隠し、服装はデニムとTシャツ姿、寒ければその上にカトマンズの黒のアウターを羽織る。こういう人間はメルボルンにごまんといる。わたしはどんな人間にもなれる。実際、アドリアナのそばまで行って、その肩を叩いたことさえある。

「すみません、これ、落としましたよ」

それは彼女の仕事用のネックストラップ（それだけで重要人物に見えそうな革製のもの）で、持っていたフォルダから滑り落ちたのだ。アドリアナは笑みを浮かべて礼を述べたが、視線はわたしをとらえていなかった。歩きだした瞬間、そのやりとりはすっかり頭から消えてしまったに違いない。

わたしは幽霊。誰でもない。

もちろん、自分の行為が不気味なことはわかっている。

だが、これは彼女のためだ。彼女を守るためなのだ。アドリアナの周りには嘘つきばかりいる。自分を偽っている者、下心をもって近づく者、彼女のことをいちばんに考えていない者ばかりが。

わたしは彼らの秘密を知っている。そして、いつまでも黙っているつもりはない。

第二十七章

カイリー

カイリー：わたしだけど、今夜何してる？　会いたい

フランシス：ここんとこずっとメールも電話も無視していたじゃないか。きみが会いたがっているとは思えないけど

カイリー：最近いろいろあって姉に家から追いだされたの

フランシス：……

カイリー：心配しないで。住む場所を探してるわけじゃないから。ただ嫌なことを忘れ

たいだけ

フランシス：それなら手伝える

カイリー：前回と同じ場所？　十時はどう？

フランシス：じゃあ、それで

わたしはこの件に対処すると約束した。ただ蝕まれるのではなく。だから、そうする。やってやる。

出かける支度をしても、ベスはほとんどわたしを見なかった。フランシスにもらった現金とプレゼントが見つかった日から、わたしたちはほとんど口をきいていないし、この件について話し合ってもいない。わたしが住むところを見つけたら、修復できることを願うしかない。そのためにはまず、お酒を断つ必要があるが、今夜は無理だ。勇気が必要だ。バスルームで髪を乾かし、ヘアサロンで教わったとおりにブローをし、赤毛のカーリーヘアをふっくら艶々に仕上げる。いつかキャリアチェンジをして、美容学校に行くのもいいかもしれない。手を止めて、小さなグラスに注いだ白ワインをすする。少しだけ。緊張をほぐすために。自信を高めるために。ヘアサロンでの仕事はいまのところ順調だ。新人美容師の女の子に、カラーリングの練習台になってくれないかと頼まれたので、いまわたしの髪は、自然なジンジャーレッドから深みのある赤みがかったブラウンに変わっている。わたしの白い肌とそばかすにはミスマッチかもしれないが、わたしは気に入っている。今夜、自分のままでいたくないわたしにとって、この新しい髪色は、知らない誰かの衣装をまとっているような気にさせてくれる。

すでに、計画は練ってある。

ブローが終わると、赤いマットなリップを塗り、アイラインを太めに引いて、フランシスと出会った日に着ていたドレスに身を包む。両サイドに光沢のあるフェイクレザーを使用した、ひざ丈の黒のシフトドレスだ。足元はルブタンで行きたいところだが、今夜はどこかで逃げださなければいけない可能性を考えて、かかとの低いブロックヒールを選ぶ。セクシーではないし、フランシスにも気づかれるかもしれないが、走る必要が生じたときに、万が一転んでも足首を骨折しないことのほうが重要だ。

街へ向かうトラムに乗っているあいだ、ひざに置いた両手が震えていた。はたから見ればわたしも、ドレスアップして夜のお楽しみに出かける女性たちのひとりに見えるだろう。けれど、待っているのはお楽しみではない。少なくとも、この先数時間は。ナイトクラブに向かうと思しき、二十代前半の女の子たちの一団をちらりと見る。トラムの真ん中に立つ彼女たちは、ハイヒールの上で不安定に体を揺らし、長い髪をなびかせ、シャンパンの泡のようにくすくすと笑っている。彼女たちは美しく、世間知らずで、物陰や、彼女たちを見つめる男たちの心に潜む危険を恐れていない。生きのいい獲物。格好の標的。いますぐ家に帰って、鍵をかけて、身を守って！　彼女たちにそう叫びたかった。

もちろん、すべての男がそうでないことは知っている。わたしは祖父を心から愛していたし、祖父はわたしが知るなかでもっとも親切で優しい男性だった。だが一方で、その内面に怪物の影を持つ男たちにも嫌と言うほど出会ってきた。いい人間と悪い人間を見分けるのは容易ではない。マーカスが死んでからは、セックスはわたしの復讐だった。本当に愚かだったと思う。マーカスは死に、わたしが誰に股を開こうが気にしないというのに。それでも、彼に仕返しできたような気がしていた。

でも、いまになってその行為は、さらなる怪物のもとに自分を導いただけだったとわかる。

今夜が終わり、もし自分の望むように決着をつけることができたら、もう男はいらない。自分と向き合い、自分のなかの悪魔を退治することに専念したい。自分の世界を取り戻すことに。

トラムが次の停車場を告げ、スピードを落とす。ほかの人たちに紛れて出口に向かい、足元に気をつけながら道路に降り立つ。周囲にはビルが林立し、まるでたくさんの指がはるか上空を指さしているようだ。人が四方から押し寄せ、危うく人ごみに流されそうになる。束の間、自分をとんでもなくちっぽけに感じた。とんでもなく孤独に。

　大丈夫、わたしには計画がある。

　午後九時四十五分、バーの扉を抜けると、この店で何度か見たことのある女性に出迎えられた。小柄で、片側を剃り上げた黒い髪、褐色の肌、濃いワインレッドの口紅、美しい瞳をしたその女性が、問題なく二階へ案内してくれる。まっすぐバーへ向かい、空いている席をすぐに確保する。この店は十時を過ぎるとひどく混み合い、あっという間に満席になってしまうのだ。

　それからしばらく待った。バーで注文したジントニックをちびちび飲みながら、男たちの視線を払いのけ、誘いを断っていると、やがてフランシスがやってきた。初めて彼を見たとき、たしか、想像以上にハンサムで驚いたのを覚えている。引き締まった体形、白髪交じりの豊かな黒髪、魅力的な笑顔。しかしいま、わたしの目に映る彼は、まったく印象が違う。硬く、妥協を許さない視線、年齢と経験を物語る白髪交じりの髪、残忍なあごのライン、誰が傷つこうと欲しいものを手に入れようとする意志。

　グラスを持つ手が震え、落とさないよう下に置く。

「もう飲んでるんだね」フランシスがごく自然に言い、わたしがバッグで確保しておいた椅子にするりと腰かける。わたしはバッグをバーの下のフックにかけた。

「思ったより道が空いていて、早く着いたの」

たいていこのあたりで、フランシスはわたしに身を寄せてキスをするのだが、どうやらまだ怒っているようだ。時間とともに熟された香りのように、フランシスからその怒りが放出されている。彼は無視されることに慣れていない。今日ここに来たのは、いつもと同じことをするためではなく、わたしとの関係を解消するためかもしれない。

「どうして気が変わったの？」フランシスがバーのほうへ合図を送ると、バーテンダーのひとりが飲み物をつくりはじめるのが見えた。鼓動がさらに高まる。

だが、わたしは視線をさまよわせたりしない。フランシスの目をじっと見つめて言う。

「正直に言うと、いろいろ展開が速すぎて……ちょっと怖くなったの」

フランシスが片方の眉を上げる。どうやら予想していた答えとは違ったようだ。「展開が速すぎるって？」

「気持ちが追いつかなかったの。夢中になりすぎて……」そこで、自分の手に視線を落とし、気持ちを落ち着ける。この仕草を、緊張ではなく後悔だと勘違いしてくれることを願いながら。「前に真剣な関係にはならないって話をしたでしょ？　あなたが真剣な交際相手を求めていないことはわかっていたし、わたしもそうだった」

「でも？」

「あなたに本気になってしまうのが怖かった」

重たい気持ちを向けられるのが苦手な彼でも、この答えには自尊心がくすぐられるのではないだろうか。どうか、今夜は、警戒心を抱かないでほしい。いつもどおり振る舞って、なんらかの証拠を残してほしい。

フランシスがわたしの話を信じたかどうかはわからないが、彼の手がひざに触れ、太ものほうへと上がってくる。ぞっとして、吐きそうになる。払いのけたくてたまらない。

わたしは強い。大丈夫、わたしならできる。

「で、いまは本気じゃないの？」フランシスが体を寄せて訊いてくる。その声は深みがあって、滑らかで、セクシーだ。「自分の気持ちを制御できるようになったの？」

「ええ。それに、あなたと関係を絶つより、つながっていたほうがいいと思った」

これこそ彼が望んでいた答えだろう。敗北を認めた、染まりやすい従順な女。自分の欲望より彼の欲望を優先する女。彼の望むどおりに成形されるパテのような女。

「きみは賢い女性だ」まったく逆のことを思っているに違いない。けれど、わたしが賢いかどうかは、今夜わかる。この男を出し抜けるかどうかは——。フランシスは飲み物に口をつけると、一気に飲み干した。「もう一杯飲もうか」

「ええ」わたしも残っていたジントニックを飲み干し、喜んでいるふりをする。そしてスツールからするりと降りる。「ちょっとお化粧直ししてくる。何でもいいから頼んでおいて。すぐに戻る」

くるりと背を向け、ふり返らずに化粧室へ向かう。少しでも不安そうなそぶりを見せて、彼を警戒させてはいけない。うまくやるには、彼にいつもどおりだと思わせなければ。洗面所に続く廊下の入り口まで来ると、わたしは角を曲がって身を潜めた。鼓動数拍分待って、そっとのぞく。

フランシスはバーにいる。こちらに背を向けている。ジャケットのポケットに手を伸ばすのを見て、胃が締めつけられる。まだ、わからない。電話を取りだすだけかもしれない。だが、ここから見るかぎり、ジャケットから出した手には何も握られていない。薄暗くてよく見えない。しかし、バーテンダーがフランシスの前にふたつのグラスを滑らせると、フランシスがわたしの飲み物の上で手を動かすのが見えた。

間違いなく、わたしの飲み物に何かを入れている……。

と、ひとりの男がフランシスに近づくのが見えた。男が話しかけると、フランシスに緊張が走るのがわかった。肩がこわばり、飲み物を持つ手が白くなっているようだ。何を話しているのだろう。しばらくすると、男は立ち去った。

さあ、今度はわたしの番だ。髪をふわりとかきあげ、満面の笑みを浮かべながらバーへと戻る。

「どんなすてきなものを注文してくれたの？」そう言って腰を下ろす。飲み物に触れたくなかったが、触れないわけにはいかない。どれだけ怖くても、最初のひと口は飲まなくてはならない。

「ペニシリンっていうカクテルだよ。スコッチと蜂蜜とジンジャーとレモンが入ってる。飲んでみて」

これは命令だ。そして今夜は、それに従う。「おいしそう」

「乾杯しよう」フランシスがグラスを掲げる。「二度目のチャンスに」

冗談じゃない。

「ええ」わたしもグラスを掲げる。「二度目のチャンスに」

クリスタルのグラスを合わせ、飲み物に口をつける。叫びだしたい衝動を必死にこらえる。ほんの少しだけ飲みこみ、ふつうに飲んでいるように見せるため、しばらくグラスを口につけたままにする。

さあ、ここで彼の気をそらさなければ。

「あんな態度をとってごめんなさい」そう言ってグラスを置き、身を乗りだす。彼の太ももに手を置き、その手を上へ滑らせていく。唇が彼の唇に近づく。「今日は、埋め合わせをしたいの」

フランシスは拒まなかった。彼の唇に自分の唇を押し当て、目を閉じ、舌を絡ませる。彼の手が腰に添えられたとたん、ぞっと鳥肌が立つ。長く、深いキスをしながら、周囲にわたしは彼のものだと知らしめる。

少なくとも、そう思わせる。

それから彼の飲み物のほうに手を伸ばし、グラスをひっくり返した。バーの端から液体が滴り、フランシスにかかる。薄いグレーのパンツが濃い染みになっていく。

「やだ、ごめんなさい！ わたしったら、本当にどんくさくて」驚いたように見開いたわたしの目は、フランシスの顔に稲妻のようないらだちが閃いたのを見逃さなかった。「あなたがここに来る前に、飲みすぎちゃったみたい」

「カイリー……」フランシスが頭をふる。

疑われただろうか？ バーテンダーにペーパータオルを持ってくるよう伝え、フランシスに手渡す。「お手洗いにドライヤーがあったから、そこで乾かしてきたほうがいいかも」

お願い、行って。早く。

彼がちらりとわたしを見る。疑われてはまずい。わたしはさも動揺したように、慌てて毒入りドリンクに手を伸ばし、もうひと口飲むふりをした。わたしが勘づいていることに勘づかれてはいけない。

「ちょっと待ってて」フランシスは脚にペーパータオルを押し当てたまま立ち上がる。小声で悪態をついている。幸いにも、あるいは不幸にも、薬を盛られた女の誘惑が強すぎて、今夜の計画を断念できないようだ。

フランシスが角を曲がってトイレへ消えたところで、バーテンダーに言う。「もう二杯、同じものを。急ぎでお願い。彼、怒りっぽいから」

タトゥーを入れたサスペンダー姿のバーテンダーが、ゆっくりと、丁寧に飲み物をつくりはじめる。それを見て、わたしの鼓動が速くなる。お願い、お願い、お願い、急いで。フランシスが戻ってくる前に新しいグラスを並べなければ。前回と同じように、わたしが薬の入ったお酒を飲んだと思わせなければ。

今夜はこちらから仕掛けるのだ。

あのろくでなしを出し抜いてやる。

男性トイレをちらりとふり返ると、ちょうどフランシスが出てくるのが見えた。急いでバーテンダーのほうに薬の入った飲み物を押しやる。「これ、下げてくれない。味がおかしいの」

バーテンダーは一瞬戸惑ったような顔をしたが、わたしの断固とした口調に、黙ってグラスを引く。わたしは新しい飲み物に手を伸ばし、フランシスに背を向けたまま、ぐっとあおった。

さあ、うまく演じなければ。

少しだけ、酔った。さっきまでは解放された気分だったが、いまは牢獄にいるようだ。恐ろしいほど神経が高ぶっている。とはいえ、冷静さは失っていない。いまは、まだ。フランシスは上機嫌に振る舞っている。このまま油断していてほしい。一方で、この作戦がうまくいけば、わたしは自分に何が起こったのか知ることになる。

バーを出ると、ホテルに向かった。カジノのホテルでも、スペンサー・ストリート付近のビジネスホテルでもない。タクシーの窓外をじっと見つめ、ぼんやりとしたふりをしながら道順を記憶する。少し頭がくらくらする。完全には自分を制御できていない。しっかりしなければ。

自分の演技力だけでは〝酒に薬を盛られた女〟を演じきれないことはわかっていた。だからアルコールに助けてもらうことにしたのだが、大好きなお酒を嫌々飲みこむのは妙な経験だった。これでやっとお酒をやめられるかもしれない。

そしていま、胃のなかでアルコールがぐらぐらと揺れている。急ブレーキをくり返すタクシーが気持ち悪さを助長する。

「これから友だちに会うんだ」わたしのドレスの裾を指でもてあそびながら、フランシスが言う。その手を払いのけたい衝動を全力で抑えこむ。

「うん?」ヘッドレストに頭を預けてフランシスを見る。正確には彼の耳を。目の焦点が合っていないふりをするためだ。それから、眠そうにまばたきをする。これは演技ではない。

わたしはくたくただった。人生に疲れ果てていた。こんな立場に自分を追いやってしまったことにうんざりしていた。

これが最後だ。必要な情報を手に入れたら、もうこんなことは二度としない。明日から新しい人生をはじめよう。

「きっときみも気に入るよ」フランシスにきつく抱きしめられ、わたしは顔をしかめたが、その表情はフランシスを喜ばせただけだった。「今夜はいい子にしてるかい、カイリー？またショーを見せてくれるね？」

いますぐタクシーから飛び降りたかった。ドレスからも、靴からも、問題からも、ただちに抜けだしたかった。もう二度とフランシスには会いたくない。

「あなたのためなら」

一瞬、何のためにこんなことをしているのかわからなくなった。なぜ、あの夜に起きたことを突き止めなければいけないのだろう？　世間で言うように、知らないほうがいいこともある。謎のままにしておいたほうがいいこともある。前の夫のときもそう思ったではないか。何度も、あの秘密の黒い手帳を見つけなければよかったと思ったはずだ。そうすれば、こんな自滅的な地獄でもがくことなく、喪に服して、前に進むことができたかもしれないのに。

タクシーが停車する。車を降りて、彼に寄りかかる。体が熱くて、少し汗ばむ。胃がおかしい。ホテルのロビーに入ると、今度はエアコンの風が強すぎて、全身に鳥肌が立った。

フランシスがわたしを抱き寄せ、保護者のように振る舞うが、実際こいつは死神だ。彼の友だちとはバーで落ち合った。ドミニク、という名前らしい。お酒を一杯だけ飲み、階上へ向かう。フランシスの肩に頭をもたせかけ、よろめきながら部屋に向かう。

前回カテリーナが見たのは、まさにこの場面だったのだろう。

部屋に入ると、フランシスはわたしをベッドに放り投げた。わたしは目を閉じてベッドで横たわったまま、自分のバッグを握りしめた。ふたりは、わたしが気を失ったと思っているようだ。

「あとで起こす」フランシスが言う。口調がまったく違う。もうあの滑らかな声ではない。油断しているのだ。「彼女はちょっと予測不能でね」

「でも、いい女だ」ドミニクがそばに立つ。封が開けられ、グラスに液体が注がれる音がする。「この脚……たまらんな」

「ちなみに、彼女も本物の赤毛だよ」

「よくわかってるじゃないか」そう言ってふたりで笑う。

それから仕事の話をはじめた。どうやら同じ業界で働いているらしい。フランシスがドミニクに取り入って、なんらかの契約を取りつけようとしているといったところか。わたしは交渉道具のひとつに違いない。

もごもご寝言を言うふりをしながら横を向き、バッグを体に引き寄せる。ふたりがこちらを見ているかはわからない。目を開けるのは危険だろう。いまはまだ。だが、彼らが話を続けているようすから、こちらのようすには気づいていないようだ。

数分後、引き戸が開く音がして、ふたりの声がわずかに遠くなる。外のバルコニーに出たらしい。チャンスだ！　目を開くと、開いたままの窓の向こうにふたりの男の背中が見えた。あの小さなバルコニーに長居はしないだろう。バッグに手を入れ、携帯電話を捜す。急いで録音アプリをオンにして、スピーカーが上になるようにしてバッグの外ポケットに入れる。ベッドから身を乗りだし、ベッドサイドのテーブルの足元に置く。

フランシスがふり向いたときには、わたしはふたたび目を閉じて、体の力を抜いてだらりと横たわっていた。窓が閉まり、街の喧騒が消える。

「考えてもみてくれ」ドミニクが言う。「いまは厳しい状況だし、契約を交わしたところで――」

「とにかく検討してみてくれないか」

「まさか、あの女で俺の機嫌をとれると思っているわけじゃないよな？」警告するような口調。「もしそうなら、これは受けとれないぞ」

「もちろん、違う。これは友人同士のただのお楽しみだ」

「それならいい。いくらだ？」

「通常は二千ドルだけど、友だちのよしみで千五百にまけておくよ」

思わず、身じろぎする。のど元にパニックがせりあがり、すべての接続を遮断しようとするかのように、脳内が混乱する。足音が近づいてきて、腕をつかまれ、体が引き起こされる。フランシスだ。片手にグラスを持っている。わたしのあごをつかみ、無理やり口を開けさせる。嫌な予感がして、顔を背けようとしたが、フランシスの力に抗えない。のどに液体が注ぎこまれてごほごほとむせる。それを見てフランシスが笑う。

「ちょっと、じゃじゃ馬でね」と肩越しに言う。「大丈夫、これで多少おとなしくなる」

涙がせりあがり、目の端を伝っていく。やがて、わたしの視界はぼやけはじめた。

目を覚ますと、部屋には誰もいなかった。枕が湿っている。寝ているあいだに大量の汗をかいたか、あるいは泣いたみたいに。たぶん両方だろう。痛みが走り、手首を見る。盛大な痣ができている。前回よりもひどい。

そのとき、自分がここにいる理由を思いだし、慌ててバッグを捜した。バッグは横倒しになり、中身が床に散らばっている。今回ばかりは、ガムの包み紙や、丸めたレシート、ふたのないリップスティックといった不要なものは入っていない。すぐに携帯電話を見つけられないと困るからだ。でも、携帯電話を取られていたら？　録音しているのが見つかっていたら？　バッグの外ポケットに手を入れると、安堵のあまり泣きそうになった。携帯電話は無事だった。ストレージがいっぱいだという通知が来ている。

「お願いお願いお願い……」頭がひどく痛むのもかまわず、携帯電話を顔にかざしてロックを解除する。録音を探す。

あった。四時間と三十六分。容量が足りなくなって途中で切れたのだろう。

再生するべきだろうか？　自分はどこまで知りたいのだろう——しばらく葛藤したあと、ようやく勇気を出してファイルを開く。

「考えてもみてくれ。いまは厳しい状況だし、契約を交わしたところで——」

「とにかく検討してみてくれないか」

「まさか、あの女で俺の機嫌をとれると思っているわけじゃないよな？」

よかった、録れてる。だが、録音が進むと涙があふれた。耐えきれず一部を飛ばす。自分の声を、彼らの声を聞きながら涙をこらえる。これほど弱々しく抗う自分の苦しそうな声を、わたしを痛めつけて笑う男たちの声を、この先忘れられる気がしない。やつらがわたしにしたことを……。

わたしはうなだれた。が、これで証拠はつかんだ。

行為が終わると、男たちはふたたび仕事の話をはじめた。

「これと契約とは何の関係もない」ドミニクが言う。「けどまあ、きみの提案は検討してみるよ」

「こちらが望むのはそれだけだよ」

「きみが私生活と同じように、ブランズウィック・ロジスティクスを経営しているなら、すばらしいパートナーになれると思うけどね」

よし、名前が出た！　ブランズウィック・ロジスティクス。これで調べられる。

「それにしても、こんなことしてどうやってごまかしてるんだ？」ドミニクが訊く。背後でガサゴソと音がする。「こんなに家を空けてばかりだと、奥さんに怪しまれるんじゃないか」

「いや、彼女はできた人でね。家を空けてもうるさく言わないんだ」

「うまいことやりやがって」ドミニクがうらやましそうに言う。「俺の相手なんて刑務所の所長ばりに厳しいぞ」

このあとのフランシスの発言を聞き、わたしの頭は真っ白になった。

第二十八章

アドリアナ

猛烈な吐き気で目を覚まし、ぎりぎりでトイレに駆けこむ。冷たいタイルの床にひざを押しつけながら、胃のなかを空っぽにしていく。もう、限界だ。これ以上、先延ばしにできない。グラントに妊娠のことを話さなければ。グラントは新オフィス開設の準備でアデレードに出張中だが、あと三日は帰ってこない。今回、グラントはいつにも増して、まめに連絡を寄こす。いつもより、ずっと頻繁に。

何かに勘づいているのかもしれない。

何だか、ふたりのあいだに溝ができたみたいだった。そこにあることさえ知らなかった亀裂がバールでこじ開けられ、愚かにも存在しないと思っていた厄介な裏の顔が露《あら》わになっていくかのような。そう、秘密は間違いなく存在する。次々に築かれ、増殖している。

父親からはほぼ毎日電話がかかってくるが、まだ一度も出ていない。じょじょに壁が迫ってくるようだった。結婚式が目前に迫り、石板のように重くのしかかる。時間がない。フォン医師は、わたしには〝選択肢〟があると言っていた。もちろん、どういう意味かはわかっている。以前なら、わたしの母性に対する複雑な感情は、この世に命を生みだすより、中絶を選ぶだろうと思っていた。さまざまな理由から、それを選択する女性がいることは知っている。それにもちろん、女性には選択する権利があってしかるべきだ。けれどいま、この妊娠を完遂したいという思いがある。この子を産むのは正しい選択だと、自分が受けることのなかった愛情と思いやりを与えるチャンスだと思う自分がいる。しかしそうすると、グラントとの関係が終わるかもしれない。いや、きっとそうなるだろう。

グラントが戻ったら、すぐにでも話をしなければ。

心の葛藤はひとまず脇に置き、電話を握りしめて職場に病欠の連絡をする。もう、同僚の前で平気なふりをする自信はなかった。このまま産む気なら、上司にも妊娠のことを話さなければならない。

トイレの床にぺたりと座りこむ。嘔吐と胃酸でのどが焼けつく。ハンマーで釘を打ちつけられているように頭がズキズキする。昔、つわりがひどすぎて妊娠を後悔したことがある、と母に言われたことがある。あの当時は、わたしを産む喜びより、つわりの不快感が勝ってしまうのかと侮辱を感じたが、いまなら母の言っていることがわかる。自分の体のコントロールを失うという感覚は、本当に恐ろしい。

寝室のどこかで自分の電話が鳴っている。上司に電話をかけたあと、またも吐き気に襲われ、その辺に放り投げてトイレに駆けこんだのだ。とりあえず、吐き気は治まった……いまのところは。トイレの水を流して立ち上がる。ひざががくがくし、口のなかに広がる嫌な味にえずきそうになる。洗面台の蛇口をひねり、腰を曲げて口をすすぐが、全然すっきりしない。鎮痛剤《バナドール》を二、三錠のんで、横になったほうがよさそうだ。

そろそろと歩いて寝室に戻り、電話をつかむ。イザベルから調子を尋ねるテキストが、ハンナからウェディング・レジストリの有無を尋ねるテキストが届いていた。ふたつとも、あとで返信しよう。

電話をベッドに落とし、身を縮めて頭を抱える。頭痛がひどくなっていく。たしか、グラントのスーツの上着に痛み止めが入っているはずだ。グラントも頭痛持ちなのだ。付き合いはじめて間もないころ、泊まった日の翌朝に、グラントが洗面所の床にうずくまっているのを発見したことがある。頭を抱え、ひどい吐き気に苦しんでいた。

いまなら、あのときの彼の気持ちがわかる。階段を下りて薬棚を見に行くことさえ考えられない。

手のひらを眼窩に押し当てる。どくどくと音が鳴り響き、まるで脳内で音楽ライブがくり広げられているようだ。チカチカと点滅するライトまで見える。よろめきながら、グラントのウォークインクローゼットに向かう。黒、紺、濃いグレー、薄いグレーのスーツが順番に吊るされている。靴はその下に、おもちゃの兵隊のように整然と並べられ、ネクタイ、カフスボタン、ポケットチーフなどのアクセサリー類は、ガラス天板のディスプレイドロワーに収納されている。まるで高級紳士服店の売り場のようだ。

順番にジャケットに触れていき、鎮痛剤が入っていそうな形跡を探す。レールの半分ほどのところで、なにやら硬い感触があった。

「よかった」安堵のため息をつき、内ポケットに手を伸ばす。指がプラスチックのようなものに触れ、おや、と思う。わたしが求めているものではなさそうだ。

スシについてくる、小さな魚の形のしょうゆ入れのようなものを引っ張りだす。なかには透明な液体が入っている。手のひらに置いたそれを、まじまじと見つめる。赤いキャップは鼻先できっちりとしまり、プラスチックの魚の目がこちらを見返している。指先で容器をなぞり、うろこや尾びれの感触をたしかめる。

何かの薬だろうか。

少なくとも、わたしにはそう見える。とはいえ、これまで違法薬物を見たことはない。昔から優等生だったわたしは、タバコも吸わないし、お酒も付き合いで適度に飲むだけだ。マリファナもパーティードラッグも試したことはない。だから、これがどんな種類の薬なのかは見当もつかないが……何かよくないものであることはわかる。

中身がしょうゆでないかぎり、プラスチックの魚に入っているのは違法なものだろう。それでも脳が、何か別の理由を探そうとする。目薬だろうか？　それとも違法に入手した薬用の大麻オイル？　リラックスするために使うもの？　最近、久しぶりに会った友人と思いきり飲んできたとかで、かなり酔っ払って帰ってきたことがある。あのときわたしは、オリエンテーション期間中の大学生みたいなにおいがする、と言って彼をからかった。あのとき飲んだのがビールだけじゃなかったら？　ハイになっていたのだとしたら？だから、秘密の電話を鍵のかかった引き出しに入れているのだろうか？　わたしに内緒で売人と連絡を取るために？

嘘と秘密が日に日に積み重なっていく。ひょっとして自分が結婚しようとしている人は、わたしの思っているような人物ではないのかもしれない。そう思って、つわりとは別の吐き気に襲われた。熱く、どろどろした怒りがこみあげる。気づくと、頭痛も吐き気も忘れて、階段に向かっていた。手すりを握り、ばたばたと階段を下り、キッチンに入る。向かった先は薬棚ではなく、雑多な小物が入った引き出しだ。そこからスクリュードライバーを取りだし、グラントの仕事部屋へ向かう。

わたしに隠し事をしたいならかまわない。だけど、わたしが答えを求めないとは思わないでほしい。

一瞬、後ろめたさに足が止まる。わたしにも、秘密はある。それは否定できない。とはいえ、赤ん坊のことを伝えていないのは、厳密には隠しているわけじゃない。それはこの状況をどうすべきか決めかねているからだし、何より、わたしたちの関係が壊れてしまうのが怖いからだ。

ドラッグはまったく別の話だ。秘密の電話を持っているのは、これと同じではない。では、あの電子メールや、メモの入ったベビーシューズは？

ひとまず都合の悪い疑念を押しやり、歯を食いしばって、グラントの仕事部屋に突撃する。刻一刻と頭痛がひどくなっていく。デスクの前にしゃがみこみ、ふかふかのカーペットにひざを沈め、スクリュードライバーで鍵をこじ開ける。開かない。引き出しを殴りつけ、痛みに叫ぶ。

「いったい何を隠しているの？」

引き出しを見つめていると、じわじわと怒りがこみあげてくる。いらだちが頂点に達し、とっさに体が動く。スクリュードライバーを引き出しの隙間にねじこみ、思いきり体重をかける。木材が割れ、細いドライバーが曲がるのを感じた。これはキッチンの戸棚の取っ手を締めるための道具であって、何かを無理やりこじ開けるためのものではない。それに、わたしは熟練の犯罪者ではない。

もう一度体重をかけると、何かが折れる音がした。木材がはじけ飛ぶ。しかし鍵はかかったままで、答えには届かない。怒りに任せてスクリュードライバーを投げつけると、カーペットの上で跳ね返った。

そのとき、あることを閃いた。

鍵の業者を呼んで、引き出しを開けてもらえばいいではないか。不自然なことはなにもない。なにしろわたしはここの住人なのだ。この家のすべての引き出しを開ける権利がある。と、第三者なら思うだろう。グラントはまだ三日は帰ってこない。時間は充分にある。

立ち上がると、ふいにつわりの波に襲われ、わたしはよろよろとバスルームに向かった。

＊

鍵の業者は二時ごろやってきた。わたしはそれまでほぼずっと吐きつづけ、バターを塗ったトーストと緑茶を口にするだけで精一杯だった。けれど、身なりはどうにか整えた――乱れた髪にバスローブ姿、目の下のクマをさらしたままではひどすぎる。わたしは落ち着いた女性に見られたかった。夫のものに手を出そうとするおかしな女ではなく、うっかり鍵をなくしたそそっかしい奥さん然としていたかった。

ゆったりとしたジーンズとシンプルなボーダーTシャツに着替え、髪を梳《と》かし、毛先を整える。今日は目が痛くてコンタクトレンズを入れられないので、べっ甲の眼鏡を鼻にのせる。このほうが真面目そうに見える。

「わざわざありがとうございます」鍵業者の男性が到着すると、家に招き入れながら言った。「ごめんなさいね、こんな些細な仕事を頼んでしまって」

その男性は魅力的だった。長身で、がっしりとした体格、赤茶色のラフな髪に、温かなオリーブグリーン色の瞳。愛想もいい。「かまいませんよ。机の鍵でしたっけ？」

「そうです」とうなずく。「夫が出張中なんですけど、間違えてわたしの鍵を持って出かけてしまったみたいで。どうしても取りだしたいものがあるんです」

男性がうなずく。自己紹介はなかったが、電話で予約したときに担当はスティーヴンだと言われていた。早速、仕事部屋に案内する。部屋に入った瞬間、ここが女性の部屋に見えないことに気がついた。重厚なダークウッドの家具類、デスク上のダークグリーンの革製のマット、本棚の一角にある勇壮な雄馬の銅像。

スティーヴンは違和感に気づいたかもしれないが、何も言わなかった。きっとこの状況よりはるかに異常な状況で鍵を開けたことがあるのだろう。緊縛プレイで鍵をなくして呼ばれたとか？　あるいは単に、仕事以外のことには興味がないのかもしれない。

「それです」引き出しを指さすと、スティーヴンは早速仕事に取りかかった。

金属の道具を鍵に差しこみ、ちょっと揺らすと、あっという間に鍵が開く。所要時間は二分弱。どうやら厳重なセキュリティではなかったらしい。スクリュードライバー以外の開錠方法を思いつかない人間に開けられなければ充分だったということか。そのせいで、わたしは七十ドル以上の出張料を支払うことになったのだが。

スティーヴンは引き出しを開けると、興味深そうにわたしを見た。空っぽだ。いや、まったくの空ではない。ノートが一冊だけ入っている。携帯電話は消えていた。

「ありがとうございます」いらだちをぐっと抑え、ぎこちなく微笑む。笑顔がひび割れそうだ。

電話で予約をしたときにすでに出張料は支払っていたので、そのままスティーヴンを玄関先まで見送る。すぐにグラントの仕事部屋に引き返すと、引き出しが口を開けてわたしを見つめていた。あざ笑っている。秘密は守られた。

グラントが帰ったらなんて説明しよう？

「なんなの、いったい」いらいらしながら言う。ひざをつき、ノートを取りだす。

何も書かれていない。ただの、真っ白な無意味なノート。叫びたかったが、そんなことをしても意味はない。婚約者が何を考えているにしろ、わたしが思っている以上に秘密を隠すのがうまいらしい。

彼が戻る前に、わたしが詮索していた事実を隠す方法を考えなければ。勝手に調べたことを知られれば、彼はさらに隠し事がうまくなるだろう。涙がこみあげる。わたしは愚かだ。得体のしれない男と結婚し、彼の望まない子どもを産もうとしているなんて。ぺたりと座りこみ、お腹に手を当てて目を閉じる。

いまなら、母の気持ちがわかる気がする。

母だってあんな未来は——嘘つきと結婚し、母親になりきれず、秘密だらけの美しい家に閉じこめられることなど——望んでいなかったはずだ。彼女のようにならないよう懸命に努力してきたのに、このざまだ。母親となんら変わらない。

手にしたノートに目を落とし、何か重要なことが書かれていないかパラパラめくっていく。ほとんどのページは白紙だった。と、何かがひらりと床に落ちる。名刺だ。

息を止め、じっと見つめる。まさかという思いが現実とかち合い、目に涙がせりあがってくる。あの匿名のメールは正しかった。グラントはわたしの思っていたような人間ではなかった。彼の秘密は想像を超えていた。ポケットから電話を取りだし、削除済みのメールをゴミ箱から捜す。匿名の差出人からのメールを。

震える手で返信する。

わたしを本当に助けたいと思っているなら、知ってることを教えて。

第二十九章

イザベル

何日もかけてスタンフォード・フォックスワースに関する情報を探したが、ほとんど収穫はなかった。死亡記事や葬儀の記事すら、ネットに上がっていない。社長のメールを見るかぎり、おそらく亡くなっていると思われるが、確証はない。過失致死に関する裁判記録も見つからないので、あの脅しも、きっと脅しで終わったのだろう。出勤前、午前中の休憩時間、ランチ中、仕事の空き時間、夕食中、就寝前——暇さえあれば答えを探した。

だが、何も見つからない。

五時になるや荷物をまとめ、初めて自由を味わう囚人のようにオフィスを飛びだす。駐車場へ向かいながら、頭をフル回転させる。何かに近づいている。実際、すでに復讐の甘美な満足感を覚えはじめていた。

だが、これだけでは不十分だ、と脳の一部が苦々しく言う。たとえ過失致死訴訟のようなひどいスキャンダルで世間に騒がれたとしても、うちの人でなし社長はきっと乗りきってしまう。それにしても、スタンフォードはどうやって死んだのだろう？　例のマンションの敷地内で亡くなったわけではないだろう。もしそうなら、ニュースになったはずだ。少なくとも、わたしはそう思う。

社長は裏社会とつながりがあるのだろうか？　誰かを使って痛めつけた？　口封じ？　ブレーキに細工した？　殺人を示唆するものがあれば、警察に通報が入るはず。たぶん。

そう思って、午後中ずっとスタンフォード・フォックスワース三世の殺人に関する記事を携帯で検索してみたが、何も見つからなかった。

車のキーをまわすと、ジョナサンのおんぼろ車が不機嫌そうにうなりを上げた。ラジオのボリュームを上げながら、バックで駐車スペースを出る。

「明日は季節外れの暖かさになるでしょう。最高気温は二十八度、夜は十九度まで下がる予定です。この先数日間は、最高気温二十度台で推移し、秋が夏のようになりそうです。とはいえ、すぐに冬用の毛布が必要になるかもしれません。週末は荒れた天気になり、気温も十五度前後まで下がります。

現在、メルボルン北西郊では、警察が、ブリムバンク公園で目撃された青いトラックスーツに赤いキャップ姿の男に注意するよう呼びかけており……」

駐車場から出る車列に並ぶと、チャンネルを変え、音楽を流している局を探す。前にはバンパーのへこんだ赤いトヨタ車が、後ろには、ギャビーのシルバーの四駆が続いている。バックミラーを見ると、ギャビーがわたしに向かって手をふっていた。

ブリムバンク公園……。

その名前が引っかかり、記憶を探る。そうだ、例のマンションプロジェクトが売りにしていた公園だ。たしか、ブリムバンク公園とマリバーノン川まで歩いていけると謳《うた》っていた。

車のハンドルを指で叩きながら、出口にたどり着くのを待つ。車道に出る直前で、ウィンカーを右から左に変え、不幸なマンションに向かってハンドルを切った。

何を期待していたのかはわからない。実物をこの目で見て、高級住宅の夢が悪夢に変わった購入者の失望を理解したかったのかもしれない。

運転しながらずっと、現地に着いたら何を言うべきか考えていた。

「環状交差点、二番目の出口を左です」カーナビの指示に従って進む。「二百メートル先、目的地周辺です」

スピードを落とし、私道からバックで出てきた車を先に行かせる。一見したところ、この通りはそれほど悪くなさそうだ。たしかに、多少年季の入った家もいくつか見えるが、わたしの住んでいるスプリングヴェイルよりずっといい。野心的な不動産屋なら「お洒落なレトロ建築」とでも言い換えそうなくたびれた外壁や、きちんとした車庫ではなく、雨よけのついた駐車場《カーポート》を備えたレンガ造りの平屋が散見される。いくつかの角には、六〇年代に流行ったトリプル・フロントのレンガ造りの家もあり、年代物のレンガと鉄のフェンスも目につく。一方で、大きくてモダンなパビリオンスタイルの家も建っている。

多くのメルボルン郊外がそうであるように、ここにもさまざまな要素が混在していた。実際のところ、古い家であっても、土地があればかなりの高値で取引される。一軒家とマンションの違いはこの土地の有無にある。

ＧＰＳで見るかぎり、「公園まで歩いていける」という謳い文句は誇張のようだ。パンフレットには〝目と鼻の先〟と書かれているが、どう考えてもそれ以上の距離がある。と、ホームレスシェルターを見つけた。思っていたよりずっと近代的な建物だ。調べたところ、この〝スーパーシェルター〟は、短期の緊急避難所や長期滞在者用の住まいのほか、カフェやビジネスセンターを完備し、さらには医師やカウンセラー、リクルーターといった専門家が入居者を支援するスペースもあるらしい。

率直に言って、すばらしい取り組みだと思う。

車でそばを通りすぎると、路上に立っている一団が目に入った。ぼろぼろの服を着ている人もいれば、こざっぱりとした格好をしている人もいるが、いずれにしても、社長のメールで開発会社が訴えていたような、恐怖を煽る施設にはとうてい見えない。とはいえ、ホームレスシェルターが目の前にあったら高級マンションの住人が嫌がるというのも想像できる。

実際、そうだったのだろう。

くだんの高級マンションは、この通りから二ブロックほどのところにあった。それはパンフレットに描かれていたような芸術的なイメージとは似ても似つかぬもので、殺風景なグレーの建物は、さながら角張った嵐雲のようだ。広いエントランスには、手入れの行き届いていない庭があり、芝生はところどころ茶色くなっている。大きな木が影を投げかけるのは、コンクリートのベンチや濁った池だ。この壮大な敷地に、実現するはずだったビジョンが見えるようだった。

うまくいけば郊外のオアシスになったかもしれない。しかしこの場所に漂っているのは、モダンな華やかさではなく、残酷さと不毛な何かだった。

車を道路脇に停め、夕方の空気のなかに降り立つ。今日は気温が高く、エアコンも故障しているせいで、わたしはすでに汗だくだった。ポリエステルのブラウスが肌に張りつき、湿った髪が首の後ろにまとわりついてちくちくする。だが、そんなことでひるんではいられない。

大きなガラスドアは電子ロックで守られていた。おそらくスマートキーで開錠するタイプだ。インターホン用の小さなスクリーンがついている。ガラスのドアをのぞきこみ、入り口の警備デスクをチェックする。誰もいない。この建物全体に、廃墟のような雰囲気が漂っている。人が出入りしているようすはなく、車を降りてからここまで、まだ誰ひとり見かけていない。何の音もせず、音楽も聞こえない。

スクリーンに触れると、ピンパッドが表示され、希望する部屋の部屋番号を訊かれた。適当に押して入れてもらうのは無理そうだ。やたらと番号を押しているところを見られたら、注意を引くだけだ。

頭上からは防犯カメラがわたしを見下ろしている。スクリーンに目を戻すと、入居者リストを見られるオプションがあり、そこを押すと名字と名前のイニシャルの一覧が現れた。一覧にある名前の数は、わたしが把握している部屋数よりもはるかに少ない。それが実際の入居率を示しているのかどうかはわからない。

ある名前が、たちまち視界に飛びこんできた。フォックスワース・S。

彼の名義のまま、無人になっているのだろうか？　それとも彼のことを知っている誰かが住んでいる？　スクリーンの上で指がさまよう。かりに誰かいたとして、いったい何を言えばいいだろう？

すみません、亡くなっているかもしれない人についてお伺いしたいのですが。

きつく目を閉じ、えいやっと番号を押す。どうせ誰も出ないだろう。スクリーン横のスピーカーから呼び出し音が聞こえる。きっと、このまま鳴りつづけて終わりだ。

「はい？」一性別も年齢もよくわからない声が、雑音に交じって聞こえてきた。

「あ、あの……」焦って口ごもる。「スタンフォード・フォックスワースさんの知り合いを捜しているのですが」

スピーカーの雑音が大きくなる。そもそもの品質がよくないのか、それとも壊れかけているのか。そのとき、インターホンの金属の筐体《きようたい》部分に大きな傷があり、誰かが殴ったようなへこみがあるのに気づいた。

「どちらさま?」

「わたしは……」万一のことを考えて、本名を名乗るのをためらう。「スザンナです。この建物に関する調査をしています。その、みなさんが騙されたことを知って――」

大きなブザーが鳴り、ドアが開錠される。うそ、本当にいいの? スクリーンを見て部屋番号を確認する。PH4。ペントハウスだ。

「ありがとうございます」スピーカーに向かって礼を述べたが、すでに切れていた。

エントランスを抜け、自分はいったいどこに向かっているのだろうと思いながら、エレベーターへ向かう。ひょっとしたらいまの相手は、自分たちの商売を詮索されて怒っているかもしれない。スタンフォード・フォックスワース三世とは無関係の人物かもしれない。わたしがここにいることは誰も知らない。わたしを捜す人はいない。かりに行方不明になっても、仕事のあと、わたしがどこへ行ったのかは誰にもわからないだろう。

エレベーターに足を踏み入れると、恐怖で胸が締めつけられた。それでも、好奇心には勝てない。

エレベーターの扉が閉まり、エントランスが見えなくなる。エントランスは、天井パネルのひとつがぽっかりと開き、床には上部のパイプから滴る水滴を受け止めるバケツが置かれていた。フロントデスクには人がいそうな気配すらない。奇妙にも、エレベーターだけはパンフレットのイメージにかなり近かった。内部には金箔が施され、ボタンのある壁は光沢のある仕上がりになっている。ＰＨと書かれたボタンを押し、周囲を見まわす。ガラスに反射した自分の顔が幾重にも見える。まるで何千もの目に見つめられているようだ。どことなくアールデコ調のエレベーターは、すっきりとしたモダンさと華やかさを漂わせている。この場所がどういう場所になり得たのかを垣間見た気分だった。発揮されなかった可能性を。

最上階に着き、ドアが開く。廊下に出る。わずかに質感のある薄いパールグレーの壁紙と、かすかに弾力のあるカーペット。頭上の照明設備もすてきだったが、電球がひとつ切れているらしく、ＰＨ４のドアのすぐそばが影になっている。この小さな暗がりが、何かの予兆に思えた。

息を吸い、ドアをノックする。

室内で音がする。足音と、戸棚を勢いよく閉める音。いや、何かを落とした音だろうか。心臓をばくばくさせながら待つ。

やがてドアが開くと、目の前に、薄い唇からタバコをぶら下げた女性が立っていた。豊かな色調のエメラルドグリーンに、鮮やかな南国の花々が描かれたシルクのローブに身を包んでいる。美しいローブだ。本物のシルクに違いない。袖と裾には繊細なレースがあしらわれ、生地には驚くほどの光沢がある。だがこの豪華なローブとは対照的に、オレンジブロンドに染めた髪の根元は十センチほど伸び、年齢を感じさせる目元のしわは、アイメイクで黒ずんでいる。唇は乾燥してひび割れ、タバコに伸ばした手も震えている。毛先も痛んでいるようだ。ささくれをむいたのか、指に乾いた血が付着している。

「あなた、記者か何か？」彼女が目を細めてわたしを見る。「おかしな話ね、このマンションが完成したときには誰も気にしなかったのに。一度小さな記事が載っただけで、ほとんど話題にもならなかった。いまになって何なの？」

「スタンフォード・フォックスワース三世をご存じですか？」彼女の質問を無視して尋ねる。どんな答え方をしても、きっと納得しないだろう。前にも嫌な目に遭っているならなおさらだ。

「弟よ」その目がきらりと光る。立てつづけにタバコを三回吸い、口の端から煙を吐きだす。

「なかに入っても？」とわたし。「これまで誰もあなたの話に耳を貸さなかったようですが、わたしは違います。ぜひ聞かせてほしいんです。ほかにも聞きたい人はいると思います。わたしならそのお手伝いができます」

ここに来るまでのあいだ、わたしは作戦を考えていた。本物の記者を装うことはできないが、ポッドキャスターならできるだろう。昨今では、古いニュースはこうやって新たに命を吹きこまれている。

「ここをつくったやつらが、あの子に命を絶つよう迫ったことは知ってる?」唇が震え、タバコの灰が床に、彼女の裸足のすぐ横に落ちる。彼女は気づいていないようだ。

一瞬わたしは混乱し、頭が真っ白になった。ビルから突き落とされたわけでも、ブレーキに細工されたわけでもない。それよりはるかにたちが悪い。そう仕向けられたのだ。

スタンフォードの死が新聞で触れられていなかった理由が、ようやくわかった。自殺は基本的にニュースにならない。社長のファイルにあった電子メールを思いだす。過失致死についての言及。しかし、自殺教唆の罪としてそれが適切かどうかはわからない。

それでも、これが犯罪行為であることは間違いない。有罪になれば実刑を食らうだろう。

「スタンフォードは――あの子はこの名前も嫌っていたのだけど――とても繊細な子だった。いろいろなことを気にかけていた。気にかけすぎなくらいに。それがあるとき道を踏み外してしまって……」しばし目を閉じ、黒いアイライナーが涙でさらににじむ。震える手でタバコを吸い、もう一度煙を吐きだす。「あいつらが妙な考えをあの子に吹きこんだせいで……あんなふうに追い詰めなければ、弟がわたしたちを置いていくことなんて絶対になかった。あいつらは……あいつらはあの子にそうするよう迫った。もちろん、証拠は残さずに」

「弟さんの話を世間に知らせるお手伝いをさせてください」胃がむかむかする。人に自殺を迫るなんていったいどんな神経をしているのだろう。

いや、あいつは暗い路地で女を暴行するような人間だ。

他人にひどい暴力をふるえる人間に良心などあるはずがない。絶対に。

「そんなことして何になるっていうの？」頭をふりながら彼女が言う。「もう遅いの。何をしたって弟は帰ってこない。いなくなったあの子を取り戻すことはできない」

「弟さんを追い詰めた人間は、その代償を払う必要があります」怒りでのどが詰まる。「せめて、あなたの話を聞かせてください。弟さんがなぜそうなったのか、弟さんのために真実を聞かせていただけませんか？」

彼女は涙を浮かべてわたしを見た。その体から、体臭とニコチンとお酒のにおいが漂っている。これは悲しみの、悲嘆のにおいだ。わたしにもなじみがある。夫が亡くなったあと、数カ月間わたしもこのにおいをさせていた。この哀れな女性には同情しかない。

「わかった」あきらめたように肩をすくめる。彼女はいま、きっと目的もなく人生を漂っているのだろう。どこに向かうべきかもわからずに。もしかしたらわたしは、自分だけでなく、彼女のことも救えるかもしれない。

体を引き、わたしに入るよう促す。室内は散らかっていた。山積みになった本がそこかしこに散在し、適当に積まれたそれらが、いまにも崩れそうになっている。オープンキッチンのシンクには食器が溜まり、腐ったフルーツのような酸っぱいにおいが漂ってくる。床には包み紙やボトルが散乱し、洗濯物のあふれたかごがソファに置かれている――どうやら干されないまま放置されているようだ。部屋の隅では猫がうずくまり、身を低くして、鮮やかな黄緑色の瞳でこちらをじっと見つめている。

コーヒーテーブルには、開いたままの詩集が一冊と、ミルクの膜が張った飲みかけの紅茶のカップがいくつも置かれていた。ふと視線を動かすと、ある景色に目を奪われた。掃き出し窓から見える、メルボルンの美しく、壮大な眺め。金色に染まった光と、無秩序に広がる都市を切り裂く緑の帯。絶景だ。

「座って」彼女がソファを示す。「じつは、さっきまでこれを見ていたの」

座る際に洗濯かごを押しやっても、彼女に申し訳なさそうにするそぶりはなかった。ソファの横の小さなサイドテーブルにスクラップブックが積まれていて、そこだけは整理が行き届いているように見える。雑然とほったらかされた飲み物や食べ物から離れた場所にきちんと積み上げられ、それぞれに異なる素材のカバーがかけられている。彼女がそのなかのひとつを手に取り、わたしに手渡す。

「あのあと、すぐにつくりはじめたの……」そう言って、こちらを見ずに向かいのひとり掛け用ソファに腰を下ろす。ローブの裾が足元にたまる。猫がすぐにやってきて、彼女のひざに飛び乗った。その目は相変わらず警戒するようにわたしを見つめている。「あの子を偲《しの》ぶいい方法だと思ったから。ハードディスクに保存してあった弟の昔の写真をプリントアウトして、このアルバムをつくったの」

最初のページを開き、三人の子どもが写っている写真を眺める。みんなプラチナブロンドで、七〇年代のかわいらしい服を着ている。

「それはわたしと弟と、兄のジェイク」彼女が指さす。「弟が亡くなってからジェイクはすっかり変わってしまった。あの悲劇の前に両親が亡くなっていたのがせめてもの救いね。母は絶対に耐えられなかったと思うから」

ページをめくると、さらに写真が出てきて、そのどれもが、洒落た書体、デコレーションテープ、紙の飾り、美しい水彩画などですてきに彩られていた。

「これ、あなたが描いたんですか？」ブルー、ターコイズ、パープル、ティールといった青い色彩で描かれたクジャクを指さして尋ねる。

「昔、画家だったの」その目はいまや遠くを見つめ、わたしには見えない何かを見つめている。「弟はわたしの絵が好きだった。自宅の仕事部屋にわたしの絵を飾ってくれたくらい。子どものころによく行ったビーチの絵よ」

ページをめくっていく。写真と彼女の絵。さらなる愛と思い出。二冊目を手に取り、大人になったスタンフォードの写真が出てきたところで手が止まる。ある写真では、姉と並んで楽しそうに笑っていた。彼女はいまより何十歳も若く見えるが、せいぜい五年前くらいだろう。というのも、背後のバス停に貼られたポスターの映画が、数年前に公開されたものだったからだ。

しかし、わたしの目が釘づけになったのは、もう一枚の写真だった。スタンフォードの隣に立ち、きらきらと輝くダイヤモンドのリングをはめた手を、カメラに掲げて幸せそうに微笑むひとりの女性。写真の下にはこう書かれている。

スタンフォードと未来の妻……

それは、アドリアナだった。

第二部

第三十章

現在　イザベル

この瞬間をずっと待ち望んでいた。なんと長い一日だったのだろう。アドリアナの結婚式は思い描いたとおりだった。エレガントで、贅沢で、参列者には多くの著名人が名を連ねていた。地元の政治家、ニュースキャスター、そして間違いなく、メルボルンの裏社会の人間たち。ここに犯罪者が参列していたとしても、とくに驚きはない。

アドリアナは、言うまでもなくすてきだった。シルクのロングドレス、洗練されたメイク、白い花のロングブーケ。凛《りん》とした、静かな佇まい。

なぜ、あんなに落ち着いていられるのだろう。

嵐のように渦巻く不安と、燃えるような期待に揺れながら、わたしはずっと爪を嚙んでいた。今日、わたしは加害者と対峙する。あの男にわたしの勝利を知らしめてやる。

夜も更け、メイン料理とケーキカットも終わり、まもなくデザートが供される。けれど、バーナーであぶったバニラクリームブリュレや、シャンパン風味のアイスクリームを添えた洋ナシの赤ワイン煮を食べる気にはなれない。

わたしが欲しいのは別のものだ。

「すみません」

トイレから出てきた男に声をかける。わたしたちはワイナリーの受付近くの廊下にいて、ほかには誰もいない。ふたりきりだ。わたしの神経はびりびりと張り詰め、体中のセンサーが警告を発している。やめろ。危険だ。下がれ。

いや、引かない。今日はわたしの晴れ舞台だ。

わたしが輝く日だ。

「なんだ?」そっけない返事。「仕事の話なら――」

「違います」

会社では、わたしはネズミのように小声で話し、この男からこそこそと逃げまわっていた。極力そのレーダーをかいくぐり、視界に入らないよう、目立たないよう努めてきた。

しかしいま、ようやくこの男の目を見ることができる。「少し、お時間よろしいですか? 大切なお話があります」

その顔に、稲妻のようにいらだちが走る。「いまそんな時間は――」

「あります。いえ、つくっていただきます」わたしの声は、冷たく硬い。髪を耳にかけ、普段は隠している傷跡を、目の前の男に見せつける。男が、何かを追いだそうとするかのように、記憶をふり払うかのように、頭をふる。「わたしのこと、覚えてる?」

その日に不安げな光が閃く。「わたしはきみの上司だぞ」

「あなたの会社に入る前の話」わたしの身長は彼よりずっと低かったが、突然背が伸び、相手を見下ろしているような気分になる。まるで、力を持っているのが自分であるかのように。いや、実際に主導権を握っているのはわたしだ。「もっとずっと昔の話」

「こんなゲームに付き合ってる暇はない」ぴしゃりと言う。「わたしを引き留めるほど重要な話とは何だ?」

「あなたの後ろ暗い秘密を知ってるの。ひとつ残らず」顔が熱くなる。わたしは怒っていた。「わたしも、あなたの秘密のひとつ」

男が目を細める。「何の話をしている?」

どうやら、この男は手を握って誘導してあげなければいけないらしい。もちろん、比喩的な意味でだが。

「当時、わたしはスザンナだった。メルボルン大学近くのバーであなたはわたしに話しかけてきて、飲み物をおごろうとした。でもわたしは次の日テストで早く帰るつもりだったから、断った。あなたはわかってくれたと思った。でもそうじゃなかった。ビールの空き瓶を上着のポケットに入れて、バーを出たわたしを追いかけてきた」

そのときの情景がフラッシュバックする。じっとりとした空気、タバコの煙、通りの角にある中華レストランから漂う飲茶のにおい、路地裏に佇むいかがわしいバーのネオンサイン。背後からわたしをつかみ、片手で口を押さえ、物陰に引きずりこんだ乱暴な手の感触。わたしたちに気づかず、ふらふらとバーを出ていく酔っ払いたち。路地の奥、大きなゴミ箱の裏に明かりは届かない。あいつは必死に抵抗するわたしの側頭部をビール瓶で殴りつけ、わたしの世界を一変させた。

「このクソ野郎」男を強く突き飛ばした。相手はその行動に驚いたのか、じりじりと後ずさる。「あんたはわたしの人生を台無しにした。だから、あんたの人生も台無しにしてやる。あんたはもう終わりよ、グラント・フレンチマン」

その顔から血の気が引くのを見るのは最高だった。この瞬間を何年も思い描いてきた。血のにじむような年月、回復というジェットコースターに揺られながら、ずっとこの日を待っていた。わたしはサバイバーだ。少なくとも、周囲にはそう言われた。

だが、わたしはむしろ、制裁を加える側になりたかった。加害者を狩る側に。奪うものに。相手の悪夢に。

この瞬間を心ゆくまで味わいたい。じっくりと。充分に満たされた終結を迎えられるように。この場所で、危害を加えられる心配はない。別室にはウェディングドレス姿のアドリアナがいるし、会場には職場の人間もいる。わたしが行方不明にでもなれば、彼らが気づくだろう。

　この男のそばにいて初めて、自分が強いと感じた。

「何を……」グラントが、啞然としながら頭をふる。

「あんたはレイプ魔で、嘘つきで、犯罪者」グラントの悪事を、指折り数え上げていく。

「婚約者に隠れてほかの女性を口説くときはフランシスって名乗ってることも知ってる。フレンチマンをもじってフランシス？　それがうまい名前だとでも思った？」

　わたしの告発を聞くたびに、その目が大きく見開かれていく。

「カイリーには会った？　彼女もここに来てる。せっかくのサプライズを台無しにしたくなかったから、式のときは教会の後ろの席に座っていたの」にこりと微笑む。「彼女はあんたが思っているよりずっと賢い。前回あんたたちと一緒にいたとき、あの子、あの晩に起きたことを全部録音していたの。わたしだったらそこまでできたかわからない。あんたが他人を自殺に追いやる人間だって知っているから、実際に殺されるんじゃないかって不安になったと思う」

　魚のように口をぱくぱくさせ、日に焼けたオリーブ色の肌が紙のように白くなる。

「カイリーは、わたしがこれまで手に入れられなかったものを手に入れた。証拠をね。彼女がやめてと言っても、あんたは無視しつづけた。彼女が痛いと言ってもあんたはずっと笑ってた。全部音声が残ってる。ああ、それからブランズウィックの社名もはっきり録音されてるから。あんたは薬で彼女が意識を失っていると思って油断してたのかもしれないけど」

グラントはいまにも吐きそうな顔をしている。

「ちなみにその音声のコピーはあちこちにあずけてあるし、アドリアナの受信トレイにも送っておいた。こっちを黙らせられると思ったら大間違いだから」

「何が望みだ?」かすれた声。「金か? 金ならやる」

お金じゃわたしの問題は解決しない。この自己中のクソ男は、わたしが顔の傷跡を気にしているとでも思っているのかもしれない――美容整形の費用さえ出せばわたしが引き下がるだろうと。冗談じゃない。「お金なんてどうでもいい」

「じゃあ何だ? 株か? 不動産はどうだ? わかった、マンションをやろう」その顔に花火のようにパニックがはじける。「所有している建物があるんだ――」

「ドール・プライム・レジデンシズのこと? よく知ってる」わたしはうなずく。「話のついでに訊くけど、アドリアナの最初の夫が、あんたの不動産プロジェクトに多額の投資をしていたことを彼女は知ってるの? そのせいで自殺したことは? あんたがそうするしかないってそそのかしたせいで」

「そんな証拠はない」その声はほとんど聞き取れない。

「それが、あるの。昔のパートナーに裏切られたときに備えて、〝保険〟をたくさんとっておいたでしょう？　パソコンをアドリアナに見られないようにすることに気をとられて、ほかの人間に見られることは考えなかった？」

まるで幽霊でも見るみたいに、茫然とわたしを見つめる。恐怖と不信が入り混じったように目を見開き、かすかに首をふりつづけている。心配しないでボス、わたしは実在してるから。

「自殺教唆で起訴できるかどうかはわからないけど、あんたがビジネスパートナーにカイリーをあてがって乱暴した音声があれば、信ぴょう性が増すかもね。裁判所は性の売買をあまり好まないから」

一歩、また一歩と後ずさる。正直なところ、この男はもっと抵抗すると思っていた。だが、すでに腰が引け、いまにも逃げだしそうになっている。

「これは終わりのはじまり」最後通告をつきつける。「あんたはもう逃げられない」

「何が望みだ？」ふたたび訊く。その周囲には絶望がまとわりついている。

「あんたが消えること」

第三十一章

グラント

階段を駆け上がる。数歩ごとにふり返り、女がついてこないことを確認する。いない。ポケットからルームキーを取りだし、部屋へ急ぐ。黒いパッドにキーを押し当てる。機械音に続いてカチリと音がする。もう一度背後を確認する。廊下には誰もいない。よかった。ドアを押し開け、すばやく室内に入る。心臓が早鐘を打っている。汗が眉を伝い、脇の下や背中、ベルトの下あたりにも汗が溜まりはじめる。

ここを出ていかなければ。いますぐに。

クローゼットからスーツケースを取りだし、ベッドまで転がして持ち上げる。ジッパー音が静寂を引き裂き、スーツケースが勢いよく開く。それはぽっかりと口を開け、こちらを見つめている。いや、この空洞は、まばたきもせず、批判的にこちらを見つめる目だろうか。

自分の罪は、ばれている。

衣服や洗面用具など、自分の持ち物をすばやく詰めこんでいく。まっすぐ空港に行って、プライベートジェットに乗ろう。緊急用の脱出口だ。つねに備えは必要だ。ギリシャのパスポート――母親からもらった唯一役に立つもの――で、カラバカの北部にある人里離れた別荘に行き、身を潜めて今後の計画を練るのだ。

まさかこれが必要になる日が来ようとは。

成功に酔って傲慢になっていた。自信過剰に。それがいま、このざまだ。どうしてこうなることを予見できなかったのか？　なぜ自分が後れをとっていることに気づけなかったのか？

そのとき、足音が聞こえた。木の床を打つハイヒールの音が、つるはしのように脳を打つ。かつて彼の体を欲望で満たしたその音が、このとき、彼の体を麻痺させた。

足音が近づき、息を止める。音がやむ。カーペットが敷かれた箇所を歩いているのだろう。目を閉じ、祈る。もう、長いこと祈っていなかった。

一瞬、ほかの部屋に行く別の客の足音かもしれないと自分を励ます。きっとフラットシューズに履き替えに来たのだろう。ダンスで足が疲れ、ワインの飲みすぎでふらついているに違いない。窓の外に目をやると、丘の斜面に沿って整然と立ち並ぶブドウ畑が豊かな黄金の光に包まれ、まるで一幅《いっぷく》の絵のように輝いていた。しかしその空は、しだいに雲に覆われはじめている。

ふたたびコツコツと木材を打つ音が聞こえ、背筋がぞくりとする。その音が高い天井とフローリングの床に反響し、動けなくなる。

くそ、俺は終わりだ。

ノックの音。「わたしよ」

アドリアナ。妻だ。

ドアを開けると、妻は心配そうにこちらを見つめていた。こんなふうに自分を見つめる顔も、とても美しい。まるで自分が世界一重要な男に、世界でたったひとりの男になった気がする。

力がみなぎり、この混乱から抜けだせるかもしれない、そう思わせてくれる。

その目がベッドの上に開け広げられたスーツケースをとらえ、ますます不安に曇る。部屋に入り、ドアを閉める。「え……どうしたの？」

「すぐにここを出ないと」そう言って彼女の腕をさする。冷たい。鳥肌が立っている。肩とデコルテが露出したシルクのドレスは、このうえなく優美だ。今日は、日中は暖かったが、日が沈み、天気が崩れはじめると、一気に冷えてきた。「何か羽織ったほうがいい」

「話をそらさないで」ベッドに近づき、スーツケースを見下ろす。「どうして出ていくの？　だってまだ……いったいどういうこと？」

その声に悲痛な響きを聞き取り、ここが正念場だと悟る。ここを乗り越えられなければ、ゲームオーバーだ。

「仕事なんだよ、ダーリン」温かく、自信に満ちた笑みを浮かべて言う。

ダーリン？　これまで一度だってそんな呼び方をしたことはなかった。それはほかの女に呼びかけるときのものだ。征服すべき女に。彼女は違う。アドリアナをそんなふうに呼ぶ必要はない。パニックが押し寄せてくる。アドリアナは怪訝そうに眉をひそめた。何か言わなければ。この状況をコントロールしなければ。

「黙っていてすまない。きみに、心配をかけたくなくて」さらりと言う。「今日はふたりにとって特別な日だから。でもどうしても対処しなきゃいけない状況になってしまって。緊急事態なんだ」

アドリアナが頭をふる。肩にかけた小さなバッグのゴールドのチェーンが、沈みゆく太陽の光を受けてきらめいている。その手がゴールドの留め具に触れ、ぱちんと開けたり閉じたりして開閉をくり返す。以前に一度か二度だけ見たことのある、彼女の神経質なクセだ。いずれのときも、彼女は何かを告白しようとしていた。

なぜだか、その行動から目が離せなかった。

彼女は何か知っているのだろうか？　さっきの会社の受付の女がよくないことを吹きこんだのだろうか？　受信トレイの録音を聞いたとか？　たしかに、アドリアナに言っていないことは山ほどある。だが、もしかしたら自分の言い分を聞いてくれるかもしれない。自分には制御できない衝動があるが、彼女のことを傷つけるつもりはない。絶対に。

「月曜まで待てないの？」輝くブラウンの瞳がこちらを見上げる。「グラント……今日は結婚式だってわかってる？　もうやり直しはできないのよ」

「わかってる」手を伸ばし、彼女を引き寄せる。「でもどうしても行かなきゃいけないんだ」

そのとき、あることを思いつく。

「そうだ、コンシェルジェに電話して車を手配してもらってくれないか？　きみさえよければ一緒に行こう」雲間から太陽がのぞくように、声に希望が宿る。「ぼくも今日はきみと一緒にいたい。ほかの場所に行くにしても」

車を呼んでもらえば、このまま荷造りを終わらせて、セーフティボックスからパスポートを出したらすぐにでもここを出ていける。明日朝一番で空港に行くことになっていて助かった。メルボルンの自宅にパスポートを取りに戻っていたら、リスクが格段に高まっただろう。

国外に出ることは、車に乗るまで彼女には黙っていよう。

サプライズ！　きみを独り占めするのが待ちきれなくて、今夜ハネムーンに出かけることにしたんだよ。仕事のトラブルっていうのは嘘なんだ。

アドリアナは信じるだろうか？　わからない。最近、何かと質問が増えて、説得するのに苦労している。

「車を呼んでもらうのはいいけど……」アドリアナが不安そうな声で言う。まずい、慎重に手札を切らなければ――完璧に演じきらなければ。

「ああ、頼むよ」

アドリアナが電話に近づき――黒とゴールドの昔ながらの有線電話に見えるが、実際はいまどきの機能を備えたレプリカだ――受話器を取り上げる。彼女が華奢《きゃしゃ》な指で、コンシエルジェデスクの短縮ダイヤルをまわすあいだに、部屋の奥に戻ってセーフティボックスの前にひざをつき、今日の午後に設定したばかりの暗証番号を打ちこむ。

「あ、すみません。はい、そうです。あの、車を一台手配していただけますか？　ええと……」彼女がちらりとこちらを見る。眉をひそめ、唇を引き結びながら、顔の横で受話器を揺らす。「急な用事ができてしまって、メルボルンに戻ることになったんです。はい、ふたりですぐに戻らなければいけなくなって」

金庫の扉が開くと同時に、ふうっと声が漏れる。彼女は一緒に来てくれる。まだ何も吹きこまれていない。ここから連れだして説得すれば、もしかしたらすべて丸く収まるかもしれない。あの女より先に、アドリアナを味方にできるかもしれない。

「二十分後ですか？」

二十分？　そう思ってふり向くと、彼女はすでにうなずいていた。「はい、わかりました。大丈夫です。部屋で待っていますので、車が来たら電話していただけますか？　ありがとうございます」

アドリアナが受話器を戻す。

「二十分だって？」金庫から書類を取りだしながら言う。「どうしてそんなにかかるんだ？」

「わたしたちの出発が明日の朝になっていたから、ドライバーがいないんですって」アドリアナが、景色を縁どる大きな窓に目を向ける。

外の天気は一変していた。日中はさわやかな日差しが降り注いでいたのに、いまは黒い雲が垂れこめている。最初は静かにガラスを濡らしていた雨粒が、しだいに激しくなっていく。まるで怒った子どもが、こぶしを丸めて窓を叩いているようだ。風も強くなり、うなりを上げはじめている。

何かの予兆のようだ、と思う。潮目が変わったことを、目に見える形で突きつけられているかのような……。

「きみも荷造りしないと」

「本当に仕事のトラブルなの？　なんだかもっと深刻そうだけど」アドリアナが眉をひそめて、こちらに近づいてくる。用心しなければ。彼女は細かいところにまで気がつくタイプだ。彼女を自分の厄介事に巻きこまないよう、やりすごさなければ……。

彼女の行動を追跡するために家のセキュリティ番号を個別にしていること。二台目の携帯電話を持っていること。デバイスをロックしてつねにそばに置いていること。彼女を職場に招いたり、仕事関係者に紹介したりするのを避けていること。娘のこと。

とくに娘のことは、実際には中絶されずに生きている娘のことは、隠しとおさねばならない。

すべて、必要な措置だった。

心配そうに唇を開き、こちらを見つめる美しい顔を見ていると、すべてを隠しとおしてきた甲斐があったと思う。彼女はトロフィーになる予定だった。コレクションに。だが、それ以上の存在になった。これほど大切な存在ができたのは久しぶりだった。

本気で恋に落ちてしまった。

「いや、本当に仕事で深刻なトラブルが起きたんだ」と応じる。「申し訳ないと思ってる。今日だけは邪魔が入らないようにしたかったんだけど」

彼女がうなずく。「まあ、どちらにしても少し時間がかかりそう。こんな天気じゃ運転手もスピードは出せないでしょうし。とくにぬかるんだ田舎道じゃ。何か飲みながらのんびり待ちましょう」

部屋の反対側にはバーがある。こうした洒落た演出も、特別な日にこの会場を選んだ理由のひとつだ。アドリアナがグラスをふたつ用意し、銀製のヴィンテージトレイに置かれたスモーキーなウイスキーのデキャンタに手を伸ばす。隣にはXOコニャックやシングルバレルバーボンが並んでいる。昨日到着したときには、こんな手書きのメッセージが添えられていた。

ぜひお楽しみを。おふたりの結婚にふさわしいお飲み物をご用意しました。

パスポートと携帯品を手に取り、ベッドの上の、半分荷造りの終わったスーツケースのほうへ行く。小さな冷凍庫から出した特大サイズの氷がグラスにカチャリと当たり、デキャンタのふたが静かに開けられ、とくとくと液体が注がれる音がする。彼女とここで待っていよう。少なくともここにいれば、アドリアナとあの女たちが会うことはない。もちろん、用心するに越したことはない。あの女どもから彼女を守らなければ。

ドアに向かい、チェーンをかける。アドリアナは何も言わない。ふり向くと、グラスをふたつ持った彼女が立っていた。

「座って」彼女が言う。「一杯飲んで落ち着きましょう。きっと大丈夫だから」

自分は命令される側の人間ではない。社長であり、家長であり、父親であり、夫であり、すべてを操る者だ。しかしこのとき、彼女の静かな威厳に癒される思いがした。アドリアナには良妻の資質がある。こちらのニーズを察し、そっと落ち着かせ、夫のことを第一に考えてくれる。窓のそばにあるベルベットの椅子に腰を下ろすと、彼女からグラスを受けとった。バルコニーに続くドアの蝶番が、風にあおられてがたがたと揺れている。

「天気がひどくなる前に、大事なイベントが終わってよかった」アドリアナがグラスを唇に近づけると、部屋の灯りを受けてきらめく琥珀色の液体が彼女の白い肌に反射して、温かな輝きを放つ。「外、すごく荒れてる」

まったくだ、と思うが、これは天気のことではない。

ウイスキーをひと口飲む。液体がのどの奥を滑り落ち、なじみのある温もりが広がる。

「ここにきみがいてくれてよかった。ドレス姿の美しいきみが部屋をぱっと明るく照らしてくれるからね」

彼女の細くしなやかな体をちらりと見やる。滑らかなシルクが流れるようにその体をなぞり、引き締まったボディラインを際立たせている。ブロンドの髪が肩にかかり、耳たぶで大きなパールのピアスが揺れている。

彼女がバージンロードを歩く姿を見て、その美しさに息をのんだ。

彼女と恋に落ちるつもりはなかった。彼女の夫の葬儀に参列したのは、人々の会話を聞くためだった。葬儀でうわさ話などしないと思うかもしれないが、それは違う。人はどんな場所でもうわさをする。ビジネスパートナーたちも全員参列した。たしかにリスクはあった。自分たちが例のマンションの開発業者であることを知っている者が参列している可能性はあったが、それよりも自分の置かれている状況を知りたかった。スタンフォードことトビー（彼はこの呼称を好んでいた）の死に、自分が関与している疑惑があるのかどうか、それを知りたかった。

彼女を見かけたのは、そのときだった。理解を超えた美しさと、水彩画のような静かな悲しみを湛《たた》えていた。あの女性は夫のしていたことを知っているのだろうか？　葬儀の数日後、アドリアナのもとを訪れ、あらためてお悔やみを述べた。その後も、偶然を装ってばったりカフェで出くわすことをくり返し、会話をしながらその反応をうかがった。アドリアナは自分に反感を抱いていないようだった。それどころか、こちらの正体をまったく知らないようだった。

やがて、彼女は何も知らず、夫の財政問題にもかかわっていないことが明らかになった。あのマンションの存在すら知らなかった。最初の予定では、彼女が夫の死とあのマンションを結びつけているかどうかを確認したら、すぐに姿を消すつもりだった。

だが、できなかった。

あまりに魅力的だった。夫を早くに亡くした若い女性にありがちな危うい脆さは微塵もなかった。ガラスのような強さがあった。衝撃で簡単に割れるようなガラスではなく、高層ビルで使われるような、美しく透きとおっていながら、侵入を許さないガラスの強さが。

彼女の挑戦的なところが好ましかった。意外性に魅了された。しだいに彼女から離れられなくなった。彼女は希少な宝物であり、貴重な絵画であり、手に入れるべき目標となった。自分の人生のピースを埋める完璧な女性だった。彼女を腕に抱き、その温かい抱擁に迎えられたいと思った。

「何を考えているの？」

飲み物を口にするアドリアナにつられ、ぐびりとウイスキーを流しこむ。胸にわだかまるパニックを少しでも和らげたかった。しばらく無言で飲んだあと、おかわりを訊かれたが、断った。気持ちは落ち着かせたいが、頭ははっきり保っておきたい。

「きみと結婚できて幸せだなって」そう、答える。「それからきみが今日、いや毎日、どれだけ美しいかってことを」

「望んだとおりになった？」

「結婚のこと？　まだはじまったばかりじゃないか」

時間がゆっくりと流れ、電話はなかなかかかってこない。ゆっくりと、まばたきをする。ふいに、頭に綿が詰まっているような感覚に陥る。ストレスのせいだろうか？　それとも風邪を引いた？　この古い建物には、わずかに隙間風が吹きこんでいる。

椅子から立ち上がろうとすると、突然世界が傾き、足元の地面が液状化した。壁が砕け散って波になる。クリスタルのタンブラーが手から滑り落ち、床で大きな音を立てた。わずかに残っていたウイスキーがこぼれ、床板に水たまりができていく。

「アドリアナ？　何だか……」

その姿が一瞬ぼやけ、目の前でゆらゆら揺れる。何かがおかしい。具合が悪い。助けてくれ。頼む。

妻の目がすっと細くなり、はじめ、心配しているのかと思った。だが、次の瞬間、彼女の口角が満足そうに上がるのが見えた。

第三十二章

アドリアナ

車を呼んでほしいというグラントのために、受話器を取る。準備はすべて整った。正直、悪事がばれたグラントがどう動くかはわからなかった。抵抗するか、逃げだすか。個人的には前者だと思っていたが、やはりこの男は自分本位の臆病者だった。虚勢ばかりでまったく気骨がない。

嫌悪感を抑えるのはつらかった。感情を顔に出さないようにするのは至難の業だ。いまはまだ、小さな満足感に浸っている場合ではない。はるかに大きな達成感が、ほどなくやってくる。

わたしは単純な甘ちゃんで、この事態を予測していなかったかもしれない。けれど、真実がわかった以上、行動を起こさないわけにはいかない。トビーのために。カイリーのために。イザベルのために。この胎内で育っている命のために。あの男に傷つけられたすべての女性のために。こういう人間は、力ずくで止めなければ永遠に加害をくり返す。

だから、わたしが終止符を打つ。

受話器を取り、短縮ダイヤルを押すふりをする。心臓が、疾走する馬のように暴れまわる。

あの男はわたしの行動を見ているだろうか？　もし気づかれたら？

カイリーやイザベルにしたように、きっとわたしのことも力でねじ伏せるだろう。

そのとき、背後で引き戸が開く音が聞こえた。金庫を開けに行ったようだ。

「あ、すみません」電話の向こうに誰かがいるかのように、少し間を置く。「はい、そうです。あの、車を一台手配していただけますか？　ええと……」声が揺れる。息を吸って気持ちを整える。「急な用事ができてしまって、メルボルンに戻ることになったんです。はい、ふたりですぐに戻らなければいけなくなって」

グラントが金庫の暗証番号を打ちこみ、ロックを解除する音が聞こえる。タクシーの到着時間は何分後が適当だろう？　短すぎれば計画を実行する前に部屋を出てしまうかもしれないし、長すぎればわたしの手から電話をひったくって文句を言いそうだ。

それはまずい。

「二十分後ですか？」彼に見られているといけないので、うなずきながら言う。「はい、わかりました。大丈夫です。部屋で待っていますので、車が来たら電話していただけますか？　ありがとうございます」

受話器を戻す。これで多少は時間が稼げるはずだ。誰も彼を迎えには来ない。

それから数分間、わたしは理想の妻を演じた。ワーカホリックの新しい夫を心配しつつ、自分の大切な日を台無しにされたことに憤慨するかわいい妻。ここで腹を立てなければ、警戒されるだろう。だが口論になるほど我を通してもいけない。とにかく警戒させずに、リラックスさせること。

いよいよ、大事な局面がやってきた。飲み物をつくるのだ。

バーカートから、震える手でクリスタルのタンブラーをふたつ取りだし、ウイスキーのデキャンタに手を伸ばす。彼の目を引かないよう、なるべくゆっくり動く。背後で荷物をまとめる音がする。小さな冷蔵庫の前で腰をかがめ、バーカートの陰に隠れて自分のバッグを引き寄せる。留め具を何度も開閉したおかげで金具が緩み、バッグが音もなく開く。片手でウイスキーを注ぎながら、もう片方の手をバッグに差し入れ、小さなプラスチックの魚を取りだす。

ガンマヒドロキシ酪酸。GHB。リキッドX。ファンタジー。

大学時代、友人とわたしはいつも飲み物の検査キットを持ち歩いていた。というのも、一学年上の先輩が、パーティーで飲み物に何かを入れられたという話を聞いていたからだ。以来、わたしたちは飲み物を検査するのがクセになり、いまでもクローゼットに二、三個検査キットが残っている。

まだ使えるかどうか不安だったが、大丈夫だった。

簡単な検査をすると、夫のポケットに入っていた液体が、よくあるデートレイプドラッグであることが判明した。そしてグラントのノートから滑り落ちた名刺は、カイリーが暴行されたと言っていたホテルのものだった。偶然にしてはできすぎだった。するとその後、次々と証拠が眼前に突きつけられた。まるで消防ホースで顔面に放水されるみたいに。

キャップを開け、彼の飲み物に透明な液体を落とす。空の容器はあとで処分するのでバッグに戻す。終わったら証拠を拭き取り、トイレに流すつもりだ。目の端で、グラントがドアの近くにいるのが見えた。そっとチェーンをかける音が聞こえる。

閉じこめられた！

心臓が爆発しそうだった。息を止める。ひょっとしてこの計画はばれている？　薬を入れたところを見られた？　決定的瞬間に捕まえるつもりだろうか？　吐き気をこらえる。

自分のグラスを手に取り、うっかり間違ったほうを渡さないよう、飲み物を確認する。「座って」と言う。「一杯飲んで落ち着きましょう。きっと大丈夫だから」

グラントが何か話していたが、わたしは彼が飲み物に口をつけるのを凝視しないようにするだけで精一杯だった。普段、グラントはお酒をじっくり味わう。だから忍耐強く待とうと覚悟していたが、しかし見かけ以上に動揺していたらしい。手にしたお酒を勢いよく流しこんだ。わたしは少し力を抜いた。彼は何も気づいていない。わたしも自分のお酒を飲むふりをした。唇を湿らすだけで、液体がその隙間を通り抜けることはない。けれど気づかれることはないだろう。どのみち普段から飲むほうではない。ちびちび飲んでも怪しまれることはないはずだ。

外はますます暗くなり、寒さに関節が痛む。あるいはこの痛みは、これからやろうとしていることに対するストレスなのかもしれない。だがここで、グラントに傷つけられたすべての人々のことを思いだす。わたしが把握している以外にも、被害者は大勢いるだろう。カイリーのように、彼の邪悪さに気づかなかった女性たち。イザベルのように、直接悪意を向けられた女性たち。

夫のトビーのように、すべてを奪われた者たちも。

自分を暴力的だと思ったことは一度もない。当然、誰かを殺そうと思ったことなどあるはずもない。それでも、世間話をしながらわたしに、わたしの体に注がれる視線を感じて鳥肌が立つ。この男はわたしにとって、もはや赤の他人だ。

いや、もともとずっと他人だった。

一瞬、その顔が父親のそれになる。しかしまばたきをすると、ふたたびグラントに戻った。腹の底で静かに怒りが燃えていた。まだ、爆発させてはいけない。

あともう少しだ。もう少しの辛抱だ。

立ち上がろうとしたグラントがふらつき、その目を大きく見開く。ほとんど空になったクリスタルのタンブラーが手から滑り落ち、床に叩きつけられる。わたしは息をのんだ。階下にいまの音が聞こえただろうか？　しかし階下からは、かすかな音楽のリズムが聞こえてくる。まだみんな、オープンバーに並んだ最高級のお酒を楽しんでいるようだ。上で何が起きているかなど、まったく気にしていない。

「アドリアナ？　何だか……」

グラントは、じょじょに状況を理解しはじめている。いい気味だ。薬が彼の自由を奪い、動けなくなっているさまをじっくりと眺める。片手を椅子に置いて体を支えているが、重心が定まらないのか、大きな体が前後にぐらぐらと揺れている。わたしは立ち上がると、自分のグラスをテーブルに置いた。

「何だか……変だ」ろれつが怪しくなっていく。「具合が悪い」

「じゃあ、新鮮な空気を吸ったら？」そう言って、バルコニーに向かう。千の怒りのこぶしのような雨が窓に打ちつけている。「新鮮な空気を吸えば気分もよくなるんじゃない？」

金縁のガラス戸の掛け金を外すと、風が猛烈な勢いでドアを押し開けた。思わず後ずさる。すばらしい天気に恵まれてはじまった今日という日が、母なる自然の怒りで終わろうとしている。目をとろんとさせたグラントが、椅子のふちにつかまっている。哀れな姿だ。カイリーがわたしの夫ともうひとりの男――グラントの二台目の携帯に間違いなく入っていたであろう男――に、ホテルの廊下を引きずられるようにして連れていかれた話を思いだし、叫びだしそうになる。カイリーは、飲酒の問題を制御できなくなってしまった自分を責めていたが、もしかしてそのせいでこの男に狙われたのだろうか。彼女の弱みにつけこんで、いいように利用するために。

きっとそれこそが、グラントが求めていたものだったのだろう。

「ほら、しっかり」グラントのほうへ行き、肩を貸して引きずっていく。重たかったが、幸いにも担ぐ必要はなかった。わたしに導かれるまま、よろよろとベランダに向かう。

「雨だよ」外に出ると、ぼんやりとつぶやく。

「ええ、そうね」

眼下では、風でプールの水が波打ち、荒れ狂う小さな海と化していた。雨に濡れ、ほつれた髪が顔にまとわりつく。グラントから手を離し、バルコニーの手すりのほうに押しやった。ブドウの木が整然と立ち並ぶ、なだらかな丘陵を背にした緑豊かな宿泊施設の地面はすっかりぬかるんでいた。どしゃぶりの屋外に人の気配はない。このバルコニーも、曇りガラスと背の高い植物で四方を囲まれている。幸せなカップルのための、ロマンティックな隠れ家だ。

わたしたち以外、誰もいない。

「寒い」グラントはいまや幼い子どものように、震えてすすり泣いている。

「すぐに終わる。そうしたらずっと気分もよくなるから」わたしが言うと、グラントの体がふたたび揺れ、後ずさった拍子に手すりにぶつかった。後ろ手で手すりを押し返すが、指が滑って何もつかめない。「でもその前に、ちゃんと説明してくれない？」

その視線はわたしに注がれているが、集中力を保てなくなってきているのがわかる。

ＧＨＢを快楽のために使用する人もいるという。わたしはまったく知らなかったが、ナイトクラブでは人気のドラッグらしい。おそらく、乱交パーティーやグループセックスではさらに人気のドラッグなのだろう。少量で、抑制を解き放ち、性欲を高め、多幸感を誘発する。ケタミンやＭＤＭＡのようなドラッグと混ぜて使用する人もいるらしい。

こうした話は、グーグル検索を通じて知った。

どうしてＧＨＢを服用するのか？

ＧＨＢは依存性があるか？

薬物依存の人を助けるには？

オーストラリア、メルボルン薬物治療センター

先週、何時間もこうしたフレーズを打ちこんでリサーチを行った。この、あたかもグラントの使用を疑って調べたような検索履歴は、誰かに見られた場合に備えてのことだ。けれど実際には、グラントが自分でＧＨＢを服用しているわけではないことはわかっていた。誰かにのませているのだ。カイリーのような人々に。

ＧＨＢを大量に服用すると、体が弛緩し、眠気に襲われ、やがて意識を失う。短期的に記憶が失われることもある。誰かに加害するなら、これほど都合のいい薬物はないだろう。また、嘔吐や発汗、めまいや吐き気も引き起こすが、こうした症状は、飲酒の問題を抱えている人にとってはよくあることだ。

お酒を飲んでたびたび記憶をなくす人たちが、翌朝になって、薬を盛られたことに気づくのは難しい。

「どうやってカイリーを知ったの？」その質問に、グラントは目を見開き、首を左右にふる。口元にしまりがない。「知ってるでしょ。赤毛のきれいな子。お酒が好きなパーティーガール。あなたのタイプじゃない。最初のデートでそう言ってたでしょ、あなたはおとなしくて品行方正な人が好きだって」

「アドリアナ、ぼくは……」顔を上げる気力もないのか、グラントはうなだれている。

「イザベルにしたことは？　あの子をレイプしたとき、誰だかわかっていたの？」いまや愛すべき妻の仮面は、コンクリートに叩きつけられたシャンパングラスのように粉々に砕け散っていた。「彼女の顔を傷つけたときは？　イザベルは、あなたの部下としてずっと働いていたのに、それすら気づかないなんてね」

グラントの目に浮かんでいた戸惑いが、はっきりとパニックに変わる。

「わたしの夫のことは？」言葉がのどの奥に引っかかり、涙がせりあがってくる。「かわいそうなトビー。すごく賢い人ではなかったかもしれないけど、優しくて、心が広くて、繊細な人だった。そんな人をあなたは魚のように釣りあげて、追い詰めた。他人に自殺するように迫るなんてどういうつもり？　人でなし」

グラントは頭をふっていたが、それはわたしの言葉に対してではなく、いまの状況に対する反応のようだった。

「娘のことはどう？」涙がこぼれる。「昔の彼女が流産したと言ってた子」

そう、わたしはそれも知っている。何もかも知っている。

「彼女と彼女の母親は？」と畳みかける。「彼女を殺したの、グラント？　殺人まで犯したの？」

先週、次々と衝撃の事実が発覚した。グラントがわたしの最初の夫の死に関与したという匿名の電子メールが届くと、ほどなく、イザベルがメールの送り主だと名乗り出た。同じころ、カイリーが例の録音を持って玄関先に現れた。全部を聞くことはできなかったが、声の主はすぐにわかった。

そして、最大の衝撃が訪れた。わたしを尾行していた人物がいたのだ。わたしに警告するために。グラントと血のつながりのある人物――

彼の娘が。

彼女はうちに侵入して自分のベビーシューズを置いていった。まだ乳飲み子のときに亡くなった母からの贈り物。事故による溺死だったという。しかし彼女の家族は、ずっとグラントの仕業だと確信していた。グラントが警察に嘘をついたのだと。グラントは、赤ん坊をめぐってひとりの女性を殺している。だから彼女は、わたしの妊娠を知ったらまた同じことをくり返すのではないかと不安を覚えたのだ。

「薬を……薬を盛ったのか」

グラントの不明瞭な言葉を聞いて、激しい失望に襲われた。凶悪な行為の数々を突きつけられてもなお、自分のことしか考えられない男。この男は、かつてわたしが思っていたような人間ではなかった。あの人は幻想だった。本当のグラントは、いま、わたしが暴いたとおりの男だった。

女を虐待する、嘘つきの、犯罪者。

「そう」きっと、求めていた謝罪の言葉は得られないだろう。怪物は、つねに自分の物語のなかではヒーローなのだ。「薬を盛ったの」

「どうして？」

「あなたはそうされて当然だから」

グラントに一歩近づく。涙があふれ、肌を打つ雨と混ざり合う。ほとんど前が見えない。息をするのもやっとだ。ずぶ濡れで、震えるほど寒かったが、体内では黒い煙と赤い炎がくすぶり、叫びだしたいほどの憎悪に満ちていた。この男は救いようがない。

「これは、あなたが傷つけたすべての人のため。わたしたちみんなのため」

そう言うと、両手でその胸を力いっぱい押し、グラントがバルコニーから落ちていくのを見守った。

第三十三章

イザベル

　階上で起きていることを見たかった。あいつが死んだことを確認したかった。

　カイリーとわたしは、ふたり一緒にいるところを周囲に印象づけるため、くすくす笑いながらメイン会場を出た。アドリアナは、ひと足先に階段を上がり、宿泊している部屋へ向かっていた。グラントのあとを追いかけて。わたしたちは廊下に出ると、周囲をうかがった。メイン会場にいる人たちが廊下に出てくる気配はない。角を曲がると、会場のスタッフの話し声と笑い声が聞こえたが、こちらのパーティーのことはあまり気にしていないようだ。

　いまはデザートが供されたところで、大半の人が自分の席に戻ってお酒に合うスイーツを堪能している。

「行かないの？」カイリーが小声で尋ねる。わたしたちは二階の部屋で待機して、アドリアナのアリバイを証言することになっていた。彼女はブーケトスの前に化粧と髪を直していた、と。

もしも、警察に訊かれたら。

だけどわたしは、グラント・フレンチマンの息の根が止まったところを、この目でどうしても確認したかった。

「先に行ってて」カイリーに言う。「わたしはプールのそばで待ってるから」

カイリーが驚いて目を見開き、桜色の唇をあんぐりと開く。「でも、それじゃあ計画が変わっちゃう」

アドリアナの計画は、グラントをバルコニーから突き落とし、下のプールで溺れさせるというものだった。だけど彼女は、人体がいかにしぶといかをわかっていない。たとえ薬を盛られていても、助かってしまう可能性がある。

そんなリスクは冒せない。

「あいつが二度と誰かを傷つけないよう、確実に仕留めないと」カイリーの肩をつかんで言う。「運任せにはできない」

「でも、あなたが死体を見つけたら、あいつとのつながりに気づかれるかもしれない……」カイリーが頭をふる。「第一発見者って疑われるものでしょう?」

そうかもしれない。でも正直なところ、それでもかまわない。誰かが責めを負わなければいけないのなら、わたしがその役目を引き受けたい。わたしには復讐以外何もない。産んだ子どもはほかの家族のもとですくすくと育っているし、望んでいたキャリアはずっと昔にあきらめた。それにこの件が片づいたら、いまの仕事もやめるつもりだ。先に会社が潰れなければの話だが。あんな会社、いっそ潰れてしまえばいい。

〈ヤング・ウィドウズ・クラブ〉でさえ、もうわたしには意味がなかった。

罪悪感で苦しくなる。彼女たちはわたしのことを友人だと、仲間だと思ってくれている。しかしある意味で、わたしはグラントと同じだ。嘘つきの詐欺師で、みんなを操った。

「このグループをつくったのは偶然じゃない」この告白でどうなろうと、もう自分を解放したかった。

「どういうこと？」カイリーが眉をひそめる。本人は同意しないだろうけど、カイリーのこういう純粋さは、本当に魅力的だと思う。

「〈ヤング・ウィドウズ・クラブ〉のこと」感情が押し寄せてのどが詰まり、目が泳ぐ。

「このグループは、わたしがはじめたの」

「そんなの知ってるよ」言いながら、カイリーが重心を右から左へと移動させ、きれいな花柄のドレスをそわそわとなでる。「みんなで会おうって提案したのはイザベルでしょ」

「つまりね……」恥ずかしさに頬が紅潮し、思わず下を向く。身勝手な行動で周囲を巻き添えにし、復讐のために人を傷つけた。みんなを、カイリーとアドリアナを裏切った。

「アドリアナに声をかけたのは偶然じゃない。彼女に近づくためにグループをつくったの」

カイリーが目をしばたたかせる。その純真な心では、人がどれほど卑しくなれるかわからないだろう。

「夫が亡くなったあと、グラントをストーキングしていた。どうやって復讐をしようか、それればかりを考えながら」わたしは続けた。「自宅、職場、ジム、誰かとの待ち合わせ場所、どこにでもついていった。アドリアナとのデートも尾行した。そのうち、アドリアナのことも探りはじめた」

カイリーが口を開け、震える手でその口を押さえる。

「アドリアナについて、できるかぎりの情報を集めた。それがグラントの人生を終わらせるいちばんの近道だと思ったから。あいつの会社で職を得て、弱みを探すだけじゃ満足できなかった。あいつの人生を徹底的に、人間関係も何もかもぶち壊してやりたかった」こんな話、口にするだけでも気分が悪くなる。「アドリアナが夫を亡くしたことを知ったのは、ある日、彼女を墓地までを尾行したときだった。それから彼女がカフェで、安全性の低いWi-Fiを使っているのを見て、彼女のセッションにアクセスした。そこで彼女がサポートグループを探していることを知った」

サイドジャッキングという不正アクセスのテクニックだ。ハッカーといえば、大半の人は暗い部屋に住むニキビ面の貧弱なインセルを想像するかもしれない。公平を期して言えば、たしかにそういうタイプもいる。一方で、使命感をもってスキルを身につけ、地元のカフェに紛れこんでいるような、ごくふつうの人間もいる。

オンラインで学べることは驚くほど多い。

「アドリアナのユーザー名とパスワードを手に入れて、彼女の投稿すべてに目を通した。それから自分のアカウントをつくって彼女と友だちになった。あいつの人生のあらゆる側面に入りこみたかったから」ここで言葉を切る。「カイリーに声をかけたのはたまたま。メルボルンで仲間を探しているときに偶然目についたアカウントだったから。わたしとアドリアナだけじゃ怪しまれると思って。三人いれば、もし何かが明るみになっても偶然だって主張できる。でも、そのせいであなたが……」

涙がこぼれ、頬を伝う。

カイリーは真っ青になっていた。まるで目の前にいるのが、見知らぬ化け物であるかのように。実際、そのとおりだった。カイリーがグラントと出会ったのはわたしのせいだ。彼女をこのグループに誘い、計画に引きこんだのも、カイリーがグラントと出会った夜に、もともとカイリーと一緒に飲んでいたのも、あいつがどういう人間か知りながら、ふたりに警告しなかったのもわたしなのだ。

いや、アドリアナには警告しようとした。匿名の電子メールを送って。うまい手ではなかったが、彼女と親しくなるほど巻き添えになって傷つくことに罪悪感を覚えたのだ。だけどカイリーは、カイリーがグラントに目をつけられていたことは知らなかった。カイリーと偶然バーで会ったあの夜、わたしは遠くからあいつを見張っていた。カイリーは、あいつのあとをつけてバーに入ったわたしをたまたま見かけて、バーに入ってきた。わたしたちは、一緒にお酒を飲んだ。わたしがなぜそのバーにいたのか、理由は話さなかった。わたしが帰ったあと、グラントがカイリーに近づいたのだろう。高価なヒールを履いたカイリーが、いつもの集まりに遅れてきたのはその翌日だった……あのとき、気づくべきだった。けれどわたしは自分の復讐に気をとられ、カイリーの異変に気づかなかった。

あの夜、もう少しカイリーと一緒にいれば、あるいは……。

「もともと、あなたたちと友だちになるつもりはなかった」わたしは白状した。「それは計画にはなかったの」

「じゃあ、ハンナは？」

ハンナと出会ったころには、自分の人生を変えられるかもしれないと思いはじめていた。友だちがいて、仲間がいて、もう世界でひとりきりではないのかもしれない、どうにか人生を立て直せるかもしれない、そんな希望が芽生えはじめていた。でも、秘密を抱えたままどんな人生を送れるというのだろう？　秘密がばれるんじゃないか、うっかり漏らしてしまうんじゃないかと、毎日怯えながら暮らしているというのに。

「あの子のことは、助けてあげられるんじゃないかと思った」正直に言う。「ハンナはわたしと友だちになりたがっていたから」

カイリーが口を覆っていた手を離す。その唇が震えているのがわかる。

「つまり、アドリアナとわたしはあなたの駒だったってことね」

「そう」彼女の非難を正面から受け止める。

「イザベルは、あいつが人を傷つける人間だってことを最初から知っていたのに」そう言って、一歩後ずさる。「それなのに、わたしたちには何も言わなかったってこと？」

軽蔑されて当然だ。憎まれて当然だった。カイリーが、アドリアナやわたしのように憎しみを抱けるのかは疑問だったが。カイリーは、三人のなかでいちばん優しくて、傷つきやすい。裏切りにショックを受ける彼女の表情を見て、わたしもまた、身動きがとれなくなる。

「だからこそ、あいつがもう誰も傷つけないようにしたいの」最後にもう一度だけ、わたしを信じてほしいと祈る。「絶対に失敗したくない。それで刑務所に行くことになったってかまわない。あいつが死んでくれれば、それでいい」

声を落とし、廊下を行き来する人がいないか目を走らせる。

「わたしは二階でアドリアナと落ち合う」カイリーが言い、さらにわたしから距離をとる。

「計画どおりにやる。イザベルは……好きにすればいい」

カイリーが踵を返し、階段を上がっていく。束の間、その場に凍りつき、今日飲んだ高価なシャンパンが逆流しそうになるのを必死にこらえる。この痛みを無駄にするわけにはいかない。

そのとき、メイン会場の入り口付近から笑い声が聞こえてきた。とっさに壁に背をつけ、大きな鉢植えの陰に身を隠す。ふらふらと出てきたのは、顔を紅潮させ、目をとろんとさせた男と女。ロビーの反対側のトイレのほうに歩いていく。トイレで手早くヤるつもりだろう。やれやれと頭をふり、廊下の先を確認する。誰も見ていないことがわかると、宿泊施設に通じる通用口を開け、するりと外に出た。大丈夫、誰も気づいていない。

雨が肌を打ち、風が髪をかき乱し、久しぶりに顔の傷跡が露わになる。ドレスが足元ではためき、建物の壁に手をつきながらでなければ歩けない。プールは角を曲がったところにある。フェンスに囲まれ、その内側にはビーチチェアや椅子が置かれているが、椅子につながれたクッションが風にはためき、いまにも飛ばされそうになっている。

ここにいるところを誰かに見られたら……。

どう考えても怪しまれるだろう。それはわかっている。それでも、わたしはリスクをとる。ゲームのラスボスは、倒したと思っても復活するし、ホラー映画の怪物は、必ず最後に奇襲攻撃を仕掛けてくる。そんなミスを犯すつもりはない。

つるつるとしたタイルにヒールを滑らせながら、歩を進める。肌を刺す雨は、まるで縫い針のようだ。頭を下げ、一歩ごとに決意を固めながら、少しずつ前へ。プールにたどり着いたところで、顔を上げ、顔にかかった髪を手の甲で払いのける。視界が悪い。アドリアナがいるはずのバルコニーに目を向けるが、何も見えない。動くものは何もない。人の気配はない。

アドリアが怖気づいたとしたら？　何か問題が起きて薬が効かなかったとしたら？　グラントが力ずくでアドリアを押さえこんでいたとしたら？

心臓がバスドラムのように鳴り響き、顔、首、腕、背中を伝う雨で体が震える。周囲を見渡す。きつく巻かれたパラソルが、強風でいまにも開きそうになっている。水面は激しく波打ち、プールの端からあふれている。上空では、鞭を打ったようにピシリと雷鳴が響き渡る。

お願い。お願いだから。

わたしは目を凝らしつづけた。何も見えない。

そのとき、ガラス戸の後ろで影がちらつき、扉が開いた。アドリアナが立っていた。部屋からこぼれ出た光を受けてウェディングドレスが輝いている。グラントを外に連れだす。来た！　次に起きたことはスローモーションのようだった。ふたりが一瞬、凍りついたように静止したかと思うと、次の瞬間、アドリアナがグラントを思いきり押したのだ。その勢いでアドリアナも落ちそうになるが、手すりにつかまって事なきを得る。

グラントは落ちていく。

落下しながら両腕を伸ばし、体をひねったグラントのスーツのパンツがはためいている。悲鳴は聞こえなかった。やがて、プールの縁にぶつかり、ものすごい音がした。胃が飛び出そうなほど不吉な音に、全身が震え上がったが、屋内にいる人たちには嵐の音にしか聞こえなかったかもしれない。

グラントがプールに転げ落ち、さらなる水しぶきが上がる。小さな高波のようにプールの縁を越えて、水がわたしの足元に押し寄せる。黒いシルエットが青い底へと沈んでいく。水中には明かりが灯されており、濁った影を映しだす。その影が動くのを、わたしは見た。急いでプールの縁に駆け寄りひざをつく。ざらつくタイルが肌をこする。プールの縁には血痕がついていたが、跳ね上がるプールの水と雨とで洗い流され、しだいに色が落ちていく。

水中に沈んだグラントの影が、しだいに水面に近づいてくる。彼の手が動き、プールの縁をつかもうとしたときには、悲鳴を上げそうになった。まだ、生きている。

「いや」水中に片手を入れ、グラントの頭を探す。指先が水中をさまよう。いやだ、いやだ、いやだ、いやだ。すると、何か硬いものに触れた。「そこから出てこないで」

もう一方の手も水中に突っこむ。グラントの頭を押さえつけ、水面に出てこないよう、必死に押し返す。水が跳ねてひざが濡れる。涙が頬を伝い、泣きながら大きく息を吸う。

そう、これこそがわたしの望んだ瞬間だ。

復讐。雪辱。正義。

「あんたはやりすぎた」風に向かって叫ぶ。

どのくらい、その場にひざをついていたのかわからない。数秒かもしれないし、数分かもしれない。あるいはもっと長かっただろうか。やがて手にかかる圧力が消え、腕をばたつかせていたグラントの動きが止まった。風雨がうなりを上げるなか、その体がふたたび水中に沈んでいく。わたしは四つん這いになり、いまにも吐きそうになりながら、プールの縁で嗚咽《おえつ》した。ひとりでいるときに物音で飛び上がった月日。鏡に映る自分を見て、いつになったらあいつが見つめ返してこなくなるのだろうと思う日々。

彼の手がふたたび水面から突きだし、強靭な悪党のように最後のひと振りを繰りだしてくるのを待つ。けれど、何も起きない。終わったのだ。ようやく。

「父さん！」空気を切り裂くような悲鳴に、はっとふり向く。裸足の女性がこちらに駆けてくる。髪の毛が、濡れたリボンのように顔にぺたりと張りついている。

そんな。あれは……

ハンナだ。

第三十四章

ハンナ

イザベルはいまにも気を失いそうだった。

彼女は何も知らなかった。わたしのことをずっと、ヨガ教室でたまたま出会った女の子だと思っていた。わたしに死んだ夫はいない。デイルが死んだのは本当だ。だけど、彼は半分血のつながった兄だった。そして、グラント・フレンチマンはわたしの父親だ。

「グラントがいないことにもうみんな気づいてる」そう言いながら駆け寄り、ひざをつく。「ほら、早く！　一緒に引きあげて」

イザベルが眉をひそめて口を開く。が、言葉は出ない。青白い肌が雨に濡れて光っている。この震え方だと、低体温症になっているかもしれない。

「彼を助けるふりをしないと」鋭く言う。「じゃないと、怪しまれる。水面に上がってこないよう彼の頭を押さえていたと思われてもいいなら別だけど」

イザベルがはっと息を吸い、その拍子に咳きこむ。彼女の細い肩が激しく揺れ、脱臼するのではないかと心配になる。「どうし――」

「あなたがやったことは知ってるし、あれでよかったと思ってる」現実に引き戻そうと、彼女を揺する。「でもあなたを救うには、力を合わせないと」

そう遠くないところから声が聞こえる。ドアが閉まる音。こちらに向かって何かを叫んでいる。

「助けて！」大声で叫び返す。「父が！　父が落ちたの！」

両腕を水中に入れ、父親を捜す。しかしその体はすでに沈んでいて、何もつかめない。外に出てきた客たちは、それ以上近づくのをためらっているようだ。酔っているのか……ハイなのか。濡れたタイルにつまずいている。あれでは役に立たないだろう。

よし。

イザベルも隣で水中を探っていたが、何もつかめない。一瞬わたしに向けられた瞳は、大きく見開かれ、血走っていた。黒いマスカラが派手ににじみ、悪魔の涙みたいに頬を伝う。黒い涙が傷跡のくぼみにたまり、傷跡がいつも以上に凄《すご》みを増す。

「誰か、救急車を呼んで！」田舎に住んでいた経験から、救急車が来るまでに、ふつうの状況でも十五分から二十分ほどかかることはわかっていた。この嵐では、どれだけかかるかわからない。

幹線道路で事故が起き、電線が切れ、木が倒れ……。

建物からスタッフが続々と駆けつけてくる。そのうちのひとり、肩幅の広い黒髪の青年が、プールに駆け寄ると服を着たまま飛びこんだ。父を見つけ、水面に引きあげる。別のふたりのスタッフがイザベルとわたしの肩にタオルをかけ、室内に戻るよう促す。

父は三、四分ほど水中にいただろうか。五分かもしれない。

さらに多くのスタッフがやってきて、野次馬たちを室内に誘導する。わたしたちは建物内で立ち尽くし、先ほどの青年が、水滴をまき散らしながら、父の体をなかに運びこむのを待っていた。濡れた体を横たえて、青年は心肺蘇生《そせい》を試みたが、寒さに震えてうまくできない。ほかの誰も助けを申し出ない。

きっとこの青年は、専属の救急隊員なのだろう。

「救急車が向かってる」黒いスーツに白いシャツを着た女性が言う。その肌は青白く、湿っている。胸元の立派なバッジを見るかぎり、彼女が担当マネージャーのようだ。「どのくらいかかるかはわからないけど……」

父親から目が離せなかった。肌は白っぽい灰色になり、唇は青みを帯び、眉の上には深い裂傷がある。血は水で洗い流され、寒さで出血は抑えられているようだったが、傷は深く、額にはこぶができはじめている。ぴくりとも動かない。

「みなさん、下がってください。場所をあけてください」マネージャーとスタッフが、いまや音楽が止まったメイン会場へと人々を誘導する。いつの間にか野次馬が増え、何事かとようすをうかがっていた。

そのとき、稲光に続いて大きな雷鳴が轟き、部屋が暗闇に包まれた。わたしは凍りついた。群衆から悲鳴が上がり、不安そうなざわめきが起こる。マネージャーが小声で悪態をつくのが聞こえた。彼女はわたしのすぐそばに立っていた。

「みなさん、落ち着いてください」マネージャーが声を上げる。「その場を動かないように。嵐が来るとときどき停電になりますが、予備の発電機があるので、まもなく電気は復旧します」

「何があったの？」誰かが遠くで叫んでいる。

「誰かがプールに落ちたみたい」

「グラントはどこだ？」

「アドリアナは？」

「落ちたのはグラントだって！」

室内は騒然となった。誰かが家具にぶつかる大きな音や、ガラスが割れる音に続いて悲鳴が上がる。マネージャーが落ち着かせようとするが、すでに会場はカオスと化していた。誰かがわたしを押しのけ、わたしは体勢を崩した。暗闇に目を慣らそうと、まばたきをする。稲妻が閃き、怯えた群衆の顔が浮かび上がる。誰かが横に立っている気配を感じた。

その人物がわたしの手を握る。

イザベルだ。

「大丈夫？」身を寄せて尋ねる。彼女がいつもつけている香水のにおいがする。刈りたての草と、太陽の光と、朝露に濡れたライラックのような香り。わたしたちは身を寄せ合ったまま、壁際まで下がった。

どちらも寒さに震えていた。少しでも温もりを感じようと、ぴたりとくっつく。

「大丈夫じゃない」イザベルが言う。「この先、大丈夫になる日が来るかもわからない」

「来るよ」きつく彼女の手を握る。「約束する。必ず来る」

「でも、もしわたしのしたことがばれたら……」そう言って、大きく息を吐く。

「ばれない」

わたしは身をもって知っているのだ。溺死がいとも簡単に事故死として処理されることを。

なぜなら、わたしの母がそうだったから。

第三十五章

三カ月後　アドリアナ

玄関の外をのぞく前から、ノックの相手はわかっていた。その姿がありありと思い浮かぶ。糊の利いたシャツ、磨かれた黒い靴、短く刈りこんだ頭髪、わざとらしいほどの威圧的な視線。シャツの裾が出ていたり、髪がぼさぼさだったり、目の下にクマがあったり、それでいてどこか目を引く鋭さを併せもつような、テレビで見る刑事とは違う。カーク・ペリー刑事は、愛想よく下手《したて》に出るタイプでも、苦悩する天才タイプでもなかった。冷酷で頑《かたく》なようすは、死んだ夫によく似ていた。二番目の、死んだ夫に。彼はこ
こ数カ月わたしの周囲を嗅ぎまわり、わたしが犯人だと確信している。

玄関に出て、ドアを開ける。そして相手をいらだたせる、温かな笑顔で迎える。「まあ、驚いた」皮肉をこめて言う。この人が玄関先に現れても何の驚きもない。「今日はどんな御用ですか、おまわりさん？」

カークの目がぴくりと引きつる。彼をいらだたせるもうひとつの言葉だ。刑事さんではなく、おまわりさんと呼ばれると、自分の階級が軽んじられたと思うらしい。幸いにも、法の番人である警察をちょっとからかったくらいでは逮捕されないし、厳密に言えば、彼も〝おまわりさん〟だ。

「また二、三質問をさせていただきたいのですが」淡々と言う。青い瞳が午後の陽光を受けて鋭く光る。照りつける太陽のもと、その鼻と頰がうっすら赤くなっている。長いこと外にいたのだろうか？　家を監視していた？　わたしのことを監視していた？

「どうぞ」わたしは後ろに下がり、わが家に招き入れる。

そう、ここはわが家だ。すべてわたしのものだ。法的な確認さえ完了すれば。

グラントの不動産、車、五十％の自社株、銀行口座にある現金、わたしが存在さえ知らなかったお金、わたしに隠していたお金、そうしたすべてがわたしのものになる。なにしろ、彼が死んだとき、わたしたちは結婚していたのだ。たとえ結婚指輪がこの指にはめられたのが、彼の死の数時間前だったとしても。

だが、それはあまり重要ではない。わたしはすでに配偶者とみなされるほど長期間この家に住んでいたし、彼の遺言で受取人に指定されているのはわたしだけなのだ。

「おかけください、おまわりさん」そう言ってソファを示す。

カークが土足で白いカーペットを踏みしめる。自分の肩書きが軽んじられたことに対する意趣返しであるのは間違いない。歩くそばから、白いカーペットに細かい土埃が舞う。けれど、そんなことは気にならない。この家を何千回クリーニングしたところで、いまの銀行預金はびくともしない。

カークはわたしの向かいに腰を下ろすと、足を大きく広げて座った。力を誇示しているつもりなのだろう。きれいにプレスされたスラックスの下に何を隠しているにせよ、ここまで広げる必要はないはずだ。前かがみになり、太ももで体重を支えながら、レーザーのような視線でこちらを射る。

「それで、今日は何をお尋ねになりたいのです？」わたしは彼の前の椅子に腰を下ろすと、悠然と足を組んだ。

しかし、実際は胃がきりきりしていた。この男は執拗だ。わたしがグラントを殺した証拠となるものを見つけていたら？　いや、それより最悪なのは、イザベルやカイリーやハンナが犯人だという証拠を見つけた場合だ。

ハンナは、わたしが見つけた写真に写っていた赤ん坊だった。中絶されてなどいなかった。本名はカミール。ハンナではない。ハンナは彼女の母親の名前だ。

この三カ月でわたしたちはすっかり仲良くなり、カミールはすべてを打ち明けてくれた。母親が自宅の風呂で溺れ、それについて何の説明もなかったこと。グラントが何度か取り調べを受け、ほぼ犯人だと思われていたにもかかわらず、逮捕にはいたらなかったこと。

彼女の祖母が、グラントが犯人であることを証明するために生涯を捧げたこと。だが、その祖母は、娘の無念を晴らせないまま、数年前に亡くなった。

グラントと婚約者は、束の間でも前向きに関係を築こうと思ったことはあるのだろうか、と思う。あんな写真を撮ったくらいだから、きっとあったのだろう。そう思いながら、ようやく目立ちはじめてきたお腹の膨らみをなでる。カークの視線がその手に注がれ、唇を引き結ぶのがわかった。わたしの妊娠は彼にとって都合が悪いのだ。夫の子を身ごもった新妻が、なぜ夫を殺さねばならない？

「いくつか確認させてください」カークが言う。「まず、彼が薬物を使用していたとされる件から。あなたは以前、彼が定期的にドラッグを使用していたとおっしゃっていましたが、いまになっても、友人やご家族からはそのような証言は出てきません」

「グラントはうまく隠していたんです」一方の肩をすくめてみせる。「依存症を抱える人の多くはそうです。彼は経営者だったから、仕事に影響が出ないようにしていたのでしょう。それでも、あの人はパーティーが大好きでした。ものすごく」

じつのところ、わたしたちは違う依存症について話しているが、わたしの話は厳密には嘘ではない。グラントはしょっちゅうドラッグを使っていた……ほかの人間、とくに女性に。グラントの秘密の電子メールやテキストメッセージを調べてわかったことは、カイリーが最初ではなかったということだ。

「そのパーティーの参加者とされる人たちも、彼がドラッグを使っていたのは知らなかったし、彼が周囲にそれを勧めることもなかったと言っています」

「彼のような地位のある人間が薬物所持で捕まるようなことをすると思いますか？　あるいは売人のレッテルを貼られるようなことを？」鼻で笑う。「夫はバカではありません」

「結婚期間はたったの数時間だったのに、いまも彼を夫だと？」こちらを試すように言う。

「当然です。最愛の人でしたから」ふわりと笑ってみせるが、カークは動じない。相変わらず厳しい視線を向けてくる。

「どうして彼が薬物を使用しているとわかったのです？」

この話は前にもした。スーツのポケットに入っていた怪しい液体を見つけたときの状況を、日付だけ変えて正確に伝えたのだ。ただしこのバージョンでは、わたしがドラッグを見つけたのは彼の死の数カ月前で、ドラッグをめぐって激しく言い争ったことになっている。それからわたしは彼を監視するようになり、ある夜、彼が薬をのむのを目撃し、売人に連絡するための二台目の携帯電話を持っていることも知ったが、その携帯電話は「腹立たしくも」発見できなかった、と。

グラントをバルコニーから突き落としたあと、わたしは彼の荷物を漁って携帯電話を見つけた。そこには意識のない女性が、ベッドで大の字になり、痣だらけになり、あるいは自身の嘔吐物のなかに横たわっている写真が何百枚と入っていた。グラントがまだ削除していなかったテキストメッセージのスクリーンショットを含め、携帯に入っていたすべての画像を持参したハードディスクにダウンロードしたあと、携帯電話の電源を切った。最後にこの携帯の電波を受信したのは、結婚式が行われたワイナリーのそばにあった基地局ということになる。わたしは彼の携帯電話を自分の荷物に隠して持ちかえった。

そしてある朝、街の弁護士事務所に向かう途中で、携帯電話をナプキンで包み、マックチキン、ポテト、アップルパイなどの包み紙でいっぱいのマクドナルドの袋に入れて外のゴミ箱に捨てた。もし警察に見張られているなら、遠くの見知らぬ場所に行くのは危険だし、それにわたしの行動範囲内にあるすべてのゴミ箱を捜さないかぎり、携帯電話が見つかることはないだろう。

ハードディスクは裏庭に埋めた。保険として。あの写真のなかで、かわいそうな女性たちを見下ろしていたのはグラントだけではなかったからだ。少なくともほかに十人はいた。そのうちのひとりはトム、グラントのビジネスパートナーだ。結婚式で見かけた男もいた。たしかグラントの大学時代の友人のひとりだったと思う。グラントは副業をしていたらしく、そちらの仕事仲間と会うときは、いつもホテルの部屋をとり、女性を用意してひどいことをしていた。

そう、夫は性売買をしていたのだ。

あの映像が脳裏から消えることはないだろう。カイリーには見せなかった。それどころか、映像があることさえ伝えなかった。あの日、わたしの腕のなかで泣いていた彼女の姿を思うと、胸がはちきれそうになる。

あの痛ましい姿は、この先長らくわたしを苦しめるだろう。あるいは永遠に。

この一件にかかわったほかの男たちも、このまま野放しにするつもりはない。トムにはまだ連絡していないが、現在計画を立てているところだ。グラントもカイリーも写っていないトムの写真が何枚かある。時期が来たら、わたしが目を光らせていることをあの男にも知らせるつもりだ。

「それで、彼が日常的にドラッグを、とくにGHBを頻繁に使用していると？」カークが尋ねる。

「ええ。でもわたしは使ったことがないので、正確なところはわかりません。わかっているのは、彼が使うたびに、セックスをしたがったということです。何回も」そう言ってカークの目をまっすぐ見つめたが、カークにひるむようすはない。「何を飲んでいたにしろ、性欲が増していたのは間違いありません」

「GHBがおもに、デートレイプドラッグとして使われることはご存じですか？」

「いえ、それってロヒプノールじゃないんですか？」ととぼけてみせる。

「そういう目的に使われるドラッグはいろいろあります」体の前で組まれたカークの両手の関節が、心持ち白くなっている。

「それで？」

「ご主人がほかの女性と関係をもっていたことは知っていますか？」カークが続ける。

ようやく来た。いつこの質問が来るのかと思っていた。監視カメラや目撃証言から、グラントがほかの女性と一緒にいたことがわかるのは時間の問題だった。

「はい、知っています」

「本当ですか？」カークは一瞬驚いた顔をしたが、すぐに冷静さを取り戻す。

「わたしたちには同意があったんです。その……いわゆる伝統的な関係に縛られなくてもいいっていう」嘘をつく。「正直なところ、グラントの性欲はわたしひとりの手に負えるものではなかったし、とくに妊娠してからは、ずっとつわりがひどくて」

「だから、彼がほかの女性とセックスしてもかまわなかったと？」

「そうです」と応じ、嫌悪感をのみこむ。「それが真剣な関係にならないかぎりは。わたしは夫を愛していたし、信頼していました」

鏡に向かって何度も練習したおかげで、なんなく嘘が口をつく。いまここで本当の気持ちを見せるわけにはいかない。怒りを爆発させるわけにはいかない。わたしの無罪は、夫を殺す動機がなかったという一点にかかっている。そのためには、夫がほかの女性とホテルにいたことを否定してはいけない。

カークは当惑している。グラントの行動を調べ上げれば、この事件の解決につながると本気で信じていたのだ。またの機会に、せいぜいがんばるといい。

「体内から検出されたＧＢＨの量は、快楽のために服用する量をはるかに超えていました」カークが、別の切り口から攻めてくる。

だが、その話も知っている。検視報告書が届いて以来、この話も何度もくり返し聞かされてきたからだ。

「ええ……」

「なぜだと思います？」

「そんなこと、わたしにはわかりません。前にも言ったと思いますが、おまわりさん、わたしは薬をやらないんです。薬を容認してもいませんし、だから夫と言い合いになったんです。どこでつくられて、何が入っているかわからないものを口にするなんて危険ですから」そう言って顔をしかめる。「彼、あの夜はお酒もたくさん飲んでいました。だから、服用量を間違えたんじゃないでしょうか」

「服用量を間違えたせいで、嵐のなかバルコニーに出ていって、なぜかプールに転落したと？」

いったい何度、同じやりとりをすれば気がすむのだろう。「ハイになった人間は、ふつうじゃ考えられない行動を取るのではないでしょうか」

カークは言い返さなかった。

「薬の入っていた容器が見つかっていません」

これは問題だった。グラントに薬をのませたのはわたしだ。魚の形の容器にはわたしの指紋がついていた。そして、それほど愛していなかった夫が手すりから落ちてしまったため、自分の指紋を拭き取って彼の指紋をつけ直すことができなかった。だからわたしは、容器をきれいに洗ってトイレに流したのだ。

「おかしいと思いませんか?」わたしの反応を見ながら、カークが言う。

「落ちたときにポケットに入っていたのでは?」と訊いてみる。「それでプールか外のどこかに落ちて、嵐にさらわれてしまったんじゃ。あの夜はすべてがふつうじゃありませんでしたから。可能性はいくらでもあると思います」

「ご主人が亡くなっても、あまり悲しそうではないですね」

それは違う。わたしは悼んでいる。

ただし、グラント・フレンチマンではなく、トビーを。

経済的な問題なら乗り越えられたのに。

生活を立て直し、生きていくことはできたのに。

死ぬ必要なんてなかったのに。

「わたしの悲しみをあなたに見せないからといって、おまわりさん、実際に悲しんでいないことにはなりません」淡々と言い返す。「わたしは失ったものを心から悼んでいます。

わたしの子どもが失ったものを」

そう言って、ふたたびお腹をなでる。

「最後にもうひとつだけ」身じろぎもせず、カークが言う。「最近、ご主人の銀行口座から三万ドルを引き出していますね」

「わたしの銀行口座です」と訂正する。「あれは共同口座なので、結婚する前からわたしのお金です」

カークが鼻を膨らます。「そのお金はどうしたんです?」

「わたしが自分のお金で何をしようと勝手ではありませんか、おまわりさん?」椅子に背を預け、彼を睨みつける。「でもどうしても知りたいとおっしゃるならお教えします。性的暴行の被害者を支援する団体に寄付しました」

「ずいぶん気前がいいですね」

これはほんの手始めだ。

「わたしは寛大な人間なんです。世の中をよくするためにお金を使うことをグラントも望んでいると思います」

もちろん、望んでいないだろう。でも二番目の夫の望みなど、もはや知ったことではない。

カークが小さくうめいたが、それが何を意味するのかはわからない。

「ご希望でしたら、領収書もお見せしますけど」と申し出る。「夫を偲んで寄付をしました。彼は大変な慈善家だったんです。数年前に彼の父親が亡くなったとき、彼の家族はパーキンソン病研究センターに寄付をしました。グラント自身も多額の寄付をして、センターの一室に彼の名前がついています」

カークの視線が左右に揺れる。

寄付はもう少し待つべきだったかもしれないが、グラントは実際にさまざまな慈善活動をしていたから、それほど不自然ではないはずだ。もちろんグラントにとって慈善活動は、人助けというより、仕事の人脈づくりのためのものだ。警察はその事実を知らない。それに三万ドルを寄付したところで、わたしの罪悪感も、恥辱も、少しも和らがない。その正体に気づかないまま、あの怪物とこれほど長く一緒に暮らしてきたなんて。あいつが他人を傷つけていたことも知らずに。わたしが何も知らずに安穏と暮らしてこれたのは、自分に被害がなかったからだ。だけどもし、地雷を踏んでいたら……。

一瞬、赤ん坊がお腹で動くのを感じた。もちろん気のせいだろう。まだ早すぎる。もし、グラントに赤ん坊の話を伝えていたら……。

事故に遭ったのはわたしだったかもしれない。

「こちらからの質問は以上です。ミセス・フレンチマン」カークが言う。

「ミズ・ガロです」と訂正してから、話はこれで終わりとばかりに立ち上がる。熱血刑事を前に平静を保つことはできるが、これ以上長引かせてうっかり罠にはまるわけにはいかない。

暗闇に閉じこめられていた日々は、ようやく終わりを告げたのだ。

エピローグ

五カ月後　カミール

わたしたちは、手をつないで病院の待合室で待っていた。アドリアナが分娩室に入ってから、すでに七時間以上が経っている。アドリアナの家に寝泊まりしていたイザベルが、陣痛がはじまるとすぐに彼女を病院に連れてきた。それからわたしたち――カイリーとわたしだ――に連絡がきて、すぐに駆けつけたというわけだ。わたしはタバコが吸いたくてうずうずしていたが、医者に呼ばれたらすぐに病室へ行きたかったので我慢した。気持ちが高ぶってくる。

わたしたちに、結婚式当夜の面影はほとんどない。

イザベルはブロンドヘアをベリーショートにし、傷跡を世間にさらしている。もう隠そうとはしていない。これは彼女が困難を乗り越えて生き延びてきたあかしなのだ。彼女はいま、社会人学生としてふたたび大学に通い、弱者を救う非営利団体の弁護士を目指してがんばっている。

カイリーは一度依存症が再発したが、いままた禁酒二カ月目に突入したところだ。カイリーもよくがんばっている。失敗してもあきらめず、もう一度挑戦しようと決めた彼女をわたしたちは誇りに思っている。彼女は、性被害者たちを長年診てきたセラピストのもとに通い、大人のバレエ教室にも通いはじめた。ああ、それからひとり暮らしもはじめた。アドリアナの助けを借りて、ベスのアパートからほんの一ブロック離れたところに小さな部屋を借りたのだ。ふたりはゆっくりと、しかし着実に関係を修復している。

アドリアナは……彼女はいま、予想外の役目を引き受けようとしている。母親になるのだ。この言葉は、わたしたち全員にとって、さまざまな意味でつらい言葉だ。母が死んだとき、わたしはまだ赤ん坊だったけれど、彼女のことが恋しくて仕方がない。恋しいのは、母親という存在だった。祖母は精一杯やってくれたが、娘を失った悲しみに打ちひしがれ、わたしが望む育て方はしてくれなかった。わたしの父親への憎しみを、延々とわたしに吹きこみつづけた。だからきっと、この結末には満足しているだろう。

それからデイル……最愛の兄。

わたしたちは母親が同じで、名字も母のものを名乗っていたが、父親は違った。だから兄には、グラント・フレンチマンの邪悪な血は一滴も流れていない。兄は、多くの意味でわたしのソウルメイトだった。ソウルメイトがロマンティックなものではなく、プラトニックな家族愛を指していいならば。ソウルメイトでなければ、守護天使だ。わたしのことを理解し、十七歳の誕生日前日に祖母が亡くなったときには、それまで一緒に暮らしていなかったにもかかわらず、わたしを引きとってくれたのだ。

わたしのことはほとんど知らなかったのに、わたしがひとりになったと知るや、すぐにわたしの家族になってくれた。わたしを愛してくれた。

わたしはいまでも毎週兄のお墓参りに行くし、寂しくなったら最後の留守電のメッセージを聞く。このメッセージを入れた十分後に、赤信号を無視した飲酒運転の車に衝突されたという事実を、いまもまだ受け入れられていない。きっとこの先も受け入れられないだろう。

でも、少なくともいまは、わたしは〈ヤング・ウィドウズ〉の一員だ。名誉会員ではあるけれど。母や兄の代わりに、姉たちがいる。

もはや夫を亡くしたかどうかは関係ない。情報を集めるためにこっそり彼女たちの周囲に潜んでいたことも関係ない。アドリアナの監視をはじめて数カ月後に、イザベルがこのグループの一員で、なおかつ父の会社の受付として働いていることを知った。

ただの偶然で片づけるには意味深すぎた。だから、イザベルに近づいた。彼女の本名を知ったのは、彼女がカフェでトイレに立った際、テーブルに置きっぱなしだったバッグに入っていた免許証を見たときだ。その名前をインターネットで検索すると、彼女の大学付近で起きた性的暴行事件に関する小さな記事が見つかった。すべてのピースがカチリとはまった。

医師が待合室に入ってくるのを見て、全員が立ち上がる。

「お母さんと赤ちゃんがお待ちですよ」彼女が笑顔で言う。

興奮気味に話をしながら廊下を急ぐ。アドリアナの部屋に飛びこむと、そこはふつうの病室ではなかった。壁には絵画が、隅のテーブルには花が飾られた、快適で豪華な空間だった。アドリアナはベッドの上で体を起こし、小さなクラゲのような人間をその腕に抱いていた。赤ん坊は、父のような黒っぽい髪の色をしていた。

半分血のつながった、わたしの妹。ぐっと息をのみ、涙があふれそうになるのをこらえる。

「体調はどう？」イザベルが眉根を寄せ、アドリアナの腕をぎゅっと握る。

そう訊いたのは、アドリアナがとても疲れているように見えたからだ。髪は湿り、頬は紅潮し、肌は汗で光っている。疲労の刻まれた顔には、それでも、笑顔がのぞいていた。安堵。そんな空気が伝わってくる。

「みんなに紹介するね。この子はハンナ、よろしくね」アドリアナの目がわたしの目をとらえた。ひざから崩れ落ちそうになる。

母の名前だ。ここにいる女性たちと親しくなるために使った名前。わたしにとっては、シスターフッドの勝利を象徴する名前であり、力を合わせればどこまでも強くなれることを証明する名前だ。

こぼれ落ちる涙を払い、すやすやと眠る小さな赤ん坊を見下ろす。「自分の名前が生きつづけていることを知ったら、母はきっと喜ぶと思う」

「すてきな名前よね」アドリアナが空いているほうの手をわたしに伸ばす。「かまわない？」

「すごくうれしい」

赤ん坊の髪の色——グラントの遺した明らかな痕跡——に触れる者はいなかった。アドリアナを利用するためにイザベルがこのグループをつくったことに触れる者はいなかった。父が化け物だったかどうかを知るためにわたしが彼女たちを監視していたことにも、触れる者はいなかった。

わたしたちはたくさんの秘密を抱えている。なかでも、わたしたちが冷酷に人を殺した事実は、絶対に口外するわけにはいかない。

唯一の心残りは、父をわたしにひざまずかせられなかったことだ。

謝辞

本書がわたしの本心だと言ったらどう思われるかわからないが、多くの本音が含まれているのは事実だ。本書のアイデアは、夫と夕食に出かけたときに思いついた。わたしはつねづね、ハッピーな物語ではなく、暗く、復讐や怒りに満ちた、カタルシスを引き起こすような物語を書きたいと思っていた。レストランでほかのお客さんがほとんどいなくなるまで、ふたりで何時間もこのアイデアについて話し合った。あの晩は、本当に楽しくて創造的な夜だった。

だから最初の感謝の言葉は、夫のジャスティンに捧げたい。この数年、わたしたちは大変な時期を過ごしてきたが、あなたの立ち直りの早さと向上心にはいつも感心させられっぱなしだ。わたしがつまずくたびに支えてくれたあなたの存在がなければ、本書は完成しなかっただろう。わたしなら次のステップに進めると、いつも信じてくれてありがとう。

エージェントのジル・マーサルにも心からの感謝を。彼女は、これまでとまったく違う物語を書くというわたしを支えてくれただけでなく、本書が完成するまで何度も貴重なフィードバックをくれた。作家が力を尽くせるようつねに背中を押し、新しいことに挑戦する姿勢をけっして忘れないエージェントと仕事をできるのがどれほどすばらしいことか、言葉では言い表せない。ハーパーコリンズUKとエイヴォンチームにも感謝を。とりわけサラ・バウアーとヘレン・ハスウェイトに。ふたりは本書を出版するきっかけを与えてくれただけでなく、本書でわたしが成し遂げたかったことを理解してくれた。この物語にすばらしい家を授けてくれて、また、編集の過程で優れた洞察を与えてくれてありがとう。

文字どおり、どんな反応を示すかわからなかったわたしに、果敢に執筆の進捗を訊いてくれた家族にも感謝を。実家を訪れるたびに書斎で校正作業をさせてくれてありがとう。それから作業中にわたしのひざを温めてくれたシシとゾロにも感謝を。

ほかにも感謝すべき人は大勢いるし、本来なら誰ひとり省略したくはないが、ともあれ、大なり小なりどんな形であれ、わたしの執筆を支えてくれたすべての人に感謝を表したい。本当に励みになった。この仕事をするには強い気持ちが必要だが、それでもわたしにとって物語を考えることほど楽しい作業はない。最後に、この仕事は、読者、批評家、図書館司書、書店員、出版業界にかかわるすべての人の協力なしでは成り立たない。みなさんは本当に最高だ。

訳者あとがき

本書は二〇二四年に刊行された『*The Young Widows*』の全訳である。夫を若くして亡くした二十代の女性たちが、互いに支え合いながら悲しみや痛みを乗り越えていく物語であると同時に、人には言えない秘密や暗い欲望を抱えた女性たちが復讐を果たすサイコスリラーでもある。

オーストラリアで育ち、現在はカナダのトロントで暮らす著者のS・J・ショートは、別名義で多くの著作をものしている実力派作家だが、今回、いつものハッピーエンドの小説とはまったく違うジャンルに挑戦するにあたって、本書を第二のデビュー作と位置づけているようだ。本作の著者紹介でも、（おそらくは先入観をもたれないよう）過去作には意図的に触れていないので、ここでも割愛させていただく。

本書で描かれるのは徹頭徹尾シスターフッドであり、物語で主人公たちを助けるキャラクターは、ちょっとした役にいたるまでほぼ全員が女性である。亡くなった元夫たちのなかには善人も出てくるし、結婚前や結婚当初はたしかに支えになっているものの、結局は彼女たちを置いて（見方によっては身勝手に）彼女たちのもとを去っていく。ある意味では、結婚によって男性に守られながら幸せに暮らすことを夢見る女性への警鐘であり、自分の力で人生を切り開くことの重要性を説く物語とも言える。

四人いるメインキャラクターが、段落ごとにそれぞれの視点で出来事を語り、ばらばらだったピースが最後にぴたりとはまる構成は爽快で、それなりにボリュームがあるにもかかわらず、テンポよく先を読ませるリーダビリティも抜群だ。ただし、原文はほぼ全文現在形で書かれているが、日本語訳ではどうしても不自然な点が出てしまうため、なるべくリズムを崩さないよう気をつけつつ、適宜過去形を織り交ぜて訳してある。

情景や人物の描写も非常に丁寧で、小説に出てくる風景や人物をありありと思い描くことができるのもいい。とくにメルボルンで暮らしたことのある身としては、ヤラ川のきらめきや、トラムの発着、街のようすがとても懐かしく感じられた。

本書の舞台であるオーストラリアのジェンダーギャップ指数は、二〇二四年時点で二十四位、百十八位の日本に比べてはるかに男女格差が少なく、ジェンダー平等が進んでいると言える。それでも本書で女性たちに降りかかる暴力や理不尽な仕打ちは見覚えのあるものばかりで、家父長制への強烈な反発や、性差別に対する激しい怒りが明確に感じられるところから、オーストラリアでもまだまだ根深い性差別が存在していることがわかる。とはいえ、避妊ピルの処方や夫婦別姓が当たり前に行われている描写を見ると、やはり日本よりはるかに進んでいる。日本のジェンダーギャップ関連で言うと、「Widows」の訳語を当てる際にもいきなりつまずいた。おそらく日本語訳としていちばん浸透している「未亡人」という言葉には「夫とともに死ぬべきだったのにまだ生きている人」といった、女性に対する差別的な意味合いがあるからだ。かといって「寡婦」や「やもめ」では違和感があるなと悩んだすえに、「夫を亡くした女性」というフラットな表現を用いることにした。

また、本書に登場する女性のなかには、母親や育ての親から健全な愛情を受けられず、男に翻弄された彼女たちに少なからず反発している者もいる。それでも保護者である彼女たちから受けた影響は大きく、登場人物たち自身もミソジニーを内面化し、自分を矮小《わいしょう》化している部分が見受けられ、幼いころに植えつけられた価値観の根深さを物語っている。彼女たちにかぎらず、現実に生きるわたしたちも、そのほとんどが「女性とはこうあるべきだ」という社会的価値観を多かれ少なかれ内面化してしまっているのではないだろうか。まずは女性自身がその呪縛を断ち切り、本当の意味で自分を大切にできるようになることが、女性に課せられた課題であるのかもしれない。

このあとがきを書いているいま、アメリカではまもなくトランプ政権が誕生し、日本でもさまざまな女性蔑視がいたるところで横行している。考えたくはないが、今後ジェンダー平等に対するバックラッシュはますます加速し、女性をはじめとするマイノリティにとってつらい時代がふたたびやってくるかもしれない。しかし、そんな時代だからこそ、女たちは怒っているし、家父長制にノーを突きつけ、自分の体は自分のものだと叫んでいる。とるに足らない透明人間などではなく、男に従属する性別ではなく、自分の足で立ち、少なくとも傷つけられたら怒りを表明する実体ある人間として声を上げている。本書は、こうしたすべての女性たちに寄り添い、励ますものであると思う。

最後に、本書の翻訳を任せてくださった担当編集者さま、ハーパーコリンズ・ジャパン編集部のみなさま、本書の制作に尽力してくださったすべてのみなさまにお礼申し上げます。どうもありがとうございました。

二〇二五年一月

片桐恵理子

訳者紹介　片桐恵理子

愛知県立大学文学部日本文化学科卒。カナダ6年、オーストラリア1年の海外生活を経て帰国したのち、翻訳の道へ。おもな訳書に、グラント〈GONE〉シリーズ（ハーパーBOOKS）がある。

ハーパーBOOKS

私《わたし》があなたを殺《ころ》すとき

2025年2月25日発行　第1刷

著　者　S・J・ショート
訳　者　片桐恵理子《かたぎりえりこ》
発行人　鈴木幸辰
発行所　株式会社ハーパーコリンズ・ジャパン
東京都千代田区大手町1-5-1
04-2951-2000（注文）
0570-008091（読者サービス係）
印刷・製本　中央精版印刷株式会社

ISBN978-4-596-72519-6